愛していると言えたなら

御曹司は身代わりの妻に恋をする

結祈みのり

この物語はフィクションであり、実在の人物・
団体・事件等とは、いっさい関係ありません。

愛していると言えたなら
～御曹司は身代わりの妻に恋をする～

プロローグ

『鈴倉千景(すずくらちかげ)さん。俺と結婚してくれますか?』

まるでつまらない会議の原稿を読み上げるような淡々としたプロポーズ。

目は時に言葉以上にその人の気持ちを物語る。私を見つめる佐山隼(さやましゅん)の瞳にはなんの感情も浮かんでいなかった。彼の中には私に対する興味は欠片もなかっただろう。

私という存在は彼にとって「駒」にすぎない。同じ姓を名乗ろうと、お飾りの妻である私は彼の人生のパートナーにはなり得ない。

それでもよかった。

私は、彼が好きだったから。心の底から好きで、好きで、たまらなかったから。

出会った時からずっと私の中には彼がいた。

初めはただ気になるだけだったのに、いつしか彼に対する想いは私の心のほとんどを占めていた。

気づいた時にはもう後戻りできないほどに、彼への恋心は成長していたのだ。

それでも、この気持ちを伝えることはしないと決めていた。

彼には婚約者がいたから。

そしてその人は、私が逆立ちしても敵わないほど魅力的な人だった。

初めからこの恋は実らないと決まっていたのだ。

何度も諦めようと思った。しかし、どうしても彼の存在は私の中から消えてくれない。

苦しかった。辛かった。切なかった。

それほどまで恋い焦がれた人からのプロポーズ。

本当はその場で泣き崩れそうだった。形式だけの空虚なプロポーズとわかっていても、「彼に求められている」ことが嬉しくてたまらなかったのだ。けれど私はそれを隠した。

そんなことをしたら彼の負担にしかならないとわかっていたから。何よりも、書類上の妻しか求めていない彼に「面倒だ」と思われたくなかったのだ。

だから私は、彼と同じように淡々と返事をした。

『はい。よろしくお願いします』

私もあなたのことはなんとも思っていないと思われるように、あえて無表情でプロポーズを受け入れた。その時の私が本当はどんな気持ちでいたか、彼が知ることはないだろう。

惨めだと思う。あさましいと、不毛な恋だとわかっている。

それでも私は彼の隣にいたかった。偶然手に入れた「妻」という立場をどうしても手放したくなかったのだ。だから私は隠すと決めた。

『好き』

その、一言を。

1

三月末日。久瀬（くぜ）商事の決算月である今月は、営業はもちろん会社全体にとっても勝負の月である。その締め日である今日一日をなんとかやり終えた鈴倉千景は、六畳ほどの給湯室兼休憩室でほっと一息ついていた。

「お疲れ、鈴倉」

「古田（ふるた）さん」

「さっき所長から聞いたぞ。今期も同期の中で一番の売上成績だったんだって？　元指導係として鼻が高い」

ご褒美をやるよ、と自販機で買ったばかりだろうホットココアを手渡される。

「ありがとうございます。ちょうど甘いものが欲しかったので助かります」

四歳年上の古田圭人（けいと）は、同じ営業所で働く先輩で千景の元指導係だ。

昨年、新人の千景は彼によって営業のノウハウを徹底的に叩き込まれた。

古田自身が社内でも五本の指に入る優秀な営業マンだからだろう。よく言えば熱心、悪く言えば厳しすぎる彼の指導に千景は何度も泣かされた。当時は古田を本気で嫌いになりかけたこともあるが、社会人二年目も終わりを迎えようとしている今となっては感謝している。指導係を終えた今も、こんな風にさりげなく労ってくれるのだからなおさらだ。

「疲れた時には糖分ってのは本当だよな。甘いものはあまり好きじゃないけど、今日だけはすっげえ甘いケーキが食べたい気分」

「同感です。……さすがに忙しかったですね」

「このところずっと残業続きだったもんなあ」

千景はシンクに、古田は給湯室のドアにもたれかかりながら、どちらともなくため息をつく。言葉にしなくともわかる。今、お互いの心を占めるのは「疲れた」の一言だろう。

「こんな風に仕事に疲れた時は、可愛い女の子に癒やしてほしいよ」

「可愛い女の子って、古田さん彼女いましたよね？　この前、写真を見せてきて自慢してたじゃないですか。合コンで知り合ったっていう、受付嬢の」

「ああ、それなら別れた」

あっさり言い放つ姿に愕然とする。

「別れたって、またですか？」

「またってなんだ。失礼なやつだな」

「だって、その前の彼女とも数ヶ月で別れてましたよね。今回だってまだ三ヶ月も経ってないのに」

「色々事情があったんだよ」

女遊びもほどほどにした方がいいのでは、と喉元まで出かかった言葉をぐっと飲み込む。

古田がモテる理由はわからなくもない。厳しいところはあれど面倒見はいいし仕事もできる。

飛び抜けてイケメンというわけではないが顔立ちは整っているし、バスケ部出身ということもあり身長も高い。それでも、三ヶ月に一度恋人が変わるのはさすがにサイクルが早すぎるのではないだろうか。

(先輩としては尊敬してるけど……なんていうかチャラいのよね)

そんな心情が表情に表れていたのだろうか。

古田はわざとらしく眉根を寄せて「そういうお前はどうなんだよ」と千景に話を振る。

「私ですか？　今は仕事で手一杯ですよ」

「仕事、ねえ」

「含みのある言い方ですね？」

「いや、普段はすっかり忘れてるけど、鈴倉は正真正銘創業者一族だろ？　そんな必死になって働かなくてもいいのになとふと思ってさ。実際、社長の一人娘は働いていないって言うし。何か理由でもあるわけ？」

改めて問われると難しい。それでも強いてあげるなら、

「久瀬の家具が好きだからでしょうか」

「うちの家具が？」

「はい」

幼い頃から木の温もりが好きだった。

家族団欒の時に囲むダイニングテーブル、リビングで過ごす時間をより居心地良くしてくれるソファ。絵本や漫画、小説がたくさん並ぶ本棚。小学校入学を機にプレゼントされた学習机。体の成長に合わせて大きさを変えられるナチュラルテイストのベッド——。

自宅にあるそれらは全て国産の天然木で造られていて、不思議な温かさがあった。

初めは傷一つなかったピカピカの学習机は、千景が歳を重ねるにつれて少しずつ光沢のある飴色に変わっていった。最初はその理由がわからずにいた千景に「経年変化だよ」と教えてくれたのは、祖父の久瀬康隆だった。

『こうして形を変えて家具になっても、少しずつ時間をかけて色も変化するんだ。面白いだろう？』

祖父はそう言って、細かい傷のたくさんついた千景の机を愛おしそうにそっと撫でた。

『大量生産が可能になった今では安価で質のいい家具が簡単に手に入る。便利な世の中になったと思うし、それはけして悪いことじゃない。それでも私は工業製品ではない、こういう無垢材が好きだ。使い捨ての家具ではない。その人の人生にそっと寄り添うような家具を作るのが私の仕事だからね』

普段は寡黙な祖父は、家具や仕事の話をする時だけは饒舌になった。その横顔は仕事に対する責任と自信に満ちていて、幼心にもとても格好良く見えた。それと同時に、

『人生にそっと寄り添う』

それらの言葉がとても印象的で、今振り返ればあの頃にはもう、祖父が代表取締役を務める久瀬商事で働くことを漠然と意識していたのだと思う。

久瀬商事は創業八十年を超える老舗家具メーカーである。

昭和初期に「久瀬木工所」として創業したことに端を発し、その後は家具製作事業を展開。戦後は「久瀬商事」と社名を変更し、今日では自社で製造から販売までを手掛けている。

「世代を超えて人々の生活に寄り添える家具」をコンセプトに品質にこだわった天然木を使用しているのが特徴で、かつては日本全国に事業所やショールームを展開していた。しかしそれも過去の話。質の良さは折り紙付きではあるものの、けして安くはない価格帯や近年のファストインテリア台頭の波に久瀬商事は抗えなかった。

この十年でショールームの数は最盛期の半分以下に削減した。

創業以来品川に置いていた本社も、元々工場のあった群馬県高崎市に移し、都内には営業所をいくつか残す形を取った。それ以外の営業所は関東を中心に絞り、ショールーム削減の穴を埋めるべくネット販売にも力を注いでいるものの、かつての隆盛からは程遠い。

あらゆる経費削減や天然木と品質のこだわりに対する信頼、ネームバリューによりな

んとか会社は存続しているものの、もう何年も厳しい経営状況が続いている。

就職について考えた時、久瀬商事よりも条件の良い会社はたくさんあった。けれど千景は久瀬商事に入社することを迷わなかった。そのきっかけを与えてくれた祖父は高校在学中に他界したけれど、家具に対する愛情や子供心に祖父を「格好いい」と思った気持ちは、何一つ変わらなかったから。

祖父の後を継いだ伯父に配属先の希望を聞かれた千景は、営業職を志望した。社内でも多忙で知られる営業をあえて望んだのは、既に「縁故入社」という特別切符を使っていたからだ。

母は久瀬商事の副社長、父は関連企業の役員を務めており、伯父は代表取締役。

苗字こそ父方の姓「鈴倉」であるものの、創業者一族だと隠し切れるはずがない。

とはいえ経営陣に親族がいるだけで、千景自身は特別扱いされるような存在ではない。

「久瀬」に連なる生まれというだけで上司に気を遣わせたり、遊びで働いていると思われるのは嫌だった。コネ入社だからこそ、それを理由に甘えてはいけないと思ったのだ。

そうしていざ配属されたのは、東京東(とうきょう)営業所。都心を営業エリアにしている、社内でも激務と知られる部署で、千景はまずルート営業担当となった。既存の取引先であるインテリアショップや家具販売店を訪問し、久瀬の家具を置いてもらうよう営業するのが主な仕事だ。

一年目は、ただただ必死だった。

接客のアルバイト経験はあったものの、実際に自分で企業を訪問して売り込むのとではわけが違う。慣れない社会人生活に加えて、なかなか目標の数字が達成できない日々に挫けそうになったことは一度や二度ではなかった。二年目の今でこそ、それなりの営業成績をあげて仕事にやりがいを感じているものの、繁忙期には「休みたい」と後ろ向きな気持ちになる時だってある。

それでも「辞めたい」と思ったことはない。

「それに、従姉妹はともかく、私は『お嬢様』って柄でもありませんしね。社会人として働く

のは自然の流れです」

肩をすくめると古田は「それもそうか」と苦笑する。

「でも、今となってはお前が入社した時のことが懐かしいよ。『社長の姪っ子が入社してくる

から面倒見てやれ』って言われた時は冗談じゃないと思ったけど、いざ蓋を開けてみれば下手

な男よりも根性があって驚いたのを覚えてる。見た目は大人しそうなのに意外と頑固だし、そ

れに、失敗しても怒られても食らい付いてくるのがいい」

「なんだか今日はやけに褒めてくれますね」

嬉しさ半分照れ隠し半分で返すと、古田は「たまには飴もやらないと」と肩をすくめて笑う。

「ちなみにその従姉妹って久瀬社長の娘のことだろ？　鈴倉と似てるの？」

「私と麗華ですか？　全然！　似てるなんて一度も言われたことありません。むしろ真逆か

も。綺麗で、可愛くて、スタイルも抜群の正真正銘のお嬢様です」

「身内を褒めすぎじゃね？」

「事実ですから。会えばわかりますよ」

「社長の娘と会う機会なんてそうそうないだろ」

その時、「鈴倉さん！」と不意に給湯室のドアが開いた。顔を覗かせたのは一年後輩の多原だった。多原は古田にペコっと軽く頭を下げて挨拶をすると、千景に「鈴倉さん宛に外線です」と告げる。

「こんな時間に？」

腕時計に視線を落とすと現在時刻は午後八時。この時間帯に得意先がかけてくることはあまりない。どの会社からかと問うと、多原は困惑したように眉根を寄せた。

「あの……会社ではなさそうです。『麗華と言えばわかるから早く千景を出して！』って」

多原の言葉に目を見開いたのは千景だけではなかった。

「麗華って」

「……私の従姉妹です」

驚く古田に千景はため息混じりに答えると、「失礼します」と多原と一緒に給湯室から自分のデスクに戻り、電話の保留を解除する。

「お電話代わりました、鈴倉です」

『もしもし、千景？　何度携帯に電話しても出ないから会社にかけちゃったわ』

受話器越しにも伝わる涼やかな声の持ち主は、従姉妹の久瀬麗華に間違いなかった。

「ごめん、今日は忙しくてほとんどスマホを見てなくて。どうしたの？」

『婚約が決まったわ』

「婚約……誰が？」

『私が言ってるんだから私に決まってるでしょ』

麗華の呆れる顔が目に浮かぶような物言いだった。しかし彼女の明るい声と、疲労感と達成感の漂うオフィスの雰囲気はあまりに乖離していて、すぐには理解が追いつかない。すると受話器を握ったまま固まる千景に焦れたように、電話口の麗華は『もう、聞いてるの？』と甲高い声が返ってくる。

『それで、今その人と食事をしてるの。紹介したいから千景も来て。詳しい場所はこの後メールするわ』

「ちょっと待って、今からなんて急に言われても無理よ！」

『どうして？　久瀬商事の終業時刻は午後六時って父から聞いてるけど。もう八時じゃない。まだ終わらないの？』

「終わってはいるけど……」

だからこそ給湯室で一息ついて古田とも雑談していた。とはいえ、今日はまっすぐ帰宅するつもりでいただけに、突然の誘いをすぐに受け入れられるはずもない。だがそんな千景の都合などお構いなしに、『なら決まりね』とさらりと言われてしまう。

「決まりね、じゃなくて！　だいたい婚約って誰と……？」

『それは会うまでのお楽しみ。そこそこ有名な企業の御曹司とだけは言っておくわ。きっと驚くと思うわよ。とにかくそういうことだから。じゃあまたね』

「まっ……麗華!?」

慌てて問い返すが、既に電話は切れた後。すぐにかけ直したが繋がらなくて、これにはかなり困った。さらに頭を抱えたくなったのは待ち合わせ場所だ。

電話の後に届いたメールに記されていたのは、某外資系ラグジュアリーホテル。アメリカの歴史ある雑誌のホテル部門で五年連続五つ星を獲得しているホテルで、その中に入っているフレンチレストランに来いと言うのだ。

仕事終わりの疲れた格好で気軽に顔を出すような場所ではない。

(嘘でしょ……？)

決算期を乗り越えたばかりの今の自分には、寄り道するような時間も体力も残っていない。とはいえ突然「婚約した」なんて言われて無視することもできなくて、仕方なく行くことに決めた。

『今、会社を出ました。これから電車で向かうからもう少しかかりそう』

電車に乗り込んですぐにメールをすると、『いいから早く来て！』と急かすような返信が来る。

「本当に急なんだから……」

さすがに小言の一つも漏れてしまう。

(でも、あの麗華が婚約？)

電車に揺られている間、千景はまだ信じきれずにいた。それというのも、麗華ほど恋多き女性を他に知らないからだ。二十四年間恋人がいたことのない千景と違い、麗華は会うたびに恋人が違った。古田ではないが、同じ男性と三ヶ月以上続いたためしはなかったと思う。

別れを切り出すのは決まって麗華の方で、理由はいつも同じだった。

『だって飽きちゃうんだもの。それに男なんて掃いて捨てるほどいるし』

普通ならこんなことを言ったら非難されるものだが、彼女には「麗華なら仕方ない」と思わせるだけのオーラがあった。元女優の母譲りの美貌。メリハリのある女性らしいスタイル、すらりと伸びた長い手足、百七十三センチの長身、光沢のある美しい茶色の巻毛。

対する千景は「愛嬌がある」とたまに褒められるくらいの平凡な顔立ちに、百五十八センチのこれまた平均的な身長、肩下まである直毛の黒髪と何もかもがいたって普通の容姿をしている自覚がある。

要は、美人でもなければ不細工でもないのだ。

そんな千景と違い、麗華はそこにいるだけで人目を惹きつける。

彼女の生まれ持っての圧倒的な存在感を、千景は子供の頃から誰よりも傍(そば)で見てきた。

親同士が兄妹で、本人たちは同い年。幼稚舎から大学まで同じ学校に通い、習い事も全て同じ。大学卒業までの期間で言えば、家族よりも多くの時間を千景と麗華は共に過ごした。

「会社員」と「家事手伝い」と立場が変化した今でこそ一緒にいる時間は減ったが、それでも月に一度は食事をしたり、互いの家を行き来するような仲である。

久瀬家のお姫様として大切に育てられた麗華は、その美貌と社長令嬢という立場もあってかなりの自信家で、自分以外の女性を下に見ている節がある。

結果、当然のごとく学校で嫌われ孤立していた。

そんな麗華が唯一心を開いていたのが千景だった。

『私、千景のことが大好きなの。家族以外で私を受け入れてくれるのは千景だけだもの。他の女友達なんていらないわ。勝手に私に嫉妬して、陰口を言って、馬鹿みたい』

幼少の頃から今日まで麗華に振り回された回数は数えきれない。小馬鹿にされたことも何度もある。それでも嫌いにはなれなかった。家族以外の他人にはツンとしている麗華が、なんだかんだ千景には甘えて笑顔を見せる。それは、まるで他人には懐かない猫が自分にだけは心を開いているようで嬉しかったのかもしれない。

だからこそ、自分が少しでも「いいな」と思った男性が揃(そろ)って麗華を好きになっても、仕方のないことだと受け入れた。その時は多少なりともショックは受けても、相手が麗華では勝負する気にもならなかった。

ともかくも、千景と麗華は常に比較されていた。それでも必要以上に卑屈にならずに済んだのは、大人たちのおかげだろう。

『千景は千景、麗華ちゃんは麗華ちゃん。うちはうち、よそはよそ。比べることなんてないわ』

『僕と舞子(まいこ)さんにとって、千景は自慢の娘だよ』

両親がそう言って麗華と比べることはなかったから。麗華を溺愛する伯父もそれは同じで、千景のことは姪として可愛がってくれたし、伯父と同居していた祖父も、内孫の麗華と外孫の千景を平等に可愛がってくれた。千景が真のお嬢様である麗華と同じ学校に通い、同じ習い事ができたのも、祖父が「そうするように」と費用を全て負担してくれたからだ。

千景は、麗華に対しては劣等感よりも憧れの気持ちの方が強い自覚がある。

どんなにわがままでも、自分勝手でも、結局のところ麗華のことが好きなのだ。

――そんな従姉妹が、婚約。

言い方は悪いが、男はとっかえひっかえが当然の麗華がついに一人の男性に決めたというのが、どうにも現実味がない。

(相手はどんな人だろう)

先月会った時に紹介された年上の公認会計士か、それとも――。

そんなことを考えながら待ち合わせ場所に到着すると、時刻は既に午後九時近く。麗華からは到着を急かすメール以降反応がないから、今も待っているのかさえわからない。もしかしたら既に食事を終えているかもしれないが、とにかく急がなければ。

ホテルに到着した千景はまっすぐエレベーターホールへと向かう。そしていざ到着したエレベーターに乗り込もうと足を踏み出したその時。

「千景？」

降りてきた人物に不意に名前を呼ばれた。

「麗華！　遅れてごめ――」

「今着いたの？　ずっと待っていたのに来ないから、もう帰るところだったのよ」

謝ろうとする千景を遮り、麗華がこちらの方へ足早に歩み寄ってくる。

その傍に婚約者だろう男性がいるのがわかったが、それを確認するより前に麗華は「嘘でしょ」と眉根を寄せる。そして千景の耳元に顔を寄せると、小さな声で囁(ささや)いた。

「何、その格好。それで食事するつもりだったの？　……やめてよね。婚約者の前で私に恥をかかせないで」

険のある声にひゅっと息を呑む。別に「来てくれてありがとう」とか「急に誘ってごめんね」とか、感謝や謝罪の言葉を期待していたわけではない。それでも仕事終わりに駆けつけたのに、こんなことを言われるなんて。

「麗華、いくらなんでもそれは……」

しかし、反論しかけて止めたのは、目の前で凛と立つ麗華の姿に目を奪われたから。

――なんて綺麗なんだろう。

今宵の彼女は、ラグジュアリーなこの空間にふさわしい格好をしていた。

ワインレッドのワンピースは麗華の長く美しい足が映える膝上丈。上半身はレース仕立てで、袖口はシースルー。女性らしくメリハリのあるボディラインを程よく浮かび上がらせていて、完璧な装いだ。

対する千景は、ネイビーのシャツにピンクベージュのジャケット、ホワイトのパンツ姿。いたって普通の格好で笑われるような服ではない……はずだ。しかしここがオフィスではなく高級ホテルであること、仕事終わりで顔も服もよれよれであること、何より目の前の麗華と自分にあまりの差があることに、途端に居た堪れない気持ちになる。

場所やタイミングさえ違えばこうも卑屈になることはなかったかもしれない。しかし、麗華とのあまりの違いを突きつけられた今、途端に自分が浮いた存在に思えてしまう。

羞恥心に駆られて下を向く。そうすると自然と自分の足元が視界に映ってしまう。無難な紺色のパンプスと麗華の赤いピンヒールの対比に、いっそう居心地が悪くなる。

今すぐこの場を立ち去ってしまいたい。たまらず袖口をきゅっと握った、その時。

「麗華」

体の芯まで響くような艶のある声が頭上に響いた。その声の深さに弾かれたように顔を上げて――驚いた。

「せっかく来てくれたんだ。紹介してくれないか」

「それもそうね。彼女が私の従姉妹の鈴倉千景よ。千景、こちらは佐山隼さん」

「はじめまして、佐山です」

目の前に差し出された大きな手のひらに「はじめまして」と慌てて握手を交わす。しかしそれ以上続かない。麗華の隣にいたのは、信じられないほどの美形だったのだ。

「鈴倉さん？」

「あっ……、失礼しました。鈴倉千景です」

ぱっと手を離す。見惚れて手を離すのを忘れてしまうなんて、何をしているのか。申し訳なさと恥ずかしさからあたふたする千景を、佐山と紹介された男はじっと見つめる。

凄みのある美形の無言の視線に気圧(けお)されて言葉が出ない。

冷たい態度を取られたわけでも邪険にされたわけでもない。ただ感情の読み取れない視線は、こちらを観察しているようで――何よりも視線の強さに身動きが取れなくなってしまう。

「やだ、千景ったら。隼に一目惚れでもしちゃった？」

はっとして麗華に視線を移すと、ルージュの引かれた唇の端がわずかに上がる。だがその瞳はまるで笑っていなかった。

「熱心に見つめすぎよ」

「そんなこと――」

ない、と否定しようとする千景を、麗華は「まあいいわ」と遮り、つまらなそうに肩をすくめた。

「私、レストルームに行ってくるから少し待っていて。隼、その間、千景のことをよろしくね」

「ああ」

「千景も、いくら恋人がいたことがないからって人の婚約者を狙っちゃだめよ？」

言うなり麗華は背を向けた。けれど残された方はたまったものではない。

（……最悪）

待ち合わせに遅刻をして、初対面の男性の手を離さなかった。その上恋人がいないことをばらされた挙句、「狙っている」だなんて。佐山に見惚れたのは事実だが、それだけなのに。

「あの、麗華が言ったことですが――」

一目惚れも狙ってもいないのだ、と釈明しようとすると、それより早く佐山が口を開いた。

「大丈夫だ。そんなつもりがないのはわかってる」

「え？」

「自慢するわけじゃないが、人に見られるのは慣れているから。それよりもラウンジに行かないか？　エレベーター前で立ち話するのもなんだし」

「あ……はい」

唖然としたまま頷くと佐山は「行こう」と歩き出す。後に続きながら、改めてその後ろ姿に感心した。百八十センチは優に超えているだろう長身に長い手足。引き締まった体をしているのはネイビーのスーツ越しにもはっきりとわかる。歩きながらも佐山だけが周囲と異なる雰囲気を纏っているのは明らかだった。背中からも感じる、香り立つような男の色気。

それに誘われるように、すれ違う人々のほとんどが彼を二度見するか凝視する。

そんな彼が選んだ席はラウンジの一番奥。観葉植物と柱が壁となって周囲の視線を遮るような場所だった。それがたまたまなのか、他の意図——千景の格好を慮ってのことなのかはわからない。けれど先ほどの麗華とのやりとりが尾を引いていた千景は、後者だろうと思ってしまった。

「待っている間に改めて自己紹介でもしようか」

「はい」

対面に座る佐山の目をまっすぐ見られず、最低限失礼にならないよう口元に視線を向けるのがやっとだ。すると、すっとテーブルの上に佐山の名刺が置かれる。促されるように千景も名刺を差し出した。

「頂戴します……え？」

交換を終えて彼の名刺に視線を落とした千景は、またしても言葉を失った。

（佐山工業？）

家具メーカーと建築会社の関わりは深い。千景の得意先は家具販売店が主で、ハウスメーカーは他の営業が担当しているものの、近年成長の著しい佐山工業のことはもちろん知っている。

電話で麗華は「そこそこ有名な企業」と言っていたがとんでもない。

佐山工業は、首都圏を中心に関東に絞って展開している総合建築会社である。

創業から三十年ほどの中堅ハウスメーカーとして近年では新築事業に注力しており、その勢いは右肩上がり。特徴的なのはその宣伝方法で、ＣＭも流さず、モデルハウスも持たず、カタログはＷＥＢのみ。営業は各地のショールームのみで行い、訪問営業等は行わない。

広告費や人件費を抑えることで、低価格での提供を実現している。

数あるハウスメーカーの中で今最も勢いのある企業の一つだ。そして目の前にいる彼の肩書きは専務で、苗字は佐山。自分と同じく創業者一族なのは間違いないだろう。

（天は二物を与えずって言うけど……）

少なくとも、佐山に関しては当てはまらないのは明らかだ。資産は言わずもがな、容姿端麗で社会的地位もある。なるほど、あの麗華が婚約者に選ぶのも納得の人選だ。

「鈴倉さん？」

名刺から対面の人物に目を移すと、先ほどと同じ感情の読めない瞳と視線が重なった。

（なに、これ）

理由はわからない。けれど、佐山にまっすぐ見つめられるとなんだかとても落ち着かない気持ちになる。

「何か？」

「いえ……」

とはいえ、黙ったままではいられない。

「その、立派な会社にお勤めだったので驚いてしまって」

慌てて答えると、自然と早口になってしまう。

──ああもう、何をしているのだろう。

先ほどからずっと空回っているのが嫌になる。佐山もさぞ呆れているだろう。そう思っていると、クスッと小さく笑う声が聞こえた。えっと目を瞬かせると、愉快そうな佐山と目が合った。

「いや、失礼。まさか久瀬のお嬢様に『立派な会社』なんて言われるとは思わなくて。でも、その様子だと麗華からは何も聞いていないのか？」

「電話で突然婚約したことを知らされて、紹介したいからこのホテルに来てほしいとだけ」

電話のやりとりを簡単に説明すると、佐山は一瞬驚いたように目を瞬かせる。

「確か、久瀬商事は今月が決算期だったはずだけど。しかも今日は締め日だからかなり忙しかったんじゃないか？　営業職ならなおさらだ。急に呼び出されて大変だったろうに」

「ええ、まあ。でも、よく今が決算期だとご存知ですね」

「久瀬商事ほどの大手なら知っていて当然だよ。関わりのある業界ならなおさら」

なんでも彼は、千景を呼んだことを少し前に麗華から知らされたばかりらしい。

「君が来るのを事前に聞いていたら、俺から日を改めるように麗華に提案したんだが……忙しい時期に呼び出すような形になって、すまない」

「いえ、佐山さんが謝るようなことではないので！」

こうなった原因は言わずもがな麗華にあるが、婚約者の彼には言いにくい。しかし意外なことに佐山は「麗華にも困ったな」と苦笑する。

「同じお嬢様なのに、君の方がずっと地に足がついている」

その言葉に違和感を覚える。先ほども感じたが、どうやら佐山は勘違いをしているらしい。

「あの、麗華はともかく私はお嬢様ではありませんよ」

謙遜に聞こえるかもしれないがこれは事実だ。

麗華は、伯父が四十歳を過ぎてできた一人娘。母親は麗華が幼少の頃に亡くなっていることもあり、伯父は麗華を目に入れても痛くないほどに可愛がっていた。

一方、千景の両親は娘を特別扱いすることはなかった。

誕生日やクリスマスなどのイベント時にはプレゼントを貰えたが、基本的にはお小遣い制で、高校生以降は欲しいものがあればアルバイトをして自分で稼ぐ必要があった。

これはひとえに母の方針だ。かつて自身が「久瀬家のお嬢様」として育った母は、今の千景同様に縁故で久瀬商事に入社した。そこで一般入社の父と出会い交流を深める上で、自分がいかに世間知らずかを知ったらしい。祖父の意向もあり千景は学校や習い事こそ麗華と同じだったものの、それ以外では特別に甘やかされた記憶はない。

運転手や家政婦のいる麗華と違い、学校も電車通学だったし、もちろん家事は家族で分担していた。そんな自分は間違いなく佐山の思い描く「お嬢様」ではないだろう。

そもそも、久瀬本家の麗華と分家の千景とでは生まれながらに立場が違うのだ。

「確かに親族は久瀬商事の経営側にいますが、私はまだまだ未熟な二年目の一般社員です。毎日、数字を追いかけて忙しなく過ごしていますしね」

営業成績が好調であれば給与や賞与に反映されるものの、基本給やその他の待遇はもちろん他の二年目社員と同じ。けして多くはない給料の中で毎月の支出をやりくりする日々。

千景はどこにでもいるごく普通の会社員だ。

そう簡単に伝えると、佐山は意外そうに目を丸くする。

「——驚いた。てっきり、久瀬本家のような豪邸に住んでいるものかと」

「まさか。一般的なワンルームです。実家も多分、普通だと思いますよ。少なくとも麗華の家よりはずっと小さいのは確かです」

「聞けば聞くほど麗華と違うな。でも、君だって鈴倉副社長の娘さんだ。就職しない道もあったんじゃないか？」

「それは……考えたことがなかったです。子供の頃から久瀬商事で働きたいと漠然と思っていたので。それに、少しでも祖父に恩返しがしたかったんです」

「恩返し？」

面接試験を受けているようだ、と内心思いながらも小さく頷く。

高額な費用がかかることで知られる学校に通えたのも、外国語の勉強や茶道や華道、日本舞踊にピアノ……とさまざまな経験ができたのも、祖父のおかげだ。もちろん両親のことは大好きだし尊敬しているが、祖父の援助なしにはおそらく難しかっただろう。

「祖父は私が高校生の時に他界しましたが、それでも気持ちは変わらなくて入社しました。――すみません、これといって大した理由じゃなくて。要はただの縁故入社です」

苦笑する千景に対して、佐山は「そんなことない」と表情を和らげる。

「十分立派な理由だと思う。家族思いなんだな、君は」

柔らかなその微笑みはとても自然で、魅力的で……どうしたって見惚(みと)れずにはいられない。

(この人、笑うとすごく雰囲気が変わる)

初めに感じた威圧感が笑顔一つでがらりと覆された。元がかなりの美丈夫なだけに、何気ない微笑みの破壊力が凄まじい。あまり異性に免疫のない千景などはなおさらで、赤面しそうになるのを必死に堪える。「イケメン」なんて言葉が陳腐に感じるほどの圧倒的な美形。麗華の過去の恋人たちと佐山を比べた時、全てにおいて彼の方が格上なのは間違いない。

「慣れているとは言ったが、そうも見られるとさすがに照れるな」

「あっ……ごめんなさい！」

さすがにあからさますぎたか、と慌てる千景に佐山は「冗談だよ」とまたしても笑う。それに呼応するように、なぜか千景の心臓はドクンと高鳴った。

「君と麗華は姉妹のように育ったと聞いている。そんな従姉妹の婚約相手がどんな男か気になるのは当然だ」

千景の視線を佐山は別の意味で捉えたらしい。そのことにほっとしたのも束の間で、佐山は「それで」と切り出した。

「俺は君のお眼鏡に適ったかな？　少なくとも、警戒心は解いてもらえるとありがたいんだが」

「警戒？」

圧倒的な容姿や佐山工業の御曹司という肩書きに驚きはしたし、感情の読み取れない瞳をなんとなく怖いとは感じた。しかし佐山自身を訝しんだり警戒したつもりはない。素直にそう答える千景に、佐山は不思議そうな顔をする。

「本当に？　今はともかく、最初に顔を合わせた時からずっと俯いていたから、てっきり俺を訝しんでいるものかと思った」

「違います。下を向いていたのは、恥ずかしかったからで……」

「恥ずかしいって？」

「それは……」

千景は一瞬答えに詰まる。本当はこんなこと言いたくない。けれど黙ったままではいられず、重い口を開く。

「……この格好です」

改めて言葉にすると途端に今の自分の外見が気になって、居た堪れない気持ちになった。先ほどまで正面を見て会話をしていたのに、「佐山さんの目に自分はどう映っているのだろう」と考えた瞬間、まっすぐ彼の方を見られない。

「仕事終わりに急いで来たから、着替えることもできなくて。ごめんなさ――」

「そこまで」

視線を下げたまま謝ろうとしたその時、低いバリトンがそれを止めた。途中で遮られた千景は恐る恐る顔を上げ、眉を寄せる佐山と視線が重なった。

「俺には、君の服装の何が問題なのかわからない。麗華のようにドレスアップしていないことを指しているなら何も問題ない。仕事終わりならビジネススタイルなのは当然のことだ。何を謝る必要がある？」

「でも、麗華と佐山さんに恥をかかせてしまったかもって。髪も乱れているし、化粧も……」

「俺は君と一緒にいて『恥ずかしい』なんて思わないよ。むしろ久瀬商事が決算期の今、営業職の君も相当忙しいはずだろうに、従姉妹のために疲れた体で駆けつけて感心したくらいだ」

怪訝（けげん）そうな表情からは、これはお世辞でも慰めでもない本心だと十分すぎるくらい伝わってくる。だからこそ、佐山がこんなにも肯定的に捉えてくれていたとは思いもしなかった千景は、すぐに反応できなかった。

「……ありがとうございます」

言えたのは、ただそれだけ。

そんな千景に佐山は一瞬目を見張ると、「どういたしまして」と表情を和らげる。

「とにかく、君が卑屈になる必要はないよ。むしろ日々仕事を頑張る自分を褒めてあげた方がいい。――ああ、そうだ」

これは余計なお世話かもしれないけど、と彼は言った。

「もしも恋人を作るなら、今日の君を笑うような男はやめた方がいい。どんなに立派な肩書きや外見をしていても、そんな奴は中身が空っぽに決まってる。少なくとも俺は、綺麗なだけで中身が空っぽな女性より、くたくたになっても仕事を頑張る女性の方が魅力的だと思うよ」

「佐山さ――」

言いかけたその時、「千景、隼」と背後から声がかけられる。直後、対面の佐山はすっと立ち上がり千景の後ろに視線を向けた。

「麗華。遅かったな」

「化粧直しをしていたらこれくらいかかるわ。二人で何を話していたの？」

「別に、ただの雑談だ」

「ふうん……まあいいわ、そろそろ帰りま——って、千景!?」

「ごめん、麗華。私もレストルームに行ってくるね。すぐに戻るから」

会話の途中で千景は立ち上がると、二人を見ずに足早にレストルームに向かう。そして一人になると、鏡を前に項垂(うなだ)れた。

（……どうしよう）

鏡に映る自分の顔は、自分でも見たことがないほどに真っ赤だった。

頬が熱い。心臓がドクドクと激しく波を打っているのがわかる。体が燃えるように熱かった。冷静にならなければ……しかし意識すればするほど鼓動は速くなって、頬の赤らみは増していく。

（落ち着いて。佐山さんは、私自身を魅力的と言ったわけじゃない）

佐山が言ったのはあくまで一般例。そして、恋人がいない千景に対するアドバイスにすぎない。頭ではそう理解しているのに——

『魅力的だと思うよ』

あの言葉が、自分を見る瞳が、頭から離れない。

意識しないようにすればするほど、佐山の笑顔が頭をちらつく。こんなことは初めてだった。とにかくこの顔をなんとかしないと二人の元に戻れない。結局千景がその場を離れられたのはそれから五分以上経ってからで、ラウンジに戻った時には既に佐山の姿はどこにもなかった。

「佐山さんは？」

「先に帰ってもらったわ」

麗華は不機嫌そうに答える。

「ハイヤーを手配したから私たちも帰るわよ。車内で話したいこともあるし。千景が遅刻したせいで、隼のこともろくに紹介できなかったんだから」

頬の赤らみはほとんど消えたが鼓動はいまだ速いままだ。熱を冷ますためにも一人で帰りたかったが仕方ない。遅刻を持ち出されては断りきれず、千景は麗華と一緒に車に乗り込んだ。

「千景から見て彼はどう？」

車が走り始めてすぐに麗華は言った。

「素敵な人だと思うよ」

当たり障りのない答えに麗華は不満そうに眉根を寄せる。

「具体的にどういうところが？」

「どうしてそんなことを聞くの？」

「いいから」

答えを急かされるが言葉に詰まる。

——佐山さんのどこが素敵か。

誰もが見惚れる美貌、海外モデル顔負けのスタイル、社会的な立場。

少し考えただけで答えはいくつも出てくる。けれど千景が最も魅力的に感じたのは、それらではなかった。

笑顔、千景を気遣ってくれたこと。遅刻した千景を責めるのでも呆れるのでもなく「頑張っている」と認めてくれたこと。

そんな心根がとても魅力的だと思った。けれど麗華には伝えたくなかった。なぜかはわからない。ただ、あの時彼と交わした会話は自分の中に大切にしまっておきたいと思ったのだ。

「じっくりお話ししたわけじゃないからなんとなくの印象だよ。格好いい人だなとは思ったけど。麗華と一緒にいるところを見て、すごくお似合いの二人だと思った」

ごまかす意図もあったが本心でもある。高級感あるホテルのラウンジに並んで立つ二人はまるで映画のワンシーンのようだった。

「ふうん。まあ、いいわ」

お似合いと言われたことに気をよくしたのか、麗華はそれ以上追及しない。それにほっとしつつ千景はさりげなく話題を変えた。

「でも、電話をもらった時は驚いた。急に婚約したなんて……佐山さんとはいつからお付き合いしているの？」

「付き合ってないわよ」

「……え？」

「だって、この婚約は会社のために父に頼まれたんだもの。まあ、いわゆる政略結婚ってやつ？　時代錯誤もいいところよね」

麗華はまるで他人事のように肩をすくめる。

「そもそも、隼とも先月知り合ったばかりだし。久瀬商事の取引先の集まりに父と一緒に参加した時、隼がいたの。彼が新しく始めようとしている事業に久瀬商事の力が必要だとか……。それに父も乗り気で二人で熱心に難しい話をしていたわ。その流れで彼も独身だし、年齢の釣り合いも取れているって話になって、トントン拍子に婚約が決まったの。実際に入籍するのは先の予定だけどね。今は隼も仕事が忙しいし、私も家庭に入るにはまだ早すぎると思って。婚約自体も入籍間際まで公にはしないで、しばらくは恋人期間を楽しむつもりよ」

流れるように語られた内容に、千景はすぐに返事ができなかった。

（政略結婚……？）

久瀬商事は典型的な一族経営だ。そして麗華は久瀬本家の一人娘。麗華自身は経営に携わっていないから、彼女の夫になる男が次期代表取締役になるのが既定路線となりつつある。

二人が婚約したならば佐山がその座に収まるのだろう。伯父はまだまだ現役だが、十年、二十年後には、佐山が久瀬商事と佐山工業の両方の代表を務めることになるのかもしれない。

水面下で吸収合併の話でも進んでいるのか。もしも久瀬商事が合併される側なら今の経営体制や事業はどうなるのか。それとも単なる業務提携なのか――。

驚きと戸惑いを抱きながら千景は麗華に聞こうと口を開きかけるが、寸前のところで口をつぐむ。決算期すら把握していない彼女から納得のいく答えが聞けるとは思わない。今すぐ伯父や両親に話を聞きたい気持ちが湧き上がったが、ぐっと堪えた。素直に聞いたところで話してくれる可能性は半々だろう。経営陣側に立つ彼らと違い、今の千景は雇用される側にいる。

就職する際、希望すればそちら側に行くこともできたかもしれない。けれど千景は自分が人の先頭に立つような人間ではないと自覚していた。謙遜ではなくこれは事実だ。人には向き不向きがある。その点において、自分は縁の下の力持ちの方が向いていると思った。

だから、営業を望んだ。「数字」という目に見える形で会社に貢献したかったのだ。

千景一人の力は微々たるもので、所詮小さな歯車にすぎないかもしれないと思っても、この二年間懸命に働いた。

「千景？」

「あっ……な、何？」

「それは私の台詞よ。急に黙り込んじゃって。私が婚約したことがそんなに意外だった？」

麗華はなぜか得意そうな顔で言った。

確かにそれもある。この美しい従姉妹は生まれながらのお姫様で自由人だ。気に入らないことや受け入れられないことは徹底的に拒否して、欲しいものはどんなことをしてでも手に入れる。

好きなものは好き、嫌いなものは嫌い。

そんな麗華が政略結婚なんて、時代錯誤以前にまるで結び付かなかった。

麗華を溺愛する伯父が会社のために娘を利用したことはもちろん、麗華がそれに従ったことに驚いて、なんと答えたらいいのかわからない。そんな千景に麗華は唇を綻（ほころ）ばせる。

「今までいろんな男と付き合ってみたけど、隼はその人たちと全然違う。佐山工業が成り上がりなのは唯一の難点だけど、こればかりは仕方ないわね。彼は、その欠点を補ってあまりあるくらい魅力的なんだもの。外見、資産、将来性。あの人以上の男はなかなかいないわ」

これにまたしても千景は答えに詰まる。今や総資産も売上高も久瀬商事を上回る佐山工業を「成り上がり」と称したのはもちろんだが、それ以上に今の言い方ではまるで、佐山隼自身ではなく「佐山家の跡取り」という立場を好きだと言っているようだ。

「千景も結婚するなら彼みたいな――」

「麗華はそれでいいの？」

千景は気づけば問うていた。

しまった、思った時には既に遅く、麗華の秀麗な顔からさっと笑みが消える。

「どういう意味？」

「あ……深い意味はないの。ただ、伯父様の頼みとはいえ、好きでもない相手と結婚するのかなと思って……」

「勘違いしないで」

麗華はぴしゃりと言い放つ。

「別に強制されたわけじゃないわ。この婚約は、私が、自分で決めたの。何も知らないのに知ったような口をきかないで」

私が、の部分を特に強調して麗華は言った。その強い口調と眼差しに気圧される。

「……余計なことを言ったわ」

そう言うと一応は満足したのか、麗華は少しだけ表情を和らげた。

「わかればいいのよ。心配しなくても隼のことは好きよ。でもそれ以上に彼が私のことを好きみたい。この婚約も彼の方から『ぜひ』と請われたんだもの」

その時のことを思い出しているのか、うっすらと笑みを浮かべるその横顔は同性でも思わずドキッとするほどの色気がある。真っ赤なルージュが引かれた蠱惑(こわく)的な唇に視線が引き寄せられる。

「それに、私たちは似ているの」

「似てる……？」

　意味がわからず問い返す千景に麗華は言った。

「彼、母親がいないの。子供の頃に出て行ってしまってそれきりなんですって。理由は違っても私たちには共通点がある。そういうところでも、惹かれあったのかもね。……優しい叔父様と叔母様がいる千景にはわからないことかもしれないけど」

「それってどういう――」

「ああ、もう着いたわね」

　千景の声を遮った麗華は「まだ話し足りなかったのに」と肩をすくめる。

　港区南麻布（みなとくみなみあざぶ）。かつては大名屋敷が立ち並んでいたというこの地は、都内有数の高級住宅街として人気が高く、久瀬家本邸もその一角にあった。

　今は見えないが、敷地をぐるりと囲む高いコンクリートの塀の先には煉瓦（れんが）造りの三階建ての洋館がある。千景の母の実家でもあるここは、祖父が存命の頃は純日本風家屋だったが、祖父が亡くなって一年もしないうちに取り壊され、まるで正反対の洋館に生まれ変わった。

　麗華が「こんな古臭い家はもううんざり、新しい家がいい」と言ったからだ。

　祖父との思い出がたくさん詰まった家がなくなってしまうのは寂しかったが、分家の人間である千景が口を出せるはずもなくて。新築の洋館を自慢げに案内する麗華に、千景は「素敵だね」と伝えることしかできなかった。

だからだろうか。

ここには祖父が亡くなってからも幾度となく来ているのに、いまだに慣れない。

「それじゃあまたね、千景」

「おやすみ、麗華」

降車しようとする麗華に内心ほっとしつつ、挨拶をしたその時。

「ああ、一応言っておくわ。隼のことを好きになっても無駄よ」

麗華は唇の端をわずかに上げて、囁いた。

「あれは、私のものなんだから」

2

五月中旬。久瀬商事と佐山工業の業務提携が公に発表された。

これをきっかけに、久瀬商事からは自社の商品や家具販売のノウハウ、人材の提供を行う。一方、佐山工業は自社の顧客に対して優先的に久瀬商事の商品を斡旋販売することが可能となる。

将来的には家具や住宅商品の共同開発も目指しているらしい。

今回の結果次第では先々、資本提携やM&Aに行きつくこともあるかもしれない。それでも、まずは業務提携だけだとわかった時、千景は心の底から安堵した。

佐山工業との関わりが生まれた以上、今後なんらかの変化はあるだろう。それでも「久瀬商事」の名前は残るし、「商品を売る」という千景の仕事は変わらない。むしろ新たな販路が生まれることを思えば嬉しい知らせであった。

(それにしても、佐山さんはすごいな)

束の間の昼休み。自分のデスクで持参した弁当を食べ終えた千景は、デスクの上に広げた雑誌に視線を落として小さく息をつく。営業所で定期購入しているそれは住宅業界誌で、開いた紙面では佐山のインタビュー記事が大々的に掲載されていた。その端正な顔立ちは相変わらずで、何も知らない人が見れば芸能雑誌と勘違いしそうな仕上がり具合である。

「——あ。その雑誌、私も見たわ。佐山専務よね」

顔を上げると、ランチから戻ってきた同期の原田美帆子と目が合った。親しい友人でもある美帆子は、営業事務として日々千景の仕事を支えてくれている大切なパートナーでもある。

「やけに熱心に見つめてたわね。タイプなの？」

「違っ！　ただ、記事の内容に興味があっただけで……」

慌てて紙面を閉じると美帆子はからかうように唇の端を上げる。

「確かその人独身よね？　今回の業務提携で繋がりもできたし、会おうと思えば会えるんじゃない？　運が良ければ付き合えたりして」

「だからそういうのじゃないってば」

この話はもうこれで終わり、と言外に伝えると美帆子は「冗談よ」と肩をすくめた。

「でもすごいわよね。今回の業務提携の中心人物でしょ？　うちの家具を取り入れるのを決めたのも彼だって言うし、佐山専務が入社してから佐山工業の業績は右肩上がりだって、何かの記事で見たわ。イケメンで仕事ができて、しかも財力もある。あー、こんな男と結婚したい」

「美帆子、少しやさぐれてない？」

「今夜の合コンが中止になったの。久しぶりにいいとこの会社だったのに。やさぐれたくもなるわ」

毒づきながら隣の席に座る美帆子に千景は苦笑すると、「何よ」とジト目で軽く睨まれる。

「なーに。高望みしすぎだとか思ってる？」

「思ってないよ。ただ、相変わらずの合コン三昧だなと思って。ここ最近、週一ペースで参加してるみたいだし」

「自分の市場価値が高いうちにいい出会いをしたいだけよ。手っ取り早く千景お嬢様がいい男を紹介してくれればいいのに」

「またそういうこと言って。お嬢様だなんて思ったことないくせに。大体、私には紹介できるような人はいません」

わざとツンと澄まして言えば、美帆子は「ごめん、知ってる」と真顔で返事をする。そんなくだらないやりとりをしていると、あっという間に昼休みの終わりが近づいてくる。

「――っと、そろそろ出ないと」

「今から外回り？」

「うん。得意先が新しく事務所を開くことになって、そこにうちの家具を置いてもらえそうなの。前回ご説明した時の感触も良かったし、なんとか契約していただけるように頑張ってみる」

「相変わらず仕事熱心だこと。頑張ってね、勤労お嬢様」

からかい混じりの激励に千景は小さく頷くと、バッグを片手にオフィスを後にした。

——今日も一日よく働いた。

新年度が始まって二ヶ月。会社の業務提携という大きな動きはあったものの、今のところ個人成績では幸先のいいスタートが切れている。

午後に訪問した得意先では幸いにも新規契約を獲得することができた。四月で入社して三年目になったが、地道な営業活動が実を結んで数字に表れた日の帰り道は、いつだって達成感に満ちていて足取りも軽い。

今日も例に漏れずそうだったのに、アパートの階段を上り終えた瞬間、充実感や達成感は一気に四散した。

「……麗華？」

「遅いわよ」

自然と体を強張らせる千景とは対照的に、部屋の前で待ち伏せしていた麗華は小言を口にする。「久しぶり」でも「お疲れ様」でもないのが彼女らしいなと思っていると、麗華はすっと封筒を差し出してきた。

「あげるわ。今度、隼と共催でパーティーを開くことになったの。これはその招待状」

「パーティーって……婚約披露パーティー？」

突然のお誘いに戸惑う千景を麗華は「違うわよ」と一蹴する。

「婚約発表はまだしないつもりってこの前話したでしょ？　今回のはお互いの友人を招待した気軽な集まりよ。クルーズ船をチャーターする予定なの。お料理はシェフを招くことになっているし、有名なＤＪを呼んでるの。色々とこだわっているから、期待してくれていいわ」

かなりパーティーに力を注いでいるのか、麗華はいつになく上機嫌だ。

「お誘いは嬉しいけど、私は遠慮するわ」

麗華は目を見張る。その表情に内心申し訳ないと思いつつも、千景は断りの言葉を口にした。

元々あまり賑やかな場は得意でないのに加え、クラブはもちろんフェスの経験さえない千景にとって、ＤＪクルージングはハードルが高すぎる。何よりも、佐山と顔を合わせるのが……会って自分がどう感じるのかを考えると、怖かったのだ。

「……どうしてよ」

秀麗な顔を歪める姿に千景は「怒らせてしまったか」と身構える。だが、麗華の反応は違った。アーモンド型の目尻に涙を浮かべたのだ。これには動揺した。てっきりいつものように機嫌が悪くなるか、怒るかと思っていたのに。

「千景は私のことが嫌いなの？　だから来てくれないの？」

「違うわ、ただ賑やかなのが得意じゃないからで——」

「そんなのただの言い訳でしょ」

千景の言葉を遮り、麗華は泣きやむどころかほろほろと涙を流す。

「酷い。……やっぱり、千景は隼のことが好きなの？」

佐山の名前に一瞬答えに詰まる。すると麗華は両手で顔を覆って本格的に泣き始めた。

「そうだと思った！　だから私を妬んで、来ないなんて酷いことを言うんでしょう！」

「違っ……！　嫌いとか好きとかそういうことじゃなくて！」

しかし千景が何を言っても麗華は耳を貸そうともせず、それどころか大声で泣いてその場に蹲ってしまう。もう午後八時を過ぎている。しかも場所はマンションの共有スペースである通路。当然、麗華の泣き声は隣人にも聞こえているはずだ。

これ以上は近所迷惑になる。とにかく麗華を落ち着かせなければ――。

「わかった、行く！　行くから！」

そんな気持ちから麗華を宥めるためにしゃがみ込み、彼女の肩に両手を置いて――すぐに後悔した。ぴたりと泣くのをやめて顔を上げた麗華は、笑っていた。上手くいったとばかりに口角を上げる姿に「しまった」と思うも既に遅く、すっと立ち上がった麗華は楽しそうに微笑み千景を見下ろした。

「来てくれるのね？　ならいいわ」

「……嘘泣きはどうかと思う」

「言いがかりはやめて。機嫌が直っただけよ」

悪びれもせず言い放つ姿にもはや言葉もない。

「――そうだ。わかっているとは思うけど、今度はそれなりの格好で来てよ。もし着て行くドレスがないようなら遠慮せずに言って？　私のワードローブから好きなものを持って行っていいから。どれも千景のお給料じゃ買えないものばかりよ。それじゃあ、またね」

言うなり麗華は背を向けた。

カツカツ、と響くハイヒールの音が聞こえなくなるまで、千景は部屋の前から動けなかった。

あまりに一方的な物言いに、怒りすら湧かなかったのだ。

◇

夏の気配が漂い始める六月下旬。その日、千景は海上にいた。

時刻は午後八時を回った頃。まもなく夏を迎える時期とはいえ夜の海風はまだ冷たい。

ライムグリーンのノースリーブドレスの上に軽くショールを羽織っただけの千景は、肌を撫でる潮混じりの風のひんやりとした感触に肩をぶるりと震わせた。

今着ているドレスは美帆子と一緒に選んだものだ。

麗華に借りる選択肢もあったが、あんな物言いをされた以上それはしたくなかった。たとえそれが麗華にとっては取るに足らない、ちっぽけなプライドだとしても。

色々と試着を重ねた結果選んだこのドレスには美帆子も太鼓判を押してくれて、千景自身もとても気に入っている。だからこそ、船上パーティーと聞いた美帆子が「ストールの方がいいかもよ」と言ってくれた時、せっかくのドレスの雰囲気を損ねるのは嫌だなと断ってしまった。

(美帆子の言うこと、聞けばよかったな)

寒い。それなのに体が熱くて心臓が波打っているのは、酔っているからだろう。

普段からあまり酒を飲む習慣がないのに加え、元々千景は缶ビールを一本も飲めばふらふらになってしまうくらいアルコールに弱い。ごく稀に飲む機会があっても、好んで選ぶのは度数の低いものや甘くて飲みやすいカクテルばかりで、一、二杯でソフトドリンクに切り替えることを徹底していた。

それが自分にとって一番適した量で、お酒も楽しめるとわかっていたからだ。

おかげで酒の席で失敗したことは一度もなかった。

――今日までは。

千景は初めて「酔い潰れる」というのを体験していた。覚えている限りでも、ビールを二杯、ワインにシャンパンと目についた酒を手当たり次第に呷ってしまった。

頭の中で鐘が鳴り響いているような音がする。心臓の音が耳のすぐ傍で聞こえるようだし、体中の血管にドクドクと血が通っているのがわかる。

吐き気がないのは唯一の救いだが、水を飲みたくても体に力が入らず、椅子から立ち上がることができない。

少しでも楽になりたくて瞼を閉じる。だが、それがいけなかった。

視界が真っ暗になったことで、耳はより敏感に周囲の音を拾ってしまう。今、千景の耳には心臓の鼓動の他に爆音が鳴り響いている。

アップテンポのそれはクラブミュージックというもので、千景には経験がないからわからないが、実際にクラブでよく流れるものなのだろう。音楽に加えてＤＪの煽る声や客の歓声など、色々な音がぐちゃぐちゃに混じって、頭が割れるように痛い。

今すぐこの場から離れたいものの、ここは海の上。千景にできるのはせいぜい人気のないデッキの最後尾で小さく座り込むことだけだった。

「……来なければよかった」

吐息混じりの囁きは、爆音にかき消されて虚しく消えた。

(佐山さん、この間と少し雰囲気が違った)

今から一時間前。前回と違ってドレスアップした千景を麗華は満面の笑みで出迎えた。その傍らには三ヶ月ぶりに会う佐山がいて、その表情に千景はほんの一瞬、違和感を覚えた。

ホテルで見た柔らかな微笑とは違う作り笑顔に見えたのだ。しかしすぐに気のせいだろうと自分の考えを打ち消した。そもそも、彼の笑顔が本物かどうかなんて他人の千景にわかるはずがないのだから。

今宵のパーティーは、千景が想像していたよりずっと規模の大きい集まりだった。

佐山が麗華のためにチャーターしたというクルーズ船は、海外のロイヤルファミリー来日時に使用されたこともある二階建てのもので、収容可能人数は百二十人、大型スクリーンやジャグジーも設備されている他、休憩用の個室もいくつかあるらしい。

招待客に振る舞われる料理も凝っていて、星付きレストランのシェフを何人も招いたのだ、と麗華は得意そうに話していた。

実際、料理はどれも素晴らしいものばかりだった。

パーティーには百人以上招待されていたらしく、挨拶回りに忙しい麗華たちと話をしたのは到着した時の一度だけ。特に知り合いもいない千景は、それから先は一人隅で食事をしていた。

けれど視線はどうしても麗華たちを追ってしまう。

婚約者の腕に腕を絡ませて甘える従姉妹と、そんな彼女を優しく見つめる佐山。

美男美女の二人は一対の絵のように綺麗で、名実ともに今宵の主役だった。

驚いたのは麗華の変化だ。これまでも恋人を紹介されたことは何度もあるが、いずれも麗華より男性の方が夢中になっているのが一目でわかった。しかし今回は違う。恋人の前で輝くような笑みを浮かべる麗華を見るのは初めてで、それだけで佐山に対する入れ込みようがわかる。対する佐山もそんな婚約者をじっと見つめていて、その姿は理想のカップルそのものだ。

絶えず恋人はいたが、ある意味恋愛に冷めていた麗華に婚約者ができたことは喜ばしい。それなのに――寄り添い合う二人を見ていると、胸が痛い。

祝う気持ちがあるのは本当なのに、それだけではないのを千景は既に自覚していた。けれどそれを認めるわけにはどうしてもいかなくて……仲睦まじい二人を見ているのが辛くて、慣れない酒を呷り続けた。

あさはかだと思う。けれどアルコールの力を借りれば、今だけは消せると思った。

――佐山に対して芽生えた、この気持ちを。

この三ヶ月、ふとした時に彼のことを思い出しては忘れようとした。

ある時は、佐山と同じ背丈の人とすれ違った瞬間。またある時は、会社での何気ない会話から。

『やけに熱心に見つめてたわね。タイプなの？』

先日の美帆子とのやりとりもそう。恋愛関係で美帆子が軽口を叩くのは珍しいことではない。過去には古田と付き合っているのかと揶揄されたこともある。しかしその時ははっきりと否定したし、同僚との他愛のないやりとりだと流すこともできた。

けれど、佐山について触れられた時、千景は平静を装うことができなかった。

タイプだとか、ましてや佐山と付き合いたいなんて考えたことはない。それははっきりと言える。それでも動揺を隠しきれなかったのは——

『少なくとも俺は、綺麗なだけで中身が空っぽな女性より、くたくたになっても仕事を頑張る女性の方が魅力的だと思うよ』

あの言葉を聞いた夜から、佐山のことを考えてしまっていたから。

もう数え切れないほど何度も、何度も。

一人の男性のことが頭から離れないなんて生まれて初めてのことで……その理由がなぜかなんて考えたくもなかった。相手は連絡先も知らない一度会っただけの男。創業者一族という点では千景と同じだが、あえて会社の歯車になることを望む千景と違い、佐山は自ら流れを生み出す側にいる。

他者を圧倒するほどの美貌といい優れた経営手腕といい、千景とはまるで別世界の住人だ。

もしも麗華の婚約者でなければ、知り合うことすらなかっただろう。

『隼のことを好きになっても無駄よ。あれは、私のものなんだから』

佐山について考えるたびにあの言葉が何度も思い出された。そのたびに千景は麗華の言葉を繰り返し否定した。佐山を素敵だと思ったのも、彼の言葉にときめき、喜んだことも本当だ。しかしそれは惚れた腫れたの類ではなく、芸能人に対する憧憬のようなものにすぎないと。

（……でも、違った）

飲めば飲むほど、酔いが回れば回るほど、自分の本心を突きつけられた。

（私は、佐山さんに惹かれている）

憧憬ではない。異性として彼に魅力を感じている。

けれど気持ちを自覚したところですっきりするはずもなく、むしろ自己嫌悪に陥った。

（従姉妹の婚約者に横恋慕するなんて、最低だ）

後ろめたくて、申し訳なくて、千景は杯を重ねた。

そうしているうちにＤＪパーティーが始まって、爆音と慣れない雰囲気にますます居心地が悪くなる。すると壁の花を決め込む千景を憐れんだのか、何人かの男性が話しかけてきた。しかし彼らと話す気力もなくて、千景はそっとその場を離れて外に出た。

そして、しばらく海風にあたれば少しは酔いも醒めるだろうかとデッキの後方にある椅子に座ったのだが、これがいけなかった。

一人になった途端ほっとしたのか、緊張が緩んだのか、ひとたび酔いを自覚した瞬間立てなくなってしまったのだ。

結果、このざまだ。

「本当、ばかみたい」

人生で一番心惹かれた男性がよりによって従姉妹の婚約者なんて、我ながらどうかしている。

佐山は千景を「婚約者の従姉妹」としてしか認識していない。それなのに麗華はわざわざ「彼は自分のものだ」と牽制した。

（そんな必要ないのに）

麗華から佐山を奪いたいなんて気持ちは微塵もないし、奪えるはずもない。

それは麗華が一番わかっているはず。それにもかかわらずあえて牽制したのは、佐山に惹かれる千景の気持ちに気づいたからかもしれない。そうだとしたら、本当に最低だと思う。

麗華ではない。従姉妹の婚約者に惹かれている自分自身がだ。

（その挙句、酔っ払って立てなくなるなんて……）

人気がない今、誰かに迷惑をかける心配がないことだけが幸いだった。

パーティーが終わるまでここでじっとしていよう。船が港に着く頃には少しでも酔いが醒めていればいい。酔いと一緒に佐山への気持ちも消えていればいいのに――そんなことを思いながら再び瞼を閉じた、直後。

「千景ちゃん、だっけ？」

不意にかけられた声にぱっと目を開くと、派手な金髪が印象的な男と目が合った。

確か、先ほど会場内で声をかけてきたうちの一人で、名乗っていたような気もするがはっきりとは覚えていない。

「あの……？」

「うっわ、顔真っ赤じゃん。だいぶ飲んじゃった？」

しゃがみ込む形で千景を見つめてくるが、やけに距離が近い。

「えっと、大丈夫ですから」

だから離れてほしい。そんな気持ちから咄嗟に椅子の上で後ずさろうとするが、それより前に男は隣に座ると、何を思ったか千景の肩に手を回す。

「そんなに警戒しないでよ、少し話したいだけだからさ」

急に触れられた驚きと恐ろしさで体が強張って声が出ない。それを男は勝手にＯＫと捉えたのか、千景に触れた手に力を入れる。

「初めて見た時から君のこと気になってたんだよね。千景ちゃん、麗華の友達にしては雰囲気が違うからさ。なんつーか、清楚系？　黒髪なのも今時珍しくて逆にいいなって。けばけばしいのはあまり好きじゃないし、その点千景ちゃんは最高に好み」

褒めているつもりなのだろうが、とてもそうは受け取れなかった。耳元にかかる吐息が気持ち悪い。

「……離してください」

名前も知らない男に触れられているのが怖くて、不快で、声が震える。けれど男はなぜかそれににんまりと笑う。

「うっわ、今のその顔最高。もしかして誘ってる？」

「違います！」

なぜそう捉えるのか。意味がわからない。しかし男は拒絶の言葉など気にも留めない様子で千景の顔を覗き込むと、「千景ちゃん」とやけに甘ったるい声で囁いた。

「このクルーズ船に個室があるの、知ってるよね」

肩に回された手に力が入り、ぐっと男の方に引き寄せられる。

「――もっと二人でゆっくりできるところ、行く?」

「やだっ……!」

身を捩るも酔いのせいか体に力が入らない。そのまま酒臭い唇が近づいてきた、その時。

「何をしている」

反射的に身がすくむほどの低い声が鼓膜を震わせた。千景は弾かれたように声の方に顔を向け、息を呑んだ。

(どうして――)

佐山さんがここにいるの。麗華と一緒にいるはずなのに、なぜ。

驚きのあまり声が出ずにその場に固まってしまう。しかし佐山は違った。険しい表情の彼は一瞬で事態を把握したのか、硬直する千景には目もくれずに隣に座る金髪男の腕をぐっと掴んだ。

直後、男の顔が痛みに歪む。

「いってえ、なんだよ突然!」

「それはこちらが聞きたい。今、ここで何をしていた？　俺の目には嫌がる女性に迫っているようにしか見えなかったが」

「違っ、俺はただ千景ちゃんを誘っただけで……！」

「『千景ちゃん』？」

ぴきり、と眉間に深く皺が寄る。

「名前で呼び合うような親しい仲には、とても見えなかったが」

その時初めて佐山は千景を見た。不愉快なのを隠そうともしない佐山は、「彼は君の友人か」と問う。そのあまりに厳しい眼差しに気圧された千景は咄嗟に首をふるふると横に振る。

「違います、今日初めて会った人で、酔って歩けない私に突然触ってきて……」

キスされそうになったのだ、とは言葉にしたくなかった。無理やり触れられた肩や酒臭い吐息がありありと蘇って体が震える。佐山はそんな千景を見てますます表情を険しくすると、男の腕を掴んだまま体を引き上げ、背中を欄干に押し付けた。

「彼女はこう言っているが？」

「あーもーうっせえな、俺が何しようとお前に関係ないだろうが！」

「これは俺が主催のパーティーだ。犯罪行為は見過ごせない」

「犯罪なんて、俺は！」

「相手の合意なしに無理やりキスをした場合、強制わいせつ罪に問われかねない。津田開発のおぼっちゃまはそんなことも知らないのか？」

「わかったよ、もう何もしねえよ！　だからこの手を離せ！」

涙声の叫びに佐山はようやく手を離す。直後、男は威嚇する猫のように距離を取ると佐山を鋭く睨んだ。

「招待客に乱暴をするなんてこれだから成り上がりは嫌なんだ。教えてやるけどな、麗華に取り入っても無駄だぞ。あいつと結婚して久瀬家と繋がりが持てるなんて夢は見ない方がいい。お前は知らないかもしれないが、あいつの男癖の悪さは相当だ。お前とだっていつまで続くかわかったもんじゃないからな」

「余計なお節介をありがとう。一応忠告として聞いておこう」

「——っクソが！」

その場に唾を吐き捨てると早足で逃げるように去って行く。

佐山はその背中に向かってふんと嘲笑うように鼻を鳴らして「言ってることがテンプレートすぎて皮肉になってないんだよ」と吐き捨てた。次いで彼の視線は千景に向けられる。

「っ——！」

正面から目が合った瞬間、胸が跳ねた。ときめいたのではない。

千景を見つめる瞳には、紛うことなき怒りが見えたからだ。

その強さに反射的に体がすくみそうになる。それでも助けてくれたお礼を言わなければ。

「ありが――」

「君は、馬鹿か？」

震える唇で感謝の言葉を述べようとした千景を遮り、佐山は言った。

「歩けなくなるほど酔っ払った挙句、こんな人気のないところに一人でいて、おまけにそんな顔をして……酒を覚えたての学生じゃあるまいし、飲み方くらいわかるだろう。あの男が全て悪いことには違いないが、もっと自分が男にどう見られているか自覚を持ったらどうだ」

ホテルの時とはまるで別人のような冷たい声色だった。

「ごめんな、さい……」

か細い声で謝罪する。けれどそれに返ってきたのは呆れたような深いため息で、千景の肩は自然と震えた。

彼の言葉は全て正しい。

自分の限界を超えて酒を飲んで、ふらふらになって、男に絡まれた。明らかに悪いのは向こうだが、そのきっかけを作ったのは千景自身で自業自得と言われても仕方がない。

なんてみっともない。情けないのだろう。

――嫌われたかもしれない。

麗華から奪いたいとか、自分が彼の婚約者になりたいとか、そんなことは望まない。初めて出会った日から膨れ上がるこの気持ちを伝えるつもりも、もちろんない。それでも……

(嫌われたく、ない)

切実にそう思った途端、千景の頬を何かが伝った。泣いているのだと自覚した瞬間、そのまま両手で涙を拭う。それなのに「止めなければ」と思えば思うほど涙は溢れて止まらない。

涙でぼやける視界の中で指先に化粧がついているのがわかる。ただでさえ凡庸なつくりをしているのに、化粧が崩れた今の千景の顔は悲惨なまでにボロボロだろう。佐山を前にそんな顔を晒していることも、子供のように泣いていることも、惨めで、悲しくてたまらなかった。

そんな千景を見て佐山は目を見開くと、憮然とした顔をする。

——ああ、やはり呆れているのだ。

これ以上彼の瞳に落胆が浮かぶのを見たくなくて、千景はたまらず俯いた。その直後。

「……あいつに、他にも何かされたのか?」

酷く優しい声が頭上から降る。ゆっくりと顔を覆っていた両手を離すと、目の前には怖いほどに秀麗な顔があった。先ほどまでこちらを見下ろしていた佐山は今、目の前にしゃがみ込み、千景を見上げる形でじっと見つめている。その顔は何か答えを待っているようで、千景は先ほどの問いに答える代わりにゆっくりと首を横に振る。

「それとも、俺の言い方がきつかった?」

千景はまたしても首を振る。すると彼は困った顔のまま胸元からハンカチを取り出した。

「……泣かないでくれ。どうしたらいいのか、困る」

懇願するような声だった。戸惑いながらもハンカチを受け取り目に当てる。すると彼はほっとしたように息を吐き「すまない」と小さく言った。

「招待客の不始末は主催者の……人選を麗華に任せきりにしていた俺の責任だ。それなのに、君を責めるようなことを言ってすまなかった。怖かっただろう？」

真摯に見つめてくる瞳に、一度は治まりかかった涙がまたしても溢れる。

――どうして謝るの、優しくしてくれるの。

本当は、そんなのわかっている。彼が謝るのは責任感が強いからで、優しくするのは千景が婚約者の従姉妹だからだ。それでも助けてくれたことや、こうして気遣ってくれることが嬉しくて……そんな自分が酷く狡くて汚い人間に感じられてたまらなかった。

（ごめんなさい）

泣きながら心の中で何度も謝る。

それは麗華に対する謝罪でもあり、彼に対する謝罪でもあった。

従姉妹の婚約者に惹かれてごめんなさい。

せっかくのパーティーで迷惑をかけてごめんなさい。

謝罪以外の言葉が出てこない千景の隣に佐山はそっと座る。そして慰めるのでも背中を撫でるのでもなく、ただ落ち着くまでじっと傍にいてくれた。

それからどれだけ時間が経っただろう。ほんの数分のような気もするし、何十分も経ったような気もする。

「落ち着いた？」

ようやく涙が収まった千景に佐山は言った。

「……はい。ハンカチ、ありがとうございました。洗って返します」

「あげるからいいよ」

でも、と言いかけた言葉は寸前のところで飲み込んだ。ここは無理に押し通すところではないとなんとなく思ったからだ。何よりも返すとなるともう一度佐山と会うことになる。

それは避けたかった。

――これ以上、彼に近づいてはいけない。

そう、強く思ったから。今もそう。これ以上彼を独占するわけにはいかない。

「本当にありがとうございました。……ご迷惑をおかけして、ごめんなさい」

思う存分泣いたからか、頭はまだズキズキと痛むが酔いは大分引いている。改めて感謝とお詫びを述べた千景は、会場に戻るためと立ち上がろうとして――体が傾いた。

それを支えたのは、逞しい胸。不意打ちの接触に反射的に千景は体を硬くする。一方、抱き止めた佐山は小さく息をついて苦笑すると、そっと千景の体を椅子に戻した。

「無理をしなくていいから、酔いが醒めるまで座っていた方がいい」

「……すみません」

もう大丈夫だと思ったのは気のせいだったらしい。佐山の言う通り、もうしばらくは大人しくしておいた方がよさそうだ。しかしそれに彼が付き合う必要はない。

「あの、もう一人で大丈夫です。少し休んだら私も戻りますから」

だから先に戻って構わない。そう伝えるとなぜか佐山は面白くなさそうに眉根を寄せた。

「あんなことがあった後に一人にできるはずがないだろう」

「でも、ずっとここにいるわけには……」

「いいんだよ。このパーティーは麗華に頼まれて俺が場を用意しただけで、招待客のほとんどは麗華の知人だ。俺がいなくてもなんの問題もない。それに、俺もこうして外にいる方がずっと落ち着く。騒がしいのはあまり得意じゃないんだ」

「それなのに、ＤＪパーティーを？」

「それが麗華の希望だったからな」

婚約者の願いを叶える優しい男の言葉に、千景は「なら、なおのこと戻らないと」と促す。

「麗華が待ってますよ？」

「気にしなくていい。さっき、招待客の男何人かとジャグジーに行くところを見たから、しばらく戻ってこないだろう。ジャグジーでシャンパンを飲むのをかなり楽しみにしていたから」

「……いいんですか？」

婚約者が他の男と水着姿でジャグジーなんて。そう考えていることが伝わったのだろう。佐山は顔色ひとつ変えず「問題ない」と言い切った。

「それよりも下手に注意して機嫌を損ねる方が面倒だ。麗華が楽しいならそれでいいさ」

面倒。その物言いだけがなんとなく引っかかったが、特に深い意味はないのだろう。

「麗華のことを信頼してるんですね」

しみじみと返すと、佐山はそれ以上は答えない。代わりに彼は言った。

「それはそうと、君はどうにも危なっかしいな。男慣れしていないというか……」

「……すみません」

「いや、疑問に思っただけで別に責めてるわけじゃない。そういえばこの前、恋人がいたことがないと言っていたけど、あれは本当か？」

なぜ今それを聞くのか。そう思わないでもなかったが、事実なので小さく「はい」と頷く。

「不思議だな」

「何がです？」

質問の意図がわからず目を瞬かせる千景に、佐山は思いも寄らない言葉を口にした。

「いくら女子校育ちといっても君なら男なんて選び放題だろう。それなのに誰とも付き合ったことがないのがどうにもしっくりこない。理想が高いのか？　それとも恋人に求める条件が厳しいとか」

そう聞かれてすぐに答えられなかったのは、ただただ驚いたからだ。

彼はなんの勘違いをしているのだろう。選び放題なのは麗華であって千景ではない。

「理想は、特に高くはないと思います」

人並みに恋愛に興味もあったし、恋に憧れたこともある。それでも交際に発展しなかったのは、少しでも好意を抱いた男性が皆、麗華を好きになったからだ。そうなった以上は千景が男性を追いかけることもなく自然と諦めて過去のことになる。

幼稚舎から大学まで麗華が傍にいた千景にとって、それが当たり前だった。

そんな状態では誰かと恋愛に発展するはずもなく、千景自身、自然と「恋をすること」に対する意識が薄れていたのかもしれない。

――でも、佐山は違った。

どれほど望んでも消えない。忘れられない。過去にならない。考えないようにすればするほど、強く意識してしまう。初めて知った感情に――佐山に対する想いの強さに戸惑い、困惑する。

「条件も特にありません。麗華と違ってモテないというだけで、恋人がいなかったことに深い理由はありません」

それが事実だ。しかし佐山は納得がいかないように深く息をついた。

「君はやけに自分と麗華を比較するんだな。まあ、同い年の従姉妹で、学校も同じならわからなくもないが……。でも、君と麗華は別の人間だろう？　過度に麗華を意識しなくても君は十分魅力的だと思うけど」

前回のように一般例としてではない。佐山ははっきりと千景を魅力的だと言った。

まるでそれが当たり前であるように……なんでもないことのように、あっさりと。

それが嬉しくて、少しだけ切なかった。千景を魅力的だと言ってくれる彼は、他ならない麗華の婚約者なのだから。

胸が痛い。それはどこか甘く切ない痛みだ。

「……ありがとうございます。お世辞でも嬉しいです」

佐山への気持ちを気取られないよう、千景は自分にできる最大限のビジネススマイルを浮かべる。これに彼はなぜか憮然とした顔をした。

「お世辞のつもりはないいんだが。実際、今日だけで何人もの男に声をかけられていたようだし」

「見ていたんですか？」

大勢の招待客の対応をしていたのに？ ぽかんとする千景に佐山はなぜかばつが悪そうに顔を顰(しか)める。その表情の意味はわからなかったが、声をかけられた理由はわかる。

「さっきの人も言っていましたが、多分、今日の招待客の中で浮いているからだと思いますよ」

彼は「清楚系」と言ったが、要は野暮ったいということだろう。

確かに異性と付き合った経験はないが、酔っ払いの言葉を素直に受け取るほど初心（うぶ）ではない。

これに対して佐山はなぜかまたしても顔を顰めて黙り込んでしまった。

今、二人の間に流れるのは静寂ではなく耳が痛くなるほどの爆音だ。それなのになぜかこの瞬間だけはその音が遠くに聞こえた。

千景の瞳に佐山が映っている。同じように佐山の瞳には千景だけが映っている——。

ただ隣同士に座っているだけ。佐山が千景に触れたのは、倒れそうになった千景を支えたあの一瞬だけだ。そしてこの先も彼が千景に触れることはない。でも、なぜだろう。

あの瞬間よりもこうして見つめ合っている今の方がずっと、佐山の存在を近くに感じた。

「隼？　いないの？」

その時、麗華の声が千景の意識を現実に引き戻した。はっと身を硬くする千景と、目を見張る佐山の耳にもう一度「隼？」という甘い声が届く。

「もー、どこ行っちゃったのよ」

不機嫌そうな声はヒールの足音とともに遠ざかっていく。それが聞こえなくなると、佐山は小さく息をつく。

「そろそろ戻ろうか」

「はい。佐山さんは先に行ってください」

先ほどと同じ問答に佐山は一瞬眉を寄せるが、千景は「大丈夫です」と続けて言った。

「すぐに戻りますから。麗華が呼んでますよ」

「本当に大丈夫なんだな?」

「はい」

はっきりと答える千景が嘘をついていないのは佐山もわかったのだろう。佐山は「わかった」と渋々ながらも頷いた。

「じゃあ俺は先に戻る。——最後に一つ。話を蒸し返すようだが、君はもう少し酒の飲み方を覚えた方がいい。今度同じようなことがあっても、俺は助けてやれないから」

二度目はない。そんな当たり前のことに、胸が痛む。

「……そうですね。気をつけます」

笑顔で答えると佐山は小さく頷き立ち上がる。そして背を向けようとする姿に、千景は反射的に「佐山さん」と呼び止めた。弾かれたように振り返る男に千景は告げる。

「さっきの質問の答えですが、見つかりました」

「質問?」

「私が男の人に求める条件です」

まさかこのタイミングでそんなことを言われると思わなかったのだろう。目を瞬かせる佐山を千景はじっと見つめ返す。

佐山はそう口数が多い方ではない。飛び抜けた端正な顔立ちやクールな雰囲気は、けして話しやすいとは言えないだろう。それに、こうして二人でいるとどうしたって緊張してしまう。

けれど、いざ話してみると実際の彼はとても聞き上手だった。何よりも、麗華という美女を婚約者に持ちながらも千景と比較せず、ありのままの千景を「魅力的だ」と言ってくれた。

そんな彼が好きだと素直に思う。けれど、今胸を占めている恋心が実ることはない。

明かすことも、もちろんしない。

「話し上手で、女性慣れしていて、一緒にいても気を使わない人。もしもお付き合いするなら、そんな人がいいなと思います」

代わりに千景は、自分の中の佐山とは真逆の男性像を口にした。

この恋心を、断ち切るために。

でも、本当は違う。もしも次に恋をするなら、それは──

(愛した人に、愛されたい)

特別お金持ちでも、格好よくなくてもいい。願うのは一つ。

気持ちを隠さなくていい。殺さなくていい。そんな恋をいつかしたい。

そんな千景の嘘に、佐山は気づかなかった。彼は「そんなの、君なら簡単だ」と笑顔で言った。

とても残酷で、とても優しい言葉だと千景は思った。

◇

船上パーティーを最後に、千景は徹底的に佐山との接触を避けた。元々、麗華を介さなければ出会うことのなかった人だ。自ら望んで会おうと思わない限り、姿を目にすることはない。

しかし、それは麗華を避けるということでもあり……彼女はそれを許さなかった。

初めは「仕事が忙しいから」と麗華と会うのを避けたが、そうすると麗華は電話をかけてくるようになった。それもあまり取らずにいたら、今度はメールが何通も届く。

どんな意図があっての行動かはわからない。婚約者を見せつけたいのか、惚気（のろけ）たいのか、それとも両方か。千景と一緒にいる時、麗華はことあるごとに佐山の話題を出しては、自分がいかに愛されているかを語った。

二人でどこに出かけたか。

どんなプレゼントを貰ったのか。

ベッドの中の彼がどんなに魅力的か。

「彼、本当にすごいの。私がもうダメって何度言っても求めてきて……」

恍惚（こうこつ）とした表情で語る麗華は本当に綺麗で可愛くて、いかに彼に愛されているかが伝わってきた。それに対する千景の答えは決まっていた。

「羨ましい」

「お似合いだね」

「佐山さんは本当に麗華が大切なんだね」

そう言えば、麗華の機嫌がよくなるのがわかっていたから。

千景は惚気られるたびに何度だって同じ言葉を口にした。

……本当は聞きたくなんてなかった。耳を塞ぎたかった。

千景が必死に佐山を忘れようと思っても、麗華が忘れさせてくれない。

正直、頭がおかしくなりそうだった。麗華から連絡が来るたびに眠れない日々が続いて、決算期の時よりずっと体には疲労が溜まっていく。それでも、せめてもと麗華の電話やメールに付き合っていたのは、ひとえに後ろめたかったから。

千景は、姉妹同然に育った麗華の婚約者に横恋慕した。けれどこの気持ちは絶対に知られてはならない。たとえ麗華に感づかれようと認めてはいけない。だからこそ麗華の惚気を聞いても、「私は佐山さんに興味がない」というスタンスを絶対に崩さなかった。

佐山の話題を耳にするのは、麗華からだけではなかった。

パーティーから半年も経つ頃には社内でも上がるようになっていた。

理由は明白で、業務提携が目に見えて成功したからだ。

佐山主導の下始まった二社の新規事業は、無事軌道に乗ったらしい。

業務提携以降、久瀬商事の業績は著しく向上した。そうなれば中心人物である佐山の評価は久瀬商事の中でも自然と上がる。それは直接彼と関わることのない営業所でも例外ではなく、否が応でも仕事中に佐山の話題は耳に飛び込んでくる。

そのたびに揺れ動く心を紛らわすように、千景は仕事に没頭した。

おかげで昨年度に引き続き、三年目も同期で一番の営業成績を収めることができた。

……それでも、心は疲れ切っていた。

叶わない恋をすることに、佐山を忘れられない現実に悲鳴を上げていた。

麗華から佐山の話を聞くたびに、心の中には少しずつ汚泥が積もっていく。その一方で自分の口から出るのは二人への賛辞ばかりで、そんなちぐはぐな自分が気持ち悪くてたまらない。

けれどそんな日々が一年以上続いたある日、変化が訪れた。

——古田圭人に告白されたのだ。

3

社会人四年目の十月。

「俺と付き合わないか?」

半年ぶりに顔を合わせるかつての指導係からの突然の告白に、千景は耳を疑った。

「『どこにですか?』なんてボケはかますなよ」

「……少し待ってください。頭を整理します」

付き合う? 自分と古田が?

答えを待つようにじっとこちらを見据える瞳と視線が重なった瞬間、千景はこれが冗談ではないことを悟った。

(どうして、急に?)

これまではもちろん、今だってそんな雰囲気では微塵もなかったのに。

今年の四月、古田は東京南営業所に異動になった。今日は所用で古巣である東京東営業所に顔を出していて、せっかくだから食事に行こうという流れになったのだ。半年ぶりに会う古田は何も変わらなかった。相変わらず適度にチャラくて話しやすい元指導係に、ここ一年ずっと悶々(もんもん)としていた千景は、久しぶりに麗華や佐山のことも忘れて会話を楽しんでいた。

その矢先の、突然の告白。

「古田さんは、私のことが好きなんですか？」

「好きじゃない相手に『付き合おう』なんていうほど酔狂じゃないな」

「……いつから、ですか？」

「はっきりと自覚したのは異動してしばらく経ってから。出社してもそこに鈴倉がいないのがやけにつまらなくて、『好きだったんだな』って気づいた。そんな時に今日久しぶりにお前の顔を見て、言わなきゃなって思ったんだ。ちなみにもう半年以上恋人はいない。理由は今言った通りだ」

淡々と、しかしはっきりと古田は告げる。

「……全然、気づきませんでした」

本心から零すと、古田は「隠していたからな」と苦笑する。

「それで、返事は？」

「私は——」

テーブルの下できゅっと拳を握る。古田のことは好きだ。社会人としての今の自分があるのは古田のおかげと言っても過言ではないし、なんだかんだ言って彼のことは尊敬している。

でも、古田に抱くこの感情は異性愛ではない。

「……ごめんなさい」

それに対して古田は怒るでもなく、静かに言った。

「俺のことが嫌いか？」

「ちが――！」

「なら、他に好きな奴がいる？」

息を呑む千景に古田は「図星か」と小さく息をつく。

「その男にはもう想いは伝えたのか？」

静かに首を振る千景に古田は「なぜ」と理由を問う。

「それは……」

従姉妹の婚約者だから。

――そんなこと言えるわけない。

その一方でごまかすこともしたくなかった。適当に理由をつけて嘘をつくことはできる。しかしそれは、真摯に想いを伝えてくれた古田に対して失礼にあたる。だから千景は、自分に言える範囲の事実を伝えようと決めた。

「その人は、絶対に好きになっちゃいけない人だから」

「既婚者とか？」

「似たようなものです」

古田は考え込むように眉間に皺を寄せる。妻帯者に好意を寄せるなんて最低だと考えているのかもしれない。尊敬する先輩に軽蔑されるのは、少し辛い。けれど自業自得だという自覚がある以上、言い訳しようとは思わなかった。他ならない千景自身が、そんな自分が嫌でたまらないのだから。

「一つだけ教えてほしい。鈴倉にとって、俺はこの先もただの先輩か？」

どんな意図があっての問いかはわからない。けれど正面から注がれる真剣な眼差しに、千景はゆっくりと首を横に振った。

「……告白された以上、古田さんを今まで通りには見られません」

告白と共に先輩後輩としての関係は終わりを告げた。恋愛経験豊富な古田にとっては、千景に断られたところで大きな変化はないかもしれない。けれど千景には無理だ。「先輩」ではなく「異性」として意識してしまった以上、これまでのようには振る舞えない。

「わかった。なら、やっぱり俺と付き合おう」

それを寂しく思いながらも受け入れなければ、と思ったその時。

「……え？」

空耳だろうか。耳を疑う千景に古田は続ける。

「振られた理由が『恋人がいる』とか『俺を男として見られない』とかなら諦めた。でもそうじゃないならなんの問題もない。男で傷ついた心は、新しい男で癒やせばいい」

今の話でなぜそうなるのか。

「私は、他に好きな人がいるんですよ？」

「今はそうでも、付き合ってから俺を好きになれば問題ない」

「それだと、古田さんを利用することになります」

「むしろ利用しろって言ってるんだよ、俺は」

呆気に取られる千景とは対照的に、古田はどこか楽しげに答える。

「もしも鈴倉が恋愛に夢を見ているなら悪いが、人間、三十も近くなれば一緒にいる理由は惚れた腫れただけじゃない。一人だと寂しいとか、人肌恋しいとか、世間体とか……『付き合う』理由は人によって違う。世の中、品行方正な人間だけじゃないんだ。俺は鈴倉と一緒にいると楽しいから付き合いたい。鈴倉は今好きな男を忘れるために俺を利用すればいい。それの何がいけない？」

振られて傷ついた素振りもないその様子に、得意先に熱心に売り込みをする仕事中の彼の姿が頭をよぎる。同時に「好きじゃなくていい」「利用しろ」とこんなにもはっきりと言われ、心が軽くなるのを感じた。何よりも、長いこと佐山への想いを拗らせている千景にとって、それは思わず縋り付いてしまいたくなる提案だったのだ。

「……少し、考えさせてください」

とはいえすぐに頷くことはできなくて、千景は保留を願い出る。これに古田は「いい返事を期待してる」と苦笑し、この日はお開きとなった。

この日をきっかけに古田のアプローチは始まった。デートという名の飲みに何度も誘われては、そのたびに「好きだ」と想いを伝えられる。

その誘いに乗りながらも、千景は戸惑わずにはいられなかった。

先輩として、古田には感謝していた。

入社直後、上司やほとんどの先輩社員らは、創業者一族である千景の扱い方に戸惑っているように見えた。他の同期にはコピーや資料整理などの雑事を頼む中、千景には遠慮することが多かった。そんな中、指導係である古田だけは容赦がなかった。彼は初めから千景を「ただの新入社員」として扱ったのだ。雑事もどんどん任せるし、失敗すれば怒る。

そんな古田に倣うように、次第に他の社員の千景に対する遠慮は減っていった。

今、千景が気兼ねなく働けているのは古田のおかげが大きい。

彼と飲むのは好きだし、一緒にいる時は自然体でいられる。それでも異性としてはどうなのか、佐山に想いを寄せているのに、頷いていいのだろうか。悩んで、悩んで、悩んで……。

――今、古田を選べば、この終わりの見えない苦しみから解放されるだろうか。

――彼を好きになれば、この膨れ上がった感情から解放されるだろうか。

そうしてしばらく経った頃。古田は言った。

「『付き合う』ことを重く捉えることはない。実際付き合ってみてやっぱり『違う』と思ったなら、その時は別れればいいだけだ。俺も利用されるのを辛く感じたり、別れたくなった時は遠慮なく言わせてもらう。だから俺と付き合えよ、鈴倉」

その、シンプルかつストレートな告白に――

「……よろしくお願いします」

千景は、陥落した。


『話し上手で、女性慣れしていて、一緒にいても気を使わない人』

奇しくも古田は千景の「理想像」に当てはまっていた。優秀な営業マンなだけあって話し上手なのは間違いない。女性慣れしているのはもちろん、先輩後輩として培った三年間のおかげで、千景にとって古田は社内で最も気楽に接することができる男性社員だ。

とはいえ仕事とプライベートは違う。先輩ではなく恋人としての古田はいったいどんな男なのか、どんな付き合いになるのか――そんな千景の不安を払拭するように、古田は異性との交際経験がない千景に一つ一つ優しく教えてくれた。

二人きりの時、古田は甘い言葉を惜しげもなく注ぐ。

そのたびに千景は女性としての自分を認められたようで……求めてくれているようで、くすぐったい気持ちになった。

古田と過ごす時間が増えるほど、佐山のことを考える時間は減っていく。

それは、実りのない片想いに疲れ切っていた千景に久しぶりの安らぎを与えてくれた。

古田との交際を社内で知っているのは、美帆子だけ。仕事以外で余計な注目を浴びたくないと古田と意見が一致したのだ。その一方で、麗華にはすぐに「恋人ができた」と電話で報告した。それは、「佐山のことはなんとも思っていない」と伝えるためでもあった。そうすれば麗華もきっと、これ以上牽制してくることはないだろうと思ったのだ。

その予想は、当たった。

報告してすぐに麗華はぱたりと佐山の話をしなくなったのだ。これには心から安堵した。佐山への想いが完全に消えたわけではない。それでも古田との時間を重ねていくうちに、いつかきっと過去のものになるだろうと思っていた。——けれど。

付き合い始めてもうすぐ一ヶ月という頃、それは起きた。

その日はちょうどクリスマス当日で、千景と古田は共に食事をする約束をしていた。

千景は仕事終わりに彼の部屋を訪ねると手料理を振る舞った。そうしてクリスマスケーキを食べて、美味しいお酒を飲んで、互いにシャワーを済ませて……いざそういう雰囲気になった時。

千景は、彼を拒絶してしまった。

理由は自分でもわからない。ただ、自分に覆い被さる古田に対して本能的な恐怖を感じて、気づけば彼の胸を押し返していた。震える声で「ごめんなさい」と謝罪する千景に、古田は明らかに落胆していた。

「俺たち、もうすぐ付き合って一ヶ月だけどまだダメなのか？」

「……ごめんなさい」

もう少しゆっくり関係を進めたい。そう望む千景に、古田は「これ以上かよ」と皮肉っぽく吐き捨てた。こうして恋人と過ごす初めてのクリスマスは散々に終わってしまった。

この日をきっかけに古田の態度が変わった。体の関係を求める回数が明らかに増えたのだ。時に雰囲気で、時に言葉で「セックスがしたい」と伝えてくる。恋人なら「したい」と思うのは当然だ。そう頭ではわかっていても、どうしても千景はその気になれず、申し訳ない気持ちが込み上げた。そんなことが続くといつしか連絡の頻度も減っていた。

それまで週に一回会っていたのが二週間に一度になり、月に一度になる。

以前と違って営業所が違う以上、約束しなければ偶然会うなんてこともない。

そうしてすれ違うこと二ヶ月。

久しぶりに電話をかけてきた古田は、いっそわざとらしいほどなんでもない様子で言った。

『明日から新宿ショールームで始まるフェア、鈴倉も行くんだろ？』

「『も』ということは、古田さんもですか？」

『ああ。行く予定だった奴が体調を崩したらしくて、急遽俺が行くことになった』

このたび、新宿に新たにできた複合商業施設のワンフロアに、佐山工業と久瀬商事共同のショールームが入ることが決定した。この週末はそのオープンフェアが開催され、各営業所からも応援が呼ばれている。東京東営業所からは千景が派遣されることになっていたが、古田もだなんて。

『その……なんだ、職場で会うのは久しぶりだけど、よろしくな。それじゃあ、また明日』

それだけ言って電話は切れた。恋人同士としてはあまりにぎこちないやりとりだったものの、遠回しながらも古田が歩み寄ろうとしてくれているのがわかって、千景は安堵した。

そうして迎えた翌日。古田は、まるで何事もなかったかのように千景に接してくれた。

「いつも法人相手の仕事をしてる俺たちにとって、個人のお客様と接する機会は貴重だ。この二日間を無駄にするなよ」

先輩として後輩を指導するその姿に、千景はほっとした。

結果として、二日間のフェアは大成功で終えた。商業施設も入るビルのワンフロアということもあるのだろう。来店数、売上数共に当初見込んでいたよりも多くの数字を記録したのだ。

普段は外回りの営業をしている千景自身、ショールームの店頭に立って接客するのはとてもいい経験になったし、個人客のニーズを生の声で聞けたのは大きい。

何よりも、久瀬の家具で溢れるショールームでの接客は、千景にこれ以上ない安らぎを与えてくれた。天然木の温もりが感じられる家具に囲まれているとそれだけで気持ちが落ち着くのだ。

「鈴倉」

フェア終わり、帰り支度を整えた千景がスタッフルームから出ると、後ろから声をかけられる。

「古田さん」

振り返ると、同じくこれから帰るのだろう古田がいた。

「二日間どうだった？」

「疲れました……けど、それ以上に楽しかったです。法人と個人相手では営業方法が違うのは理解していたつもりだけど、実際にお客様を前にしていると本当にその通りだなって」

肩を並べて歩きながら二日間の出来事を話す。反省点や改善点、今後に活かせること――それらは全て仕事に関することで、だからこそ千景は素で接することができた。それもこれも古田のおかげだ。恋人としてではない、先輩の顔をする姿に「大人だな」と素直に思った。

（古田さんと向き合おう）

セックスしたい古田と、もう少し待ってほしい自分。正反対なあまりずっと気まずい状態が続いていたが、このままではいけない。話し合って、どうしたらいいのかを一緒に考えよう。

そう思った時だった。

「千景！」

バックヤードから売り場に出た千景は、自分を呼ぶ声にはっと視線を上げる。そこに立つ人物を確認した瞬間、目を見開いた。

「……麗華」

「鈴倉？」

隣の古田が困惑しているのがわかる。そんな二人の元にコツコツとヒールの音を鳴らして歩み寄ってきた麗華の隣には、佐山がいた。

突然の麗華の来訪と、船上パーティー以来の佐山の登場に動揺を隠せない。そんな千景とは対照的に、麗華はにこりと笑う。次いで隣の佐山もまた「久しぶり」と目元を和らげた。

たったそれだけの仕草に胸が疼く。凛と伸びた背筋に均整の取れた引き締まった体躯。見る者の視線を一目で奪うほど完璧な造作の顔。そして、圧倒的な存在感。

一年以上ぶりに見る彼はやはり、悩ましいほどに格好いい。

暴れ出しそうになる心臓の音が聞こえませんように——必死にそう祈りながら、千景もまた笑みを浮かべた。今がプライベートではなくてよかったと心の底から思う。仕事中であることが千景の頭を冷静にさせてくれる。

「お久しぶりです」

なんとか声を絞り出すと、麗華は面食らったような顔をする。

「やだ、千景ったら何、その他人行儀な口調」

「仕事中ですから、それよりお二人とも今日はどうされましたか？」

丁寧な口調で接すると二人は揃って目を瞬かせる。これに答えたのは佐山だった。

「今回のフェアは、久瀬商事と佐山工業両社の共催だから。営業時間には間に合わなかったが、結果が気になって顔を出しに来た。今、マネージャーから話を聞き終えたところだ。元々は一人で来る予定だったんだが、麗華も一緒に行きたいと言ってね」

「今夜はうちで食事会の予定だったの。それなら二人で顔を出してから行けばいいと思って。でもまさか、千景がいるとは思わなかったわ」

そう言った二人の様子は対照的だった。眉根を寄せる佐山とご機嫌な麗華。察するに、一人で来ようとしていた佐山に麗華が無理を言ってついてきた……そんなところだろうか。

「オープンフェアということもあり、応援要員として派遣されたんです」

「ふうん。そちらの彼も？」

麗華の視線が隣に注がれてはっとする。二人の登場に動揺していたが、きっとそれは古田も同じはず。紹介しなければ——そう思いながら隣に視線を向ける。そして瞳に飛び込んできたのは、麗華を食い入るように見つめる恋人の姿だった。

——ああ。

激しく波打っていた心臓の音がすうっと遠くに聞こえるような気がする。この感覚の正体を、千景は知っている。なぜならそれは、子供の頃からもう何度も目撃したことがある光景だから。

身近な異性が美しい従姉妹に惹かれる瞬間を。

「はじめまして。いつも千景がお世話になっています」

「は、はじめまして。東京南営業所で営業をしている、古田圭人です」

我に返った古田はスーツの内ポケットから名刺ケースを取り出し、佐山と麗華の両方に手渡した。

「そう。……あなたが」

名刺に視線を落とした麗華はすっと目を細める。そして顔を上げ、古田をじいっと見つめた。

「久瀬麗華です。私のことはご存知かしら？」

「ええ、もちろんです」

麗華はぽってりとした唇をふふっと緩ませて、「ねえ」と佐山を仰ぎ見る。

「隼、売り場の人間の話も聞きたいって言ってたわよね。せっかく千景に会えたことだし、この後の食事会に千景も誘ったら？　食事をしながらゆっくり話せばいいじゃない。ね、決まり！」

「え？」

急な提案に驚いてしまう。

「私は――」

断ろうと口を開いた時、「麗華」と静かな声が従姉妹を窘めた。

『決まり』じゃない」

きょとんと目を瞬かせる麗華を佐山は静かに見据える。

「初めて彼女を紹介した時、俺に注意されたのを忘れたのか？　あの時は決算期で今はフェア終わりだ。従姉妹だからって、相手の都合も考えなしに決めていいものじゃない」

「私は隼のためを思って！」

「それでもだ」

まさか注意されるとは思わなかったのか、麗華は表情を曇らせる。その矛先は佐山ではなく千景に向けられた。

「千景は？　うちに来られない理由でもあるの？」

佐山と古田は単にこの後の予定を尋ねているように思っただろう。けれど千景は違った。思い過ごしかもしれない。麗華への後ろめたさからそう思っただけかもしれない、でも。

——佐山と一緒にいられない理由があるのか。

——佐山のことが好きなのか。

そう言っているように聞こえた。ならばそれに対して自分が言える答えは一つだけだ。

「まさか。そんなことありませんよ」

これに対して麗華は「本人がこう言ってるのよ」と勝ち誇ったように嫣然と微笑んだのだっ

た。

その後、千景は佐山の運転する車で久瀬本家へと向かった。座ったのは後部座席で、助手席はもちろん麗華だ。

(……気まずい)

後悔の念に駆られるが決めたのは自分だ。車内はもちろん食事会の時も必要以上は口を開かず空気に徹していよう。そう決めたのも虚しく、車が走り始めてすぐに麗華は言った。

「私もショールームに顔を出してよかったわ。おかげで千景の恋人にも会うことができたし」

「麗華、それは——」

「恋人?」

わざわざ今話すことではない、と千景が止めるより早く、佐山が口を開いた。はっとサイドミラーに映る運転席の佐山に視線を向ける。一瞬、彼が眉根を寄せたように見えたのは気のせいだろうか。麗華が「そうよ」と答えた時には、彼は無表情に前を見据えていた。

「確か、元々同じ営業所の先輩だったのよね?」

「……ええ」

「オフィスラブってやつ? いいじゃない。正直、電話で聞いた時から気になってたのよ。だって千景にとっては初めての恋人でしょ? 変な男に騙されていたらどうしようって。でも実際に古田さんにお会いして安心したわ。二人が並んでいる姿、お似合いだったわよ。ねえ、隼？」

「……ああ、そうだな」

興味なさそうに答える後ろ姿にキリリと胸が痛む。そんな自分が愚かしく思えてたまらない。

佐山に「お似合いだ」と言われたことに苦しくなること自体が間違っているのに。

「千景と恋バナができると思うと嬉しいわ。ねえ、二人はなんて呼び合ってるの？」

そんなことを聞いてどうするの？　本当に興味があるの？

でも、言えない。「恋バナができて嬉しい」なんて軽やかな声で言われてしまったら、とても。だって麗華は何一つ悪いことは言っていないのだ。それを嫌だと感じてしまう自分がおかしい。

「別に普通よ。お互いに苗字で呼んでる。私はさん付けで、向こうは呼び捨てだけど」

「嘘！　恋人なのに苗字とか信じられない。どうして名前で呼ばないの？」

「元々がそうだったから、今もそれが続いているだけ」

今宵の麗華はやけに饒舌だった。だが彼女が話せば話すほど千景の気持ちは沈んでいく。

「なんだか意外ね。恋人ができたっていうからもっと浮かれているかと思ったのに。千景、古田さんのこと本当に好きなの？」

「どうしてそんなこと……」

「別になんとなくよ。ねえ、もちろんキスはしたのよね。じゃあ、体の関係は？」

矢継ぎ早に聞いてくる麗華に困り果ててしまう。

「私、心配してるのよ？　せっかくできた恋人に振られたら可哀想だなって。だから、私が力になれることがあれば――」

「麗華」

その時、静かな声が麗華を遮った。

「そういう話は今ここでするものじゃない。少なくとも俺は聞きたくないし、彼女も聞かれたくないだろう」

意外にも麗華を止めたのは佐山だった。

千景の恋愛ごとになんてまるで興味がなさそうだったのに、どうして。

後部座席で一人驚く千景とは対照的に、助手席の麗華は「酷い」と華奢（きゃしゃ）な肩を震わせる。

「私は千景の力になりたいと思っただけなのに」

「相手が望んでいない厚意は余計なお節介と同義だ」

「何よ、それ。まるで私より隼の方が千景のことを理解しているとでも言いたいみたい」

「そんなことは誰も言っていない。大体、君より俺が彼女のことを知っているはずがないだろう。ただ、時と場所をわきまえた方がいいと言っているだけだ」

感情的な麗華に佐山は淡々と返す。それに麗華が怒ったのかは定かではないが、ふんっとつまらなそうにそっぽを向くと、窓の外を見たまま黙り込む。

沈黙が満ちる重苦しい雰囲気に、千景は肩身が狭くなって縮こまる。そんな中、運転席の佐山だけがどこ吹く風で表情ひとつ変えずに前を見据えていた。

その時、サイドミラー越しに視線が重なった。ほんのわずかのその一瞬、佐山は労うように目尻を下げる。

(もしかして、庇(かば)ってくれた?)

驚きと戸惑いを抱えたまま、千景たちを乗せた車は久瀬本家に到着したのだった。


その後の食事会で、千景は終始借りてきた猫のように過ごした。

もちろんずっと黙り込んでいたわけではなく、佐山とはフェアについて言葉を交わしたし、久しぶりに会う伯父とも会話をした。車内では不貞腐(ふてくさ)れていた麗華も一時間も経つ頃にはすっかり機嫌を直し、隣に座る佐山に甘えていた。

そんな二人はやはりとてもお似合いで、まるで船上パーティーの再来のようだ。

あの夜、千景はこの恋心を断ち切ろうと決めた。そのために古田の提案に乗る形で交際を始めて、実際に彼を思い出すことは少しずつ減っていった。

それなのに、再会してからのたった数時間でそれらが全て元に戻っているような気がする。

忘れようと思ったのに、忘れられると思えたのに。どうしても、佐山の存在に心が動く。

表向きは平静を装いながらも、実際は食事の味もほとんどわからない。

（帰りたい）

心の奥底に閉じ込めたはずの感情がこれ以上顔を出す前に、早く、早く、早く――。

それだけを願いながら約二時間の食事会を終え、ほっとしたのも束の間だった。

麗華が彼に千景を家まで送るように言ったのだ。それを千景が断るよりも早く、佐山は「わかった」となんの疑問も持たずに答えた。


――どうしてこんなことになったのか。

食事会での賑わいが嘘のように、二人きりの車中は静寂に満ちていた。

ハンドルを握る佐山の隣で千景はひたすらに縮こまっていた。

少しでも言葉を発すれば、心の鍵が開いてしまいそうで怖かったのだ。

「こうしてゆっくり話すのは船上パーティーの日以来だな。元気にしていた？」

沈黙に耐えかねたのか、口火を切ったのは佐山の方だった。千景は不意打ちの質問に一瞬ビクッと肩をすくめると小さな声で「はい」と答える。しかしそこで会話は止まってしまう。

何を話したらいいのか……何を話したいのか、自分自身でもわからなかった。だって、こうして彼の隣に座っているだけで心臓が痛いくらいに早鐘を打っている。そんな中ふと頭に浮かんだのは、久瀬本家に向かう道中の車内での出来事だった。

「さっき、麗華を止めてくれてありがとうございました」

それだけで何が言いたいのかを察したのだろう。佐山は「ああ」と小さく答える。

「別に礼を言われるようなことはしてないよ。実際、場所を選ばないでするような話じゃなかったから。それはそうとして、恋人ができたんだな」

「……はい」

「どんな人？」

「話し上手で、私と違って恋愛経験が豊富で、一緒にいても気を使わない人です」

答えると、佐山はなぜか小さく笑う。

「それ、前に君が話していた『理想の男に求める条件』そのものだな。願いが叶ったんだな、おめでとう」

自分で話題を振っておきながら、佐山の口から発せられた「おめでとう」に酷く心がざわめく。そして千景はそれを隠しきれなかった。

「食事会の時も思ったが、何かあった？」

「え……？」

「せっかく理想の恋人ができたのに、浮かない顔をしているから」

答えに詰まった。彼の指摘は正しいけれど原因は古田だけではない。上手くいかない現実と自分。色々なことが入り混じって、出口のない迷路に迷い込んだようだった。けれどそんな気持ちを明かすことができるはずもない。黙ってしまった千景に佐山はそっと口を開く。

「俺でよければ話を聞くけど」

顔を合わせたのは今日でたったの三回。それにもかかわらずこうして心を砕いてくれるのは、千景が麗華の従姉妹だから。そんな希薄な関係性の彼に甘えてはいけない。何より、こんなことは言うべきではない。頭ではそう思うのに、気づけば千景は口を開いていた。

「……彼とキス以上のことができないんです」

隣の佐山が息を呑むのがわかった。けれど、よせばいいのに千景は続けてしまった。

「彼は何も悪くないのに……彼のことが好きなはずなのに、『怖い』と思ってしまって」

千景の言葉に佐山は眉間に皺を寄せてぐっとハンドルを強く握る。そしてなぜか苛立ったような声で「無理にするものじゃないだろ、そんなの」と吐き捨てた。

「でも、恋人なのに」

「恋人でも、だ。たとえ恋人であろうと、君に受け入れる準備ができていないなら無理にする必要なんてない」

まさか、そんな風に言ってもらえるとは思わなかった。

驚きで何も言えないでいる間も車は進み、やがてマンションに到着した。

「――着いた。ここだろ？」

「あっ……はい」

シートベルトを外す千景を横目に佐山は車から降りると、外側から助手席のドアを開けてくれる。

「ありがとうございます……え？」

息を呑んだのは、手のひらを差し出されたから。

「足元、危ないから」

佐山の車は高級外車ではあるものの一般的なＳＵＶで一人で簡単に降りられる。それにもかかわらずエスコートを申し出る大きな手に、千景は戸惑いながらも手のひらを重ねた。

しかしそれはほんの数秒で、千景が降りるとすぐに手は離れてしまう。それを名残惜しく思う自分はやはり、あさましい。

「それじゃあ」

「はい。送ってくださってありがとうございました」

簡単に挨拶を交わすと佐山は運転席に乗り込む。するとそれを見送るために立っていた千景の前で、助手席の窓がゆっくりと開く。何か言い忘れたことでもあるのだろうか——目を瞬かせる千景に対して彼は言った。

「君は、もっと自分を大切にした方がいい」

「え……？」

「おやすみ」

「……おやすみなさい」

唖然とする千景に佐山は小さく微笑むと、車を走らせ去って行ったのだった。

4

『お話ししたいことがあります。今週の金曜日、時間を取れますか？』

食事会を終えた翌週の月曜日。古田と話をするため千景はそうメッセージを入れた。

それに対して既読はついたものの、返信が来たのは二日後の水曜日。

『悪いけど都合が悪い』

『わかりました。また予定がわかったら教えてください』

短い断りのメッセージに初めは「仕事が忙しいのかな」と受け入れた。けれど、一週間待っても古田からの返信は来なかった。不思議に思って今度は「電話でいいから話したい」と留守電を入れても、返ってきたのは前回と同じ内容。それが何度も続けばおかしいと思わずにはいられなかった。

——避けられている。

気のせいではなく、間違いなくそうだろう。

（でも、どうして？）

初めは拒絶してしまったのが原因かと思った。しかしあの時の古田は、傷ついた様子を見せながらも、フェアの時は仕事中とはいえ普通に接してくれていたように思う。

では、他に何か理由があるのだろうか。

電話もメールも繋がらないとなれば仕方ないと、一度だけ古田が所属している東京南営業所に職場から電話をかけたけれど、別の社員に「席を外している」と言われてしまった。

プライベートに関することで職場にそう何度も連絡をすることもできない。

「千景、今日仕事が終わったら飲みに行かない？」

美帆子に誘われたのは、オープンフェアから一ヶ月以上経った金曜日のことだった。

美帆子は千景と古田の関係を知る唯一の人間だ。だからこそ、恋人に避けられ続けてお手上げ状態の千景は彼女の誘いを快諾した。そうして仕事終わりの二人が向かった先は、職場から程近いチェーン店の居酒屋。千景は烏龍茶（ウーロンちゃ）、美帆子はハイボールで乾杯して早々、料理が運ばれてくるのを待つことなく口を開いた。

「ねえ。古田さんと最近どうなの？」

今まさに悩んでいることを突然言われて、烏龍茶を飲もうとしていた千景はむせてしまう。

「っ……どうって？」

「言葉の通りよ」

差し出されたおしぼりを受け取り、濡れた唇を拭く。その間も美帆子はじっとこちらを見つめている。その瞳はどこか心配しているように見えた。

ごまかそうとは、思わなかった。むしろ今このタイミングで尋ねてくれたことに安堵さえした。千景と古田はまだ恋人同士ではあるものの、全く上手くいっていない。

八方塞がりのこの状況をどうしたらいいのか、これ以上一人で考えるのは限界だったのだ。

「もう一ヶ月以上会ってないよ。電話やメールをしても返事もないの」

「それって」

「……避けられているんだと思う」

「喧嘩でもしたの？」

「ううん。ただ、気まずくなるようなことはあった。でもそれが原因かどうかはわからないの。話をしたくても連絡がつかないからどうにもならなくて」

「何があったか聞いてもいい？」

「それは……」

美帆子には古田と付き合っていることは伝えたが、そこに至る詳細は話していない。

千景に忘れられない男がいること、それを利用すればいいと言われたこと、その人が忘れられないばかりか古田を拒絶してしまったこと——。もしそれを明かすなら、佐山への片想いについても話さなければいけなくなる。美帆子を信用していないわけではない。けれど、社長の姪である自分が、いずれ麗華の夫になる男に横恋慕しているなんて知られてはならない。

「……言えない」

これに対して美帆子は怒ることなく「そう」と静かに頷いた。

「……心配してくれたのにごめんね」

「やだ、謝らないでよ。それを言うなら私の方。人の恋愛事情に首を突っ込むのは私の悪い癖ね」

そんなことない、と否定するより前に美帆子は「でも」と続けて言った。

「今日は一つだけ余計なお節介をさせて。——古田さん、社長の娘とできてるって噂が流れてるわよ」

「……え？」

「私たちの同期に宮島っていたでしょ？　彼、今は東京南営業所所属で古田さんの直属の部下なの。千景は付き合いはないと思うけど、私と宮島、たまに飲みに行く仲で、先週久しぶりに飲んだの。その時に宮島から噂を聞いて……。古田さんと社長の娘——麗華さんがホテルから出てきたのを見た社員がいるって。……その社員っていうのが、この間のオープンフェアに参加していた一人なの。その時に麗華さんを見たから間違いないって言ってるそうよ」

それが今からちょうど一ヶ月くらい前の話だと、美帆子は言った。

「噂がどの程度広がっているかはわからないけど、少なくとも東京南営業所では今その話題で持ちきりみたい」

千景の耳に入れるか悩んだけれど、今日、古田との現状を聞いて言うべきだと思ったのだと美帆子は告げる。しかし千景はそんな友人に対してすぐに反応することができなかった。

美帆子から噂を聞いてすぐ、飲み会はお開きとなった。

あんなことを聞いてしまった以上のんびりと食事をする気にはなれなかったし、何よりも確かめなければという気持ちに駆られたのだ。

『何があっても私は千景の味方よ』

別れ際、真っ青な顔をする千景に美帆子はそう慰めた。それに「ありがとう」と震える声で礼を言った千景は今、タクシーで古田の自宅マンションへと向かっている。その車内で彼に何度も電話したけれど繋がることはやはりなかった。

――古田と麗華が噂になっている？

――ホテルから出てきた……？

そんな馬鹿なことがあるはずない。麗華には佐山という婚約者がいる。千景だって、避けられているとはいえ古田とはまだ付き合ってるのだ。

（それに、連絡先だって――）

知らないはずなのに、と思った直後、脳裏に浮かんだのはフェアでの二人。あの時、古田は麗華にも名刺を渡していた。その時の古田は熱に浮かされたように麗華に見惚れていた。

（でも、だからって）

ありえない。二人が男女の関係になるなんて、そんなこと。

そう思うのに心がざわめく。心臓が嫌な音を立ててドクドクと波打っているのがわかる。心の中で「ありえない」と否定すればするほど鼓動は速くなって、胸が痛い。その痛みはマンションに到着した時にピークに達した。付き合い始めて間もなく「好きな時に来ていい」と渡してくれた合鍵を、まさかこんな風に使う日が来るなんて。

——噂は、噂だ。

それを確認するために千景はそっと部屋の鍵を開ける。

そうして震える手でドアを開けて——息を呑んだ。

玄関には、見覚えのある赤いピンヒールが置かれていた。

直後、廊下の奥から聞こえてきたのは子猫のような甘い嬌声。その瞬間、身体中の毛穴が一気に開くような感覚がした。震える足で寝室に向かうと、ベッドの軋む音がドアの外まで聞こえてきた。耳に届くのは、先ほどよりずっと大きな喘ぎ声。その声によく似た人物には心当たりがあった。でもまさか、そんなことはありえない。

頭に浮かんだ考えを否定しながらゆっくりと寝室のドアを開ける。そして、薄暗い部屋の中で体を重ねていたのは——古田と、麗華だった。

「な、んで……？」

——意味がわからなかった。

なぜ、どうして。現実を受け入れられずに固まる千景に対して、二人の反応は真逆だった。

「つ、鈴倉!?」

千景を見て固まる古田と、ベッドの上で気だるそうに髪をかきあげる麗華。

一糸纏わぬ状態の麗華は、千景を見てクスリと笑うと、まるで見せつけるように古田の唇にキスをした。そして呆然と立ち尽くす千景の前で焦ることなく服を着替え終えると、優越感に満ちた笑みを浮かべて無言で出て行った。

直後、古田は我に返ったようにはっとすると床に散らばった服をかき集める。それを慌てて身につけている光景を、千景はただ無言で見つめた。

薄暗い部屋の中、残された二人は視線を交わす。

「鈴倉、これはっ……！」

立ち尽くす千景に、古田はときおり言葉を詰まらせながらも麗華との関係について語った。

表向きは平静を装いながらも、千景に拒絶されたことがショックだったこと。そんな時、フェアで名刺を渡した麗華から連絡が来て、誘惑に負けて衝動的に体を重ねたこと。それが後ろめたくてこの一ヶ月間千景を避けていたこと。その間も、流されるままに麗華と関係を持ち続けたこと。

極め付けは、これだった。

「おままごとじゃあるまいし、この年で付き合ってキス止まりなんてありえないだろ、普通」

「つ……！」

吐き捨てられた言葉に現実を受け止めきれなくて、今すぐこの場から逃げ出したい衝動に駆られる。何かを言わなければと思う。でもいったい何を言えばいい。

浮気するなんて酷いと泣いて責める？

──自分には他に想う男がいるのに。

泣いて責めればいいのか、傷つけばいいのか、それとも受け入れればいいのか。今、自分がどんな行動を取ればいいのか正解が見つからない。それでも一つだけ、わかることがある。

(古田さんは、麗華を選んだ)

ただ、それだけの話。

「古田さん。別れましょう」

「っ……！」

もう何も聞きたくない。聞く必要もない。そう、心を閉ざして冷静になろうと努めた。

これが現実ならば受け止めるだけだ。古田は麗華を選んだ、その事実を。

「今までありがとうございました」

ただ淡々と、関係の解消と付き合ってくれたことへの感謝を告げる。

「──さようなら」

「鈴倉！」

声を振り払うように千景は背中を向ける。その背を呼び止めるようにもう一度古田が叫ぶけれど、振り返ることなく部屋を飛び出した。

その後はどうやって自分の部屋に帰ったか記憶は定かではない。おぼつかない足取りで靴を脱ぎ捨てて、スーツに皺が寄るのも構わずソファに座り込む。そうして魂が抜けたようにぼうっと天井を見つめていると、頬が濡れていることに気づく。

「あ……」

ぼんやりとしたまま右手で目尻に触れると、雫が指先を伝って手の甲を濡らした。

ひとたび泣いていることを自覚したらもう、だめだった。

「なんで……」

古田と麗華の情事を目の当たりにした時からずっと抑え込んでいた感情が爆発する。

「どうしてっ！」

キス以上のことができなかったから？

麗華の方が綺麗だから？

そのいずれも別れるには十分な理由だ。もしも古田が千景と別れることを考えていて、気まずさから距離を置いたのだとしたら仕方ないことだとも思う。

(でも、あれは違う)

古田が麗華に惹かれたのなら……体を重ねるなら、千景と別れてからにするべきだった。麗華もそうだ。佐山がいるのに、なぜ。互いに相手がいるのに最低だ。

――でも、自分に彼らを責める権利はあるだろうか。

同意の上とはいえ自分は古田を利用して拒絶した。麗華の婚約者である佐山を好きになった。

何が悪くて、どうしてこうなったのか。わからない。何もかもがわからなかった。

それから千景は取り乱したように泣いた。泣き疲れて眠るまで泣いて――それからのことはあまり記憶がない。ただ、週明けの月曜日には三十八度を超える高熱が出て会社を休んだ。

そして心細さのあまり高崎に住んでいる母に電話をして、消え入りそうな声で「恋人と麗華が浮気した」と泣きついた。それに対して母は娘を励ましも慰めもせず「大変だったわね」と静かに言った。そっと寄り添うような母の言葉は、弱り切った心と体に酷く沁みた。

その後、千景は会社に欠勤の謝罪と明日も休む旨を伝えると、泥のように眠った。

そんな千景を支えてくれたのが美帆子だった。

火曜日の夜。仕事終わりに訪ねてきた美帆子は、食欲もなく弱りきった千景を見るなり近所のドラッグストアで消化のよいものを片っぱしから買ってきてくれた。それ以外にも「熱が下がった時に食べられるように」と、手料理の入ったタッパーを冷蔵庫いっぱいに詰めてくれたのだ。

彼女に伝えたのは「古田と別れた」ということだけ。それ以上何も語ろうとしない千景に、美帆子は何も詮索することはなく「そうだったのね」と静かに肩を撫でてくれた。さりげないその優しさに、千景はもう一度泣いた。

翌日になっても熱は下がらず、結局千景は金曜日までの休暇を申請した。

有給は溜まりに溜まっていたし、この期間で気持ちを落ち着かせたかったのだ。

その間、美帆子はもう一度来てくれた。そこで千景は古田が退社したことを知った。

「あまりに急な退社だったから、南営業所は今すごくバタバタしているみたい。古田さんが担当している先は大口も多かったから」

別れを告げたあの日以降、麗華はもちろん古田からもなんの連絡もなかった。そんな千景が美帆子に対して言えることは何もなかった。

佐山という婚約者がいるにもかかわらず、従姉妹の恋人を奪った麗華への憤り、呆れ、失望。

今一度向き合おうと思った古田の裏切り。

休暇中、自分の何が悪かったのか、どうしてこんなことになってしまったのか……熱にうなされながら色々なことを考えた。麗華は何も言わなかった。あの時はもちろんそれ以降も、謝罪はおろか言い訳の一言すらない。そんな彼女に対して「どうして」「なぜ」と詰(なじ)りたい気持ちはあった。

それでも千景は二人を責めなかった……責められなかった。

自分がいくら泣き喚こうと、二人が体を重ねた事実は変わらないとわかっていたから。

ならば自分にできるのは、現実と向き合ってそれを受け入れることだけだ。そう自分自身に言い聞かせることで、千景はこの出来事を終わりにするつもりだった。

けれど、それは叶わなかった。

休暇の最終日である日曜日の夕方。千景は久瀬商事の社長にして伯父でもある久瀬吾郎から「本邸に来てほしい」と急な呼び出しを受けたのだ。

タイミングを鑑みるに、呼び出しの理由は十中八九、麗華と古田の件だろう。

今回の一件についてどの程度伯父の耳に入っているかはわからない。娘から話を聞いているのであれば、麗華にとって都合のいい内容で伝わっている可能性もある。

伯父にとって麗華は四十歳を過ぎてできた念願の一人娘だ。元女優の亡き妻とよく似た面差しをしているのもあり、昔からその溺愛ぶりは相当なものだった。

千景のことも姪として可愛がってくれたし、入社以降も顔を合わせた時は必ず「最近頑張ってるな」「困ったことはないか」と気にかけてくれる優しい人ではあるものの、娘と姪ではどちらの話を信じるかなんて考えるまでもない。

本当は断りたかった。けれど気持ちの面はともかく体調は回復していたし、いつまでも逃げられるものではない。

呼び出しの場には麗華もいるのだろうか。不安の中、千景は一人久瀬本家の門をくぐった。

そして伯父の待つ応接室のドアを開ける。中にいたのは伯父一人で麗華の姿はなかった。

「千景」

「……伯父様」

「今週はずっと休んでいたと聞いたよ。もう体は大丈夫かい？」

「はい。もう熱も下がりましたし、明日からまた通常通り出勤する予定です」

緊張しながらも答えると伯父は「よかった」と目尻を和らげる。そこに千景に対する怒りは微塵も感じられずひとまずほっとする。けれどまだ安心することはできず、勧められるがまま伯父の対面のソファに腰を下ろす。

「病み上がりにもかかわらず急に呼び出してすまなかったね。──来てもらったのは他でもない、麗華と古田君の件についてだ」

──やはり、そうだったか。

いったい何を言われるのか。両手を強く握りしめて身構えた、その時。

「本当に申し訳なかった」

伯父は、謝罪の言葉を口にした。

「今回の一件については、妹から──君の母親から聞いておおよそのことは把握している。……娘がとんでもないことをしでかして本当に申し訳ない。全て、麗華を甘やかしすぎた私の責任だ」

怒るでも責めるでもない。深く腰を折って頭を下げる伯父の姿に千景は唖然とする。

無邪気に親戚として慕っていた子供の頃ならともかく、社会人になってからは上司としての印象の方が強い。だからこそ一社員にすぎない自分に対して社長が謝罪する姿は衝撃的で、何よりも困惑した。

「伯父様、顔を上げてください」

「しかし――」

「お願いですから」

重ねて言うと、伯父はゆっくりと頭を上げる。瞳を揺らすその表情からは、千景に対する申し訳なさが十分すぎるほど伝わってきた。

「今回のことについては、私と麗華たちとの問題です。伯父様が謝ることではありません」

「……そう言ってもらえると救われる。でも、やはり私の責任が大きいのは間違いない。……麗華は遅くできた一人娘でもあるし、母親がいないこともあって小さい頃から甘やかしてきた。それがあの子にとって幸せであると信じていたし、多少のわがままにも目を瞑ってきた。でも、今回のことは度を越えている」

伯父が麗華に対してこんなにも厳しい物言いをするなんて驚き以外の何ものでもなかった。

麗華を同席させなかったのも千景を気遣ってのことだろうか。とはいえやはり本人抜きに完結する話ではないのは確かで。

「……私もなぜ麗華があんなことをしたのかわからないんです。まだ、何も話せていなくて。伯父様は何か聞いていますか？」

「何も。それどころか今、どこにいるかすらわからないんだ」

「どういうことですか？」

「……情けない話だが、私は今回のことを妹から聞いて初めて知ったんだ。妹から連絡をもらった後、すぐに麗華に電話をかけて――」

その電話で、麗華は言った。

『私、隼と結婚するのはやめるわ。あと、急に婚約破棄なんてしたら色々と騒がしくなりそうだし、しばらくは日本を離れるわね。期間は決めていないけど、とりあえずヨーロッパを中心にのんびり過ごすつもり。そのうち連絡するから心配しないで。それじゃあ、またね』

「そう一方的に言ったきり電話は切れて、それから一切連絡が繋がらない。その後すぐに調べさせてパリ行きの便に搭乗したことまでは突き止めたが、その後の足取りについては今も調査中だ」

――どういうこと？

唖然として声も出ない千景に対して、伯父は続ける。

「タイミング的に麗華と古田君が一緒の可能性もゼロではないが、まだ裏は取れていない。この一週間は、麗華の捜索と佐山家への対応に追われていたから」

娘が姪の恋人と浮気をした挙句、一方的に婚約破棄を申し出て失踪した。しかも別の男と一緒の可能性もある。伯父にとってもかなり衝撃的な出来事だったのだろう。

「本当に不甲斐なくて申し訳ない」

ため息をつく伯父は酷く疲れた顔をしていた。病み上がりの千景よりよほど体調が悪そうだ。その姿を見て伯父の話が嘘だとは思わない。それでも、千景は信じられなかった。

(婚約破棄？)

麗華の佐山への入れ込みようは、この二年近くで何度も目の当たりにしてきた。それにもかかわらず麗華から佐山との関係を白紙に戻そうとするなんて、古田とは浮気ではなく本気だったというのか。浮気、失踪、婚約破棄——とてもじゃないが理解が追いつかない。

加えて、気がかりなことがある。

麗華は佐山との婚約を、会社ではなく自分のために決めたと明言した。

もちろんそれは本当なのだろう。けれど、二人の婚約は、久瀬商事と佐山工業の関係をより強固にするためのものでもある。

既に業務提携を結び結果として表れている以上、婚約破棄をしたからといって関係が白紙に戻ることはないだろう。

それでも影響がゼロだとは思えない。少なくとも、佐山側の心証を害するのは間違いない。

「このことについて、佐山さんはご存知なんですか？」

伯父は苦々しい顔で頷いた。

「全てお話しした。麗華の行方がわからない以上『病気療養中だ』なんて嘘は通じないし、いつまでも隠し通せることでもない」

「佐山さんは、なんて」

「――麗華にはこだわらない、と」

「え……？」

「彼としては、久瀬に連なる女性であれば問題ないらしい。大切なのは引き続き久瀬との繋がりを持つことだから、婚約相手を代えても迎える心づもりがあると」

――佐山と年齢の釣り合う久瀬に連なる女性。

あてはまるのは一人しかいない。

「千景」

そしてその考えは、正しかった。

「久瀬商事の今後のために、どうか佐山君との婚約を考えてみてはくれないか」

伯父は先ほど以上に深く頭を下げる。そして、本来ならば千景が絶対に知り得ない会社の今後について語った。

今現在、久瀬商事と佐山工業は業務提携を結んでいるが、今後は資本提携、合併という段階に移ることもありえる。その場合、久瀬商事は吸収される側になる。だからこそ、次期佐山工業の社長である佐山隼と縁組することで合併後もある程度の影響力を残したいのだ、と——。

「こんなことを私が頼める立場ではないとわかっている。だが、久瀬商事としてはどうしても佐山との縁談をなかったことにしたくないんだ。もちろん今すぐ決めてくれとは言わない。まずは一度見合いという形で二人で会う場を設けさせてほしい。その上でどうしても無理だと思った場合は、私から先方には正式にお詫びをする。だから……頼む、千景」

先ほどよりも深く頭を下げる伯父を前に、千景は何も言えなかった。

（私が、佐山さんと婚約？）

麗華の代わりが自分に務まるとは思えない。しかし伯父の話が本当だとすれば、佐山自身が千景でもいいと言っていると言う。

（どうして……？）

会社同士の繋がりがきっかけとはいえ、佐山は麗華を愛しているのではなかったか。それとも、会社のために仕方なく千景を代わりにしようとしているのか。

——わからない。

佐山のことが好きだから、彼を避けた。

佐山のことが忘れられないから、古田と付き合うことを決めた。

そんな相手との突然の見合いは、恋人と別れたばかりの千景にとって青天の霹靂（へきれき）ですぐに頷けるはずもない。

「妹夫婦には、千景にこの話をすることを既に話しておいた」

「両親は、なんて？」

「私が麗華を甘やかしすぎたのがそもそもの原因だ、と酷く怒られたよ」

その通りだから何も言い返せなかった、と伯父は力なく笑う。

「千景と佐山君の見合いに関しては、戸惑ってはいたものの『千景本人の判断に任せる』と」

考えが追いつかないまま千景は伯父を見つめて、はっとした。

懇願するようにきつく握りしめられた両手が小刻みに震えている。その様子からは伯父がいかに追い詰められているのかが痛いくらいに伝わってきた。無理もないことだと思う。娘が姪の恋人と体を重ねた挙句、一方的に婚約破棄をして失踪したのだ。その心痛は計り知れない。

佐山と見合いをするか、否か。

判断を迫られる中、千景の答えは決まった。

「わかりました。佐山さんとお会いします」

伯父がばっと顔を上げる。

「本当に……いいのか？」

「はい」

「ありがとう、ありがとう千景！」

伯父の瞳に感極まったようにじんわりと涙が滲む。その姿に一瞬、胸が痛んだ。

後ろめたいと思ってしまったのだ。

伯父は「無理なら仕方ない」と言ったが、それはありえない。むしろ千景にとっては心の底で望んでいたことでもある。

今、千景の心に浮かぶのはただ一つ。

(佐山さんに会いたい)

それだけだった。

5

佐山との見合いは翌週末に決まった。

さすがに急すぎるのではと困惑する千景に伯父は申し訳なさそうにしつつも日程の変更をしなかったのは、それだけ時間がなかったからだ。

麗華と佐山の結婚式は既に会場や日取り、招待客リストも決まっている。

不幸中の幸いだったのは、招待状の発送がまだだったことだろう。

結婚式の予定は八月第一週の土曜日。

結婚式まで四ヶ月を切っている。伯父が焦るのも無理はない。

佐山との婚約を受け入れるにせよ断るにせよ、タイムリミットは迫っている。

伯父を通じて両家で話し合った結果、見合いは都内の某老舗ホテルで両家の両親は同伴なしの二人きりで行うことにした。これを提案したのは佐山側で、正直なところほっとした。

佐山に会うだけでも緊張するのに、親同伴なんてとても上手く立ち振る舞える自信がなかったからだ。いずれにせよ、婚約を承諾すれば佐山社長と会うことになるとしても。

そして、見合い当日。

ホテルのロビーラウンジの席に着いた千景は、二杯目になるコーヒーを前に身を硬くしていた。もう一時間近くもここにいる。

本当なら十五分前くらいに到着するのがちょうどよかったのかもしれない。それにもかかわらずこうして一時間も前に早く来てしまったのは、ひとえに緊張していたから。

少しでも早く来て、落ち着いて見合いに臨みたいと思った。しかしこの行動がかえって裏目に出てしまった。待ち時間が長すぎて落ち着かないのだ。到着してからもう何度時計を見たかわからない。

とにかく一度気持ちを整えようと、残りわずかとなったコーヒーカップに手を伸ばす。するとそれより先に背後から「鈴倉さん」と声をかけられた。それが誰かなんて顔を上げなくてもわかった。その低くて心地よい声を、千景の耳は既に記憶していたから。

「佐山さん」

視線を向けると、彼は「久しぶり」と小さく笑う。その姿はやはり抜群に格好よくて、それだけで千景の心臓は激しく音を奏で始める。しかし、気づかれるわけにはいかない。

――落ち着かなければ。

「お久しぶりです」

自分自身に言い聞かせて微笑む。典型的なビジネススマイルになってしまった自覚はあるが、これればかりは仕方ない。一方の佐山は、ロビースタッフにコーヒーを注文すると対面のソファに腰を下ろした。

「早いんだな。もしかしてだいぶ待たせた？」

「いえ。私も少し前に着いたばかりですから」

見合いに前のめりだと思われるのがなんとなく恥ずかしくて、正直に答える勇気はなかった。

そんな千景に佐山は「そう」と小さく頷くと、来たばかりのコーヒーカップに手を伸ばす。長い足を組んで優雅にコーヒーを嗜む姿はそれだけで絵になった。

「こんな形で再会することになるなんて、君とは不思議な縁があるのかもな」

「縁、ですか？」

だってそうだろう、と佐山は苦笑する。

「この間までお互いに別の相手がいたのに、今はこうして見合い相手として向き合っているんだから」

なるほど、不思議な縁とは言い得て妙だ。けれどそれを喜ぶべきなのか、それとも悲しむべきなのか、今の千景にはわからない。しかし佐山にとってはこうして千景と見合いをしていること自体が不本意な事態なのではないだろうか。千景は本当の意味で麗華の代わりにはなり得ない。見合い相手や婚約者の立場にはなれても、見た目やスタイルは変えられないのだから。

「鈴倉さん？」

「あっ、はい！」

一瞬、暗い気持ちになりかけたところを呼ばれてはっとする。

「大丈夫か？」

「え？」

「女性にこんなことを言うのは失礼だと思うが……だいぶ痩せたな。あんなことがあった後では無理もないけど」

佐山は心配そうに千景を見つめる。その瞳からは労りの気持ちが感じ取れて、千景は曖昧に微笑み返す。お互い恋人を失ったという点では立場が同じ。むしろ一度も体を重ねたことがなかった千景と古田に対して、麗華曰く「情熱的に愛し合っていた」彼の方が喪失感は大きいはずだ。それにもかかわらずこうして心配してくれる。

(優しい人)

心からそう思う。

「ありがとうございます。確かに少し体重は落ちましたけど、大丈夫ですよ」

古田と麗華の密会現場を目撃した後、体重は三キロ落ちた。多分、船上パーティーの時から比べると五キロ以上減っている。これが一、二キロであれば喜んでいたかもしれないが、こうも体重が減ると「痩せた」と言うより「やつれた」という方がしっくりくる。

ただでさえ豊かとは言えなかった胸はいっそうささやかになってしまった。女性らしい丸みを失ったことは悲しいけれど、今はそれをどうにかしたいと思う気力も食欲も湧かなかった。

もちろん、そんなことは言わないけれど。

それよりも伝えておくことがある。

「……もう終わったことですから」

そう自分自身に言い聞かせる。

「『終わったこと』か。──そうだな。君の言う通り、麗華と君の恋人がしでかした事実は変わらない。大体、今はどこにいるかもわからない元婚約者のことを考えても仕方ない」

突き放すようなその物言いに千景は驚かずにはいられなかった。まさか、同意されるとは思わなかったのだ。それが表情にも表れていたのか、「どうかしたのか？」と問いかけられた千景は本音を零していた。

「随分あっさりしていると思って……。佐山さんはショックではなかったんですか？」

この問いに対して佐山は淡々と千景を見つめ返す。

「君はショックだった？」

質問に質問で返すのはずるい。内心そんなことを思いながらも小さく頷くと、佐山は「そうだろうな」と平然とした様子で同意する。

「そうじゃなければ寝込んだりするはずがない。でも俺は、呆れはしたけどショックというほどではなかったな」

「……どうしてですか？」

「以前から麗華の男癖が悪いのは知っていたから。実際、俺との婚約中も他の男と関係が続いていたし、他の男とセックスしたと聞いたところで特に驚かなかった。むしろ『やっぱりな』という気持ちの方が大きかったよ。とはいえ、まさか従姉妹の恋人を寝取って海外に飛ぶとは思わなかったが」

最低だな、と吐き捨てる姿を前に口を開きかけるが言葉が出なかった。

——彼は何を言っているのだろう。

それが、真っ先に浮かんだ正直な気持ちだった。麗華が佐山以外の男性と関係を持っていたというのもそうだが、何よりも驚いたのは、佐山がそれを知った上で婚約関係を続けていたことだ。

(どうして……二人は愛し合っていたんじゃなかったの?)

自ら婚約破棄を申し出た麗華の気持ちはわからない。しかし、少なくとも佐山は今でも麗華を愛しているのではないのか。だって、麗華からは何度もそう聞かされた。時に言葉で、時に体で、いかに情熱的に麗華を愛していたかを語られた。それにもかかわらず、彼の物言いからは元婚約者への愛情は微塵も感じられなくて、当惑する。

「佐山さんは、麗華を愛していたんですよね？」

「……愛、か」

佐山は小さく呟く。そして、千景を静かに見据えた。

「それって、そんなに大切なものかな」

「え……？」

吐き捨てたわけでも、感情を露わにしたわけでもない。それなのにその言葉は酷く冷たい響きを伴って千景の耳に届いた。

――愛が必要か、否か。

なんと答えるのが正解かわからず言葉に詰まる。

「俺と麗華が婚約したのは互いの利害が一致したからだ。好意の有無は関係ない」

その冷たい雰囲気に、麗華とのことはそれ以上聞けなくなる。その時、ラウンジが一瞬にしてざわめいた。周囲の人々の視線が一方向に向けられ、二人も自然とそちらに目を向ける。

そこには、純白のウェディングドレスを纏った花嫁がいた。

このホテルは結婚式場としても人気が高い。ラウンジ一つとっても高級感とエレガンスさが調和していて写真映えするのだろう。挙式開始前なのか、花婿と腕を組んだ花嫁は、カメラマンに向けて花が綻ぶような笑みを浮かべている。その姿は本当に幸せそうで、まるで花嫁はスポットライトが当てられたように輝いて見えた。

「綺麗……」

自然とため息が漏れる。その一方でなんとなく気まずさも感じた。

今、千景は見合いの最中だ。そして仮に婚約が成立すればいずれ挙式することになる。つまり、あの花嫁の立ち位置は未来の自分でもあるのだ。にもかかわらず千景たちは今、「愛が大切なのか」なんてやりとりをしている。目の前の幸せに満ちた光景と自分たちの現状。それらはあまりに乖離していて、居心地の悪さを感じてしまう。

「──場所を変えようか」

その時、不意に佐山が立ち上がる。

「確か、このホテルはイングリッシュガーデンが有名だったと思う。せっかくだから行ってみないか？　続きはそこでゆっくり話そう」

ここだとなんとなく落ち着かないしな、と佐山は手を差し伸べた。

千景が勝手に抱いた気まずさを感じ取ったのか、そうでないのかはわからない。けれど、少なからず居心地の悪さを感じていた千景は、ありがたくその手を取ったのだった。

このホテルのイングリッシュガーデンは、季節を問わず一年中花々を楽しめることで知られている。特に有名なのは薔薇(ばら)で、敷地内では千種類以上の薔薇を育てているらしい。今もたくさんの薔薇が咲き乱れ、その色彩の豊さに見惚れてしまう。

四月の現在、暑すぎず寒すぎず、春真っ盛りのとても気持ちのよい季節だ。

真っ青な空からは柔らかな陽光が降り注ぎ、可憐に咲く薔薇を優しく照らしている。

ふんわりと漂う甘い香り、ときおり花弁を揺らす柔らかな風。それらに囲まれて自然とほっとするのを感じる。ガーデン内は、宿泊客や利用者が行き交うラウンジに比べれば人はまばらだった。二人が話の続きをする場所に選んだのは、東屋。庭園の最奥に位置しているからだろうか。千景たちの他に人気はなく、隠れ家的な雰囲気を醸し出している。

「そこ、段差になっているから気をつけて」

「はい」

人一人分の間を空けて隣り合って座る。そうしていると千景からは佐山の横顔しか見えない。それにもかかわらず、ロビーで向かい合っていた時より彼をずっと近くに感じた。

「ここなら落ち着いて話ができそうだ」

千景の方に体を向けて、佐山は言った。

「引き延ばすことでもないから、単刀直入に言わせてもらう。俺は、君がこの婚約を受け入れてくれることを望んでいる」

見合いという体裁を取っている以上、返答は後日するのが一般的だ。千景もそのつもりでいたし、当然彼もそうだと思っていた。だからこそこんなにもストレートに言われるとは思わず、絶句する。

「理由は麗華と婚約した時と同じで、それが両社にとってプラスになると考えたからだ。むしろ業務提携が軌道に乗ってきた今、麗華と婚約した時以上に久瀬との関わりを失いたくはない。多分それは、久瀬側も同じだと思う」

唖然と目を見開く千景とは対照的に、彼はまるで業務連絡をするかのように淡々と続けた。

「……それが、伯父に『麗華にはこだわらない』と言った理由ですか？」

声が震えそうになるのを堪えて問えば、すぐに「ああ」と肯定される。それは、佐山に必要なのは千景ではなく、単に久瀬家との繋がりなのだと言われたも同然だった。

千景「が」いいと、千景「でも」いいのでは天と地ほどの差もある。

(そんなの、当然なのに)

感情の読み取れない佐山の瞳に胸が痛むのは、ただただ千景の都合だ。

佐山を好きな千景が勝手に傷ついて、勝手に痛みを感じているだけ。彼は何も悪くない。

「でも、これはあくまで俺の都合だ」

奇しくも佐山は千景が考えていたのと同じ言葉を口にした。

「君には俺と結婚するメリットはない。第一、俺は君の理想とは真逆の男だ。話し上手でもなければ、一緒にいて居心地がいいわけでもないからな」

「そんなことは――」

「無理しなくていい」

否定するより前に慰めるように言われてしまう。

「愛のない結婚なんて、嫌だと思っても仕方ない」

「っ――！」

愛のない結婚。それは、仮に結婚したとしても彼が千景を愛することはないということを意味する。告白するつもりだったわけではない。けれど、想いを告げる間もなく可能性を摘み取られた千景は何も言えずに言葉をつぐむ。

「だからこそ、君が見合いを引き受けたと聞いた時は正直驚いたよ」

断られて当然だと思っていたから、と佐山は言った。

「俺は会社のために君と結婚したい。でも、君は違う。……君は、どうしてここに来てくれたんだ？」

――あなたが好きだから。

――どんなに忘れようと思っても、忘れられなかったから。

そう素直に伝えられたら、どんなによかっただろう。

「今回の一件は久瀬側の一方的な婚約破棄である以上、今後何らかの影響は出てくると思う。でも、俺は君に結婚を強要するつもりもないし、できるとも思っていない。だからもし久瀬社長に無理強いをされたのなら――」

「違います」

考えるよりも先に否定していた。

「……無理強いなんてされていません」

——何か。何か言わなければ。

佐山がこの結婚に求めているのはビジネスライクな関係だ。ならば千景の想いは彼にとって邪魔なものでしかない。それがわかってしまった以上、本当のことを言えるはずがなかった。

「私も、佐山さんと同じです」

「俺と？」

「佐山さんにとって佐山工業が重要であるように、私にとっても久瀬商事は大切なんです。あなたとの婚約が会社の発展に繋がるのならそうしたい。それに……今の私は、恋愛するのには少し疲れました。それでも、この先の長い人生を一人で生きていくのは少し寂しい。そんな時に伯父からこのお話をいただいて、お会いしようと思いました。佐山さんは私と同じ立場だし、初対面というわけでもなかったから」

半分本当で、半分嘘。

祖父の愛した会社を大事に思っているのも、そのためにできることをしたいのも、恋愛に疲れたのも本当だ。けれど今自分がここにいる理由は他にある。

好きだから。会いたかったから。

ただ、それだけ。

「私にとってもこのお話は渡りに船なんです。安心してください。私は結婚に愛は求めません」

けれどそれを伝えることはしない。その代わり、本音を笑顔の下に隠して千景は言った。

「それは、つまり――」

「このお話、お受けします」

口元には笑みを湛えながらも、千景の心臓ははち切れんほどに激しく鼓動していた。

今の自分は上手く気持ちを隠せているだろうか。好きな気持ちが溢れていないだろうか。

佐山は千景をじっと見つめる。まっすぐな瞳からは感情の揺らぎは微塵も感じられなくて、今の彼が何を考えているのか千景にはわからない。千景にできるのは、ただ見つめ返すことだけだ。

「ありがとう」

そして、佐山は言った。

「鈴倉千景さん。俺と結婚してくれますか？」

愛情の欠片もない淡々としたプロポーズ。

それに対する答えは、決まっていた。

叶わない恋だとわかっていたからこそ、こうして訪れたチャンスを逃すつもりはなかった。

――私は、汚い。ずるい。あさましい。

従姉妹の婚約者に横恋慕しただけでなく、今度はその立場に成り代わろうとしている。

この時頭に浮かんだのはなぜか、初めて彼を紹介された時に交わした麗華との会話だった。

『勘違いしないで。別に強制されたわけじゃないわ。この婚約は、私が、自分で決めたの』

あの時は気圧されただけだった。でも今なら麗華の気持ちがわかる。

今回のきっかけを作ったのは麗華だ。でもここから先は、千景の選択。

「はい」

好きです。

初めて会った時から、ずっと。

「よろしくお願いします」

本当に想い合う二人ならここでキスを交わすのだろう。

(でも、私たちは違う)

千景の答えに返ってきたのは握手。その手のひらは大きくて、温かかった。

◇

——佐山と婚約する。

千景の報告に伯父は文字通り泣いて喜び、電話口の両親は戸惑いを露わにした。

見合いの翌週末、都内の某ホテルのラウンジにて千景と両親、そして佐山の顔合わせが行われた。久瀬商事の副社長も務める母の鈴倉舞子と関連企業の役員の父・鈴倉真司(しんじ)は普段、本社のある高崎市に暮らしている。千景も二人と会うのは久しぶりで、しかも佐山と一緒ということもあり緊張せずにはいられなかった。そしてそれは両親も同様だった。

この婚約は誰の目から見ても麗華の代わりなのは明らかだ。

周囲は佐山と麗華を仲の良い恋人同士として認識していた。けれど代役の千景との間に恋愛感情は存在しない。

愛のない結婚をして本当によいのか……そう両親が心配しているのは手に取るようにわかった。もしかしたら、婚約を決めたのは失恋のショックでやけになっていると感じたのかもしれない。

千景が佐山に心寄せていたことを誰も知らない以上、そう思われても仕方のないことだ。けれど意外なことに、その懸念を払拭してくれたのは佐山だった。

「私たちは千景の意思と判断を尊重するつもりです。それでも……見合いの経緯が経緯だけに、親として、どうしても心配してしまうことはご理解いただきたいんです」

互いに挨拶を終え、改めて婚約が決まったことを伝えた後、母は切り出した。

「お気持ちはわかります」

対する佐山は母の気持ちを正面から受け止めた。

「お二人が心配されるのは当然のことです。実際、私たちはお互いについて知らないことの方が多い。それが原因で結婚後に戸惑うこともあるでしょう。ですがこれだけはお約束します。

私は千景さんに対して不誠実な真似はしません。特に、女性関係については」

それを隣で聞いていた千景は不覚にも泣きそうになった。

まさか、彼がそんな風に言ってくれるとは思いもしなかったのだ。

もしもこの場に伯父がいたら強烈な皮肉と捉えられただろう。しかし、恋人に浮気された千景には真逆の意味に聞こえた。「娘さんを必ず幸せにします」なんてありきたりな言葉よりもずっと真摯に感じられたのだ。それは両親も同様だったのだろう。

父と母は互いに顔を見合わせたのち、佐山を見据えた。

「――娘をよろしくお願いします」

そう言って頭を下げる両親に、佐山は彼らより深く頭を下げたのだった。


「素敵なご両親だな」

顔合わせ後、一足先に帰る両親の見送りを終えた時だった。佐山は不意に呟いた。

「ビジネスの場でお会いしたことはあるが、今日のお二人はそれとは違った。親の顔って言うのかな。それに君のことを信頼しているんだなって。親なら色々と口を出したくなるだろうに、『娘の意思と判断を尊重する』なんてなかなか言えるものじゃない。立派な方たちだと思うよ」

そこまで持ち上げられるとやけにくすぐったい。それでも千景自身、両親のことは尊敬して

いる。だからこそ彼の言葉は嬉しくて、

「……ありがとうございます」

照れながらも礼を言うと、佐山は「どういたしまして」と小さく笑う。その後、休憩も兼ねてラウンジでお茶をしている時、佐山は「そういえば」と切り出した。

「結婚式について何か希望があれば言ってほしい。会場や料理はもちろん、それ以外にも思いつくことがあればどんなことでも」

突然の問いに目を丸くする千景に佐山は目を瞬かせる。

「何か変なことを言ったか？」

「いえ、そうじゃなくて……」

花嫁が代わる以上ある程度の変更は必要だろう。とはいえメイクやドレス程度かと思っていた。けれど今の口ぶりではそうではないように聞こえる。

「結婚式は麗華と決めたプランをそのまま引き継ぐんですよね？　その、私はあくまで麗華の代わりですし」

念のためにも確認すると、佐山はなぜか驚いたように目を見開く。

「まさか。会社間の結び付きを強める意味もあるから、式や入籍の日取りはできる限り当初の予定通りに進めたいとは思う。でも、それ以外は全て決め直すつもりだ」

「全て？」

「ああ」

驚く千景に佐山は言った。

「俺が結婚するのは麗華ではなく君だ。なら、君が望む結婚式を挙げるのは当然じゃないか？」

まるでそれ以外の選択肢は初めから存在しないような口ぶりだった。

「確かに立場的に言えば、麗華の代わりとも言えるかもしれない。でも、君は鈴倉の両親にとって大切な一人娘だ。それなのに、新婦の穴埋めをしただけの結婚式なんてとても挙げられないし、挙げたくない。準備期間を考えると式場の選択肢は狭まるかもしれないが、可能な限り君の希望に沿うものにしよう。キャンセルに伴う手続きや費用は全て俺が負担するから気にしなくていい」

「でも、麗華との婚約破棄は久瀬側の都合なのに、佐山さんのお父様はなんて思われるか……」

「結婚するのは父じゃなくて俺だ。文句は言わせない」

式場をキャンセルすることは、千景との見合いが決まった時点で既に彼の中で決定していたらしい。

「……どうしてそこまでしてくれるんですか」

「このくらいは当然だよ」

「本当に、それでいいんですか？」

周りに迷惑がかからないのか——なおも心配する千景に彼ははっきりとした声で言い切った。

「君の覚悟に比べれば大した負担じゃないさ」

そんなはずないのに。そっくりそのまま引き継いだ方が楽に決まっているのに。

なんでもないことのように言い切る姿にどうしようもなく胸が疼いた。

実際、佐山にとっては本当に大した問題ではないのだろう。式場をキャンセルするのも、千景や両親に対する義務感からで愛情があるからではない。佐山は女性をどう扱えばいいのかわかっているだけで、これらの行為は彼にとっては仕事と同じなのかもしれない。

そうわかっていても「結婚するのは君だ」という言葉を、全てを決め直してくれるという行動を喜ばずにはいられなかった。

形ばかりの式であっても、千景のための式を行うと言ってくれたのが嬉しかったのだ。

翌週は、佐山社長との顔合わせが行われた。

場所は、神田の閑静な住宅街にひっそりと佇む老舗料亭。店の創業は明治後期で、一軒家の店は昭和初期の造りらしく趣のある店構えをしていた。到着して間もなく現れた佐山社長を見て、佐山とよく似た面差しに千景は一瞬息を呑む。

「はじめまして。鈴倉千景と申します」

緊張しながらも挨拶をすると、佐山社長は目尻を下げて柔らかな微笑みを向ける。

「はじめまして。佐山理人（りひと）です」

眩（まぶ）しいほどの笑顔に自然と視線が惹きつけられる。まるで初めて佐山に会った時のようだ。

そんなことを頭の隅で考えていると、佐山社長が「千景さん？」と目を瞬かせる。

「私に何か？」

「失礼しました！　息子さんととても似ているなと思って……」

素直に告げると佐山社長は目を見開いた後、「よく言われます」と柔らかく笑む。

「千景さんはとても可愛らしいですね。あと三十年若ければ私が結婚したかったくらいだ」

「ええと……」

もちろんお世辞とわかっているものの、これには反応に困った。

「気持ちの悪いことを言わないでくれますか」

千景の隣に座っていた佐山は手に持っていたグラスを荒々しくテーブルに置く。はっとそちらを見れば、彼は冷ややかに父親を見据えていた。彼がこんな風に冷たい物言いをするのは船上パーティーで千景に絡んできた男を撃退した時以来だ。怒っているような横顔に戸惑いと驚きを隠せない。そんな彼に佐山社長は肩をすくめる。

「冗談だよ。そう怖い顔をするな」

「あなたが言うとそうは聞こえないので。そういうくだらない冗談を言う相手は他にいるでしょう。……ああ、それとも遊びがたたってついに振られましたか」

「前にも言っただろう。もう何年もそういう関係の人はいないよ」

「どうだか」

冷たく父親を睨み据える佐山と、そんな息子を見て困ったように眉を下げる佐山社長。とにかく雰囲気は最悪だ。当人同士が冷静なだけに冷え切った空気が恐ろしい。そんな中、千景だけが二人の間で右往左往してしまう。

それからの食事は表向きは平穏に進んだ。

佐山社長は、息子の新たな婚約を喜び、結婚式についても全て千景の好きなようにしていいと言ってくれた。麗華の失踪については何も……ただの一言も触れなかった。

まるで、初めから麗華との婚約など存在しなかったように。それが少しだけ不気味だった。

そうして一時間が経った頃、不意に振動音が室内に響いた。どうやら佐山のスマホに着信があったようで、彼は画面を見るなりわずかに眉を寄せると、千景に視線を向ける。

「——会社からだ。少しだけ席を外してもいいか？」

申し訳なさそうに眉を下げる姿に千景は笑顔で了承すると、彼は「すまない」と言って席を立つ。そして佐山社長を無表情に見下ろした。

「彼女に失礼な真似はしないでくださいよ」

「心配しなくても嫁になる女性を口説いたりはしないよ。息子に嫌われたくはないからね」

「別に嫌っていませんよ。軽蔑しているだけで」

そう吐き捨てると佐山は部屋を出て行った。しかし残された千景は気まずいどころではない。すると、対面から柔らかな声がかけられる。

「すまないね。せっかくの顔合わせなのに恥ずかしいところを見せてしまった」

「いえ、そんな」

驚きはしましたけど、と素直に答えると、佐山社長はなぜか意外そうに目を瞬かせた。

「私と一緒にいる時の隼はいつもあんな感じだが、千景さんには違うんだな。……よかった。実を言うと、あの子が千景さんに対してどう接しているのか、少しだけ心配していたんだ」

「心配？」

「私に対する時と同じような態度を取っていないか……きつくあたっていないかと」

「そんなことありません！」

考えるよりも先に答えていた。それでもこれだけは否定しなければ。

「佐山さんは、優しいです」

会った回数はまだ数えられるほど。それでも初めて出会った時から佐山は優しかった。そんな人だからこそ千景は惹かれたのだから。

「本当に、私にはもったいないくらいの人です」

本心を伝える。すると佐山社長は目を見張ったのち、嬉しそうに微笑んだ。

「ありがとう。そんな風に思ってもらえて隼は幸せ者だ」

優しい眼差しで千景を見つめる姿に息を呑む。穏やかな口調で「隼」と呼ぶ姿に、一瞬、彼と実父が重なった。

「君は、隼のことを想ってくれているんだね」

「それは……」

千景が佐山を好いているのは事実だ。しかしいざそれを指摘されると動揺してしまう。この場にいないとはいえ、近くに佐山がいるのだからなおさらだ。それでも嘘はつきたくなくて、千景は「はい」と小さく頷く。

「でも、彼には秘密にしていただけませんか？」

「なぜ？」

「私は佐山さんが好きです。でも……彼は、麗華の代わりに私と結婚するだけなので」

目を瞬かせる佐山社長に千景は慌てて「でも！」と重ねる。

「彼は、私と麗華を比較したことは一度もありません」

だからどうか千景の気持ちは言わないでほしいと懇願する。「婚約者が好きなのを内緒にしてください」なんておかしな話だ。しかし佐山社長は千景をじっと見つめると、それ以上追及することなく「わかった」と小さく微笑んだ。

「男と女には色々な形があるからね。余計なことは言わないよ」

「……すみません」

「謝る必要なんて何もない。ただ、一つだけアドバイスをしてもいいだろうか」

「アドバイス？」

「ああ。結婚に失敗した私がアドバイスなんて、おこがましいことだとは思うけれど」

おこがましいなんてとんでもない。でもいったい何を言われるのだろう。自然と身を硬くする千景に対して、彼は緊張を和らげるような声色でゆっくりと口を開く。

「自分の気持ちを正直に伝えるのはすごく難しい。でも、とても大切だと思う。一度こじれると時間が経てば経つほど元に戻るのが難しくなる。どんどんこじれて、意固地になって、取り返しのつかないことになるんだ」

私がそうだったから、と佐山社長は囁くように言った。

「隼から母親について聞いたことは？」

千景は無言で首を振る。知っているのは彼に母親がいないということだけだ。これに対して佐山社長は「そうか」と頷いた。

「少しだけ、私の昔話をしてもいいだろうか」

はい、と頷く千景に彼はゆっくりと口を開く。

「隼の母親——先妻と私は、今でいう授かり婚でね。妊娠に気づいた時、私たちはまだ大学四年生で、しかも私は起業したばかりだった」

「在学中に結婚されたんですか？」

「ああ。相談した結果、妻は卒業と同時に家庭に入り、私が家計を支えることにした。当時の私は会社を軌道に乗せるのに必死でね。何せ、妻と生まれたばかりの赤ん坊を食べさせなきゃいけない。家には寝る時以外ほとんど帰らず、ずっと仕事のことだけを考えていた。それが結果的に家族のためになると思っていたんだ。私なりに妻と子供のことは愛していたし、稼ぐことでそれを示しているとね。三年も経てば会社の経営はそれなりに安定して、少なくとも生活に対する不安はなくなっていた」

でも違ったんだ、と佐山社長は寂しげに笑う。

「妻が私に望んでいたのは、お金でも、広くて綺麗な部屋でも、社長夫人という肩書きでもなかった。ただ、一緒に隼の成長を見守ることだった。赤ん坊の隼をたくさん抱っこして、一緒にお風呂に入れて、眠って……そういう何気ない日々だった。それに気づいた時には、妻の心は私から離れていた。……寂しかったんだと思う。結果的に彼女は他に男を作って家を出た。その時に言われたよ」

『これから先どんどんあなたに似てくる隼を、私はこの先愛せる自信がない』

息を呑む千景に彼は静かに続ける。息子にそっくりな面差しで、遠い昔を思い出すように、儚げに。

「私は、結果的に隼から母親を奪ってしまった。挙句『隼には母親が必要だ』なんて彼の気持ちも聞かずに勝手に思い込んで、たくさんの女性と関係を持って、隼をさらに傷つけた。息子が私を軽蔑するのも、ああいう態度を取るのも当然の話だ」

「……そのことを佐山さんには？」

「言えるはずがない。今さら何を言っても言い訳にしかならないし、私がしたことは消えないから」

実の息子にも言えないようなことをなぜ千景に話してくれるのか。その問いに対して佐山社長は言った。

「千景さんを見ていて、最後に妻に言われた言葉を思い出したんだ」

「言葉？」

「『もしも〝寂しい〟と〝助けてほしい〟と素直に伝えていたら、こんなことにはならなかったのかもしれない』」

だから、と彼は柔らかな眼差しで千景を見つめる。

「千景さんも、自分の素直な気持ちを大切にしてほしいと思った」

佐山社長は「つまらない昔話を長々とすまなかったね」と苦笑する。

つまらないなんて、そんなことは思わなかった。この短い時間だけでもわかったことがある。

彼は確かに息子を想っている。ただ、上手く伝わっていないだけで。しかし千景がそれを口にするのはなんとなく違う気がして、何を言おうか迷っていたその時、通話を終えた佐山が戻ってきた。

彼は、千景と父親を見て目を瞬かせる。

「……何を話していたんだ？」

「なんでもないよ。ね、千景さん」

「は、はい」

この答えに佐山はわずかに眉根を寄せるが、それ以上突っ込んでくることはなかった。

「千景さん。今日はありがとう」

「こちらこそありがとうございました」

食事会を終えた千景たちは、佐山社長を見送るために店の外に出た。そうしてハイヤーに乗り込む間際、佐山社長は無表情の息子へと視線を向ける。

「隼も、たまには実家に顔を出しなさい」

「会社で会っているのだから必要ないでしょう」

「私ではなく志村(しむら)さんが寂しがっているんだよ」

「……そのうち帰ると伝えてください」

「ああ。――それじゃあおやすみ、千景さん、隼」

車が見えなくなると自然と安堵の息が零れる。未来の義父との初めての顔合わせに想像以上に緊張していたらしい。

「お疲れ様」

すると隣の佐山が労ってくれる。その表情は食事会の時とは打って変わってとても柔らかい。

「今日はありがとう」

「こちらこそ。そういえば、志村さんって？」

「俺が子供の頃からお世話になっているお手伝いさん。今も実家に通ってくれていて、俺にとっては母親代わりのような人だ」

佐山は、車の消えた方を見つめて苦笑する。

「それより、さっきは父が失礼なことを言ってすまない」

「そんな、私は大丈夫ですよ」

千景は本当に何も気にしていないが、佐山にとってはそうではなかったらしい。

「……本当に、軽薄なところが嫌になる」

空気に溶けそうなほど小さな囁き。けれど千景の耳ははっきりとその音を拾ってしまった。

その横顔は怒ってこそいないものの、あまり機嫌がよさそうには見えない。

千景はそんな彼を横目で見ながら、佐山社長とのやりとりを思い返していた。二人きりで話した彼を千景は素直に素敵な人だと思った。しかしそれは他人だからということも、これを言ったら佐山が面白くないだろうこともわかっていた。

彼の言葉をそのまま佐山に伝えるのは簡単だ。でも、部外者の千景が口を出せる問題ではない。

（難しいな）

物思いに耽って（ふけ）いると、不意に視線を感じる。はっとそちらを見ると、佐山がなぜか心配そうにこちらを見ていた。

「他にも父に何か言われたのか？」

驚く千景に彼は勘違いしたのか「やっぱり」と苦虫を噛み潰したような顔をする。千景はこれを慌てて否定した。とはいえすぐには言い訳も思いつかず、咄嗟に口から出たのは、

「美味しいものを食べたら眠気が……」

というなんとも情けないものだった。直後、佐山は小さく笑う。

「そういうことならもう帰ろう。近くに車を停めてあるから、家まで送るよ」

その後、近くの駐車場に移動した千景は車に乗り込んだ。いつ買い直したのか、前回とは違う車だが、佐山の助手席に座るのは二度目だ。当時、千景は婚約者の従姉妹というだけの存在だった。それが今は、婚約者として彼の隣にいる。それがとても不思議に感じられて——何よ

りも密室に二人きりという状況にどうしても体に力が入ってしまう。

「安全運転を心がけるから、そう硬くならなくて大丈夫だよ」

緊張が伝わってしまったのか、佐山はおかしそうに肩を揺らす。

彼の運転が上手いのは前回の経験で知っているし、特に心配しているわけでもない。

それでも「あなたと二人きりの状況に緊張しているんです」なんて言えるわけがない。

「よろしくお願いします」

囁くように口にすると、佐山は小さく頷いた。そして車は動き始める。

(緊張する)

普段はあまり気にならないエンジン音がやけに大きく聞こえるのは、間違いなく隣に佐山がいるからだ。物思いに耽っているのか、それとも運転に集中しているのか、彼はじっと口を閉ざしている。自然と車内に満ちる沈黙。気まずいわけではないがどうにも落ち着かなくて、視線を窓の外に移す。流れゆく都会の景色をぼんやりと眺めていると、ふと佐山が話しかけてきた。

「次は式場の見学だな」

結婚を意識させる単語に心臓が大きく跳ねる。拳をきゅっと握ることでなんとか気持ちを落ち着かせると、千景は「そうですね」と平静を装いながらも頷いた。

来週、二人で軽井沢(かるいざわ)の結婚式場に見学に行く。

　そこを希望したのは千景だが、これには理由があった。

『結婚式については全て白紙に戻す』

　佐山がそう提案してから一週間。彼から「来週までに興味のある式場があればリストアップしてほしい」と言われた千景は、インターネットや結婚情報誌で式場について調べてはみたものの、なかなかぴんと来る場所は見つからなかった。元々自分の結婚なんてずっと先のことだと思っていて、「理想の結婚式」なんて考えたこともなかったのだ。いよいよ途方に暮れかけた時にふと思い出したのが、子供の頃に家族旅行で訪れた軽井沢の教会だった。

　あれは確か幼稚園の年長か、小学校に入りたての頃だっただろうか。

　鈴倉家は毎年夏になると家族旅行に行くのが恒例で、その年に選んだ先は軽井沢だった。そして旅行中に訪れた石造りの教会は、幼心にもとても印象的だった。

　これは後に母から聞かされて知ったことだが、そこは両親が結婚式を挙げた場所でもあり、父が大好きな千景は「私もここでパパと結婚式を挙げる！」と言って聞かなかったらしい。

　それを思い出した千景は、なんとなくその教会に縁を感じて、この話を佐山に電話で伝えた。すると彼は、その数時間後には見学予約の手配を済ませてくれたのだ。

「私が希望したのに、予約までお願いしてしまってすみません」

「俺はただ電話をしただけだよ」

　苦笑する横顔に千景は「それ以外にも」と続ける。

「元々予定していたホテルで挙げれば済むのに、私の意見を聞いてくれて……ありがとうございます」

改めて感謝の気持ちを伝える。すると佐山はなぜか言葉に詰まったように黙り込む。

ちょうどその時、信号が赤に変わり車が停まる。彼は千景を見ずに前を見据えたまま、ゆっくりと口を開いた。

「俺は、婚約者に対する義務を果たしているだけだ。礼なんていらない」

その淡々とした声色に、頭から冷水を浴びせられたような感覚に陥る。

吐き捨てるわけでも、冷ややかな口調で言われたわけでもない。低く心地のよい声から発せられた言葉はいたって普通のものだ、けれど。

『好かれているからだなんて勘違いをするな』

千景の耳には、そう言っているように聞こえてしまったから。

翌週末は予定通り軽井沢の式場を訪れた。

約二十年ぶりのそこは、記憶の中よりもずっと雰囲気のいい場所だった。

森の木々を抜けた先に現れる石造りのチャペル、ステンドグラスから差し込む木漏れ日、少しひんやりとした空気……それらからは自然が感じられて、千景は一目で気に入った。

当初、佐山と麗華が予定していたような都内の豪華なホテルの結婚式場ももちろん素敵だと思う。それでもどちらかを選ぶのなら、自然に囲まれた場所で挙げたい。

ネックだったのは、式場の規模と日取りだ。

この結婚は会社同士の繋がりをアピールするためのイベントでもある。そのため、元々の計画では披露宴に三百人以上を招待する予定だったらしい。もちろん日取りは大安だ。

一方、軽井沢の式場の最大収容人数は四十人。週末のいい日取りは一年先まで予約が埋まっているような人気の式場のため、直近で空いているのは当初予定していたよりも一ヶ月早い七月初旬の、しかも平日だけと諦めざるを得ないような状況だった。

「やっぱり難しいですよね」

「申し訳ありません。週末となるとどうしても空きがご用意できず……」

式場の担当者が申し訳なさそうに眉を下げる。

「いえ、こちらこそ急でしたから。仕方ありません」

答えながらも、やはりそう簡単にはいかないか、と肩を落としかけた時だった。千景と担当者のやりとりに耳を傾けていた佐山が口を開く。

「では、いったんその日取りで仮予約をお願いします」

目を見開く千景の隣で、佐山は続ける。

「両家の都合を確認して、数日内には本予約のご連絡をします」

千景は目を丸くするが、担当者は「承知しました！」と声を弾ませたのだった。

「君がいいなら、俺は平日でも構わない」

見学を終えて併設するホテルのレストランでランチをしている最中、佐山は言った。

「でも、収容人数は四十人ですよ？」

「それならいっそのこと招待客も親族だけに絞って、披露宴もなしにすればいい」

「披露宴なし、ですか？」

「ああ」

意外すぎる提案に驚きを隠せない。

「そんなこと許されますか？」

「許されるも何も、結婚するのは俺たちなんだから誰の許可もいらないさ」

「でも、元々三百人も予定していたのに親族だけなんて……」

「それも問題ない」

これに対しても佐山はあっさり答えた。

「そもそも大規模な披露宴を希望していたのは麗華で、俺に特にこだわりはない。重要なのは、両家に繋がりができることだ」

簡潔な答えは、佐山にとってこの結婚式はただの行事の一環にすぎないのだと改めて千景に突きつけられる。それに胸が一瞬痛んだけれど、顔に出すことはしない。

こうして式場を選ばせてくれるだけで、十分すぎることなのだから。

「ただ、結婚自体は公にさせてもらう。そのことで君が働きづらくなるとしたら、申し訳ない」

「それについては大丈夫です」

隠したらなんのために結婚するのかわからない。公表した時の会社の人達の反応を考えると少しだけ怖いけれどこればかりは仕方ない。佐山と結婚すると決めた以上避けては通れない道だ。

「それに正直、私としても挙式だけの方がありがたいです」

麗華の失踪前、予定していた招待客のリストを見せてもらったことがある。

そこには政治家や名だたる企業の社長夫妻、芸能人などそうそうたる面々が名を連ねていた。その中で自分が主役になるなんて想像するだけで身震いがする。生粋(きっすい)の社長令嬢である麗華ならともかく、母が本家出身なだけで千景自身は一般人にすぎないのだ。

だからこそ、佐山の提案は願ってもないことだった。

その後、ランチを終えた二人は、互いの両親に日程の確認をとった上で改めて正式な予約を入れた。今から約二ヶ月後、千景は佐山と結婚する。キスはもちろん、まともに手を繋いだこともないような者同士、神聖な教会で永遠の愛を誓うのだ。

こうして式場選びはあまりにも簡潔に終わりを告げた。

その後も実感が湧かないながらも、時間は確実に進んでいく。

式場との打ち合わせ、当日のメイクや髪型、ブーケはどうするか、ウェディングドレス選び、新居への引っ越し準備——親族を招くだけの小規模な結婚式といえど、準備することはけして少なくない。打ち合わせは計三回。千景と佐山、担当者の三人でリモート形式で行った。

しかしそれ以外の新婦に関係する準備は、ほとんど千景一人で行った。

『全て君の希望通りで構わない。もちろん、相談があればなんでも乗るよ』

結婚式に対して佐山からの希望は何もなかったからだ。

……本当に、拍子抜けするくらい何一つ。

多分、千景が頼めば佐山はドレス選びに付き合ってくれたかもしれない。けれど、千景のドレス姿になんて興味がないだろう彼にわざわざ相談するのもどうかと思い、あえて相談はしなかった。

ドレスは都内に式場と提携しているショップがあるから、わざわざ軽井沢まで行かずとも仕事帰りや休日に足を運べば済んだ。メイクや髪型、ブーケに関してはほとんどお任せで、千景から担当者に伝えたのは「できる範囲で綺麗にしていただけたら」ということだけ。

これから花嫁になる人間にしてはあまりにやる気のないお願いに、担当者は画面越しに驚いたように目を見張ったけれど、すぐに笑顔で「承知いたしました」と了承した。

そうして日一日と結婚式までの時間は過ぎていく。

佐山は休日に仕事が入ることも珍しくないらしく、彼と会う時は、いずれも平日の仕事終わりになんとか時間を作って食事をするだけだった。

一応、デートということになるのだと思う。

会話の内容のほとんどは結婚式の準備についてで、甘い雰囲気になることはなかった。

婚約者というよりむしろ、取引先と接待しているような感覚の方が近かったかもしれない。

多分、傍（はた）から見ても、これから結婚する二人にはとても見えなかっただろう。

それでも一度だけ、「婚約者」らしい瞬間があった。

それは四回目のデートの時。

その日はレストランの前に結婚指輪を見に行く予定で、千景と佐山は銀座（ぎんざ）のジュエリーショップを巡っていた。けれど二人は店に入っては出て、入っては出てを繰り返していた。理由は単純で、店内のラグジュアリーな空間と値段に千景が慄（おのの）いてしまったからだ。佐山は「好きなものを選んでいい」と言ってくれたけれど、簡単に「これにします」というには桁が多すぎる。

「すみません……」

「俺はいいけど」

路上で肩を落とす千景に佐山は面倒がる様子もなく小さく笑う。それは呆れているというより面白がっているようにも見えた。

「ただ、初めて会った時に『私はお嬢様じゃない』と君が言ってたのを思い出した。あの時は謙遜しているのかと思ったけど、本当にそうだったんだな」

「呆れてます？」

「いや、むしろ新鮮で楽しい」

つまり、高価なジュエリーを自然に身につけているような女性ばかりとお付き合いしてきたということだろうか。

――それこそ、麗華のような。

佐山自身がそう言ったわけでもないのに、たった一言で裏の意味を感じ取った千景は、過去の恋人と自分を勝手に比べてますます情けない気持ちになってしまう。

すると、そんな姿を見かねたのか、佐山は千景をある店へと誘った。

(どうしてまたここに？)

そこは一番初めに訪れたジュエリーショップ。戸惑う千景をよそに佐山は店員の女性に視線を向け、先ほど見たものをもう一度出してほしいと伝える。そして目の前に並べられたうちの一つを手に取ると、おもむろに千景の左手薬指に嵌めた。

「ああ、やっぱり似合うな」

突然の行為に固まる千景の隣で佐山は満足そうに頷く。

「最初に見た時、君の細くて長い指に似合うと思ったんだ。君さえよければこれにしようと思うが、どう？」

「でも――」

　こんなに高価なものを、とはさすがに言葉にはしないが、だからと言って「じゃあこれで」と頷くにはあまりに値段が張る。すると佐山はからかうようにすっと目を細めた。

「シンプルな質問だ。このデザインは好き、嫌い？」

「……好き、です」

「なら決まりだ」

　こうして先ほどまで悩んでいたのが嘘のように結婚指輪は決定した。このあまりに早すぎる展開に、その後、食事の席に場を移しても動揺が収まらなかった。

「気にしすぎ」

　ぎこちない千景に佐山は笑う。

「俺が欲しいと思ったものを買っただけだよ」

「でも、婚約指輪まで……」

「婚約したんだから別におかしなことじゃないだろ？」

　佐山は、ついでとばかりに結婚指輪と一緒に婚約指輪まで購入した。今日一日で飛んで行った金額を想像すると、美味しいはずの料理の味もほとんどわからない。

　それでも指輪が決まったのは、素直に嬉しかった。

結婚式場はあっさり決まり、その後のドレスやメイクなど新婦に関する準備を一人でしてきたからだろうか。「指輪」という結婚を象徴する目に見えるものが手に入ったことで、「本当に結婚するのだ」と初めて実感できたからかもしれない。

「刻印ができたら店から連絡が来ることになってる。俺が受け取って、式当日に持って行くので構わない？」

「はい。よろしくお願いします」

指輪を選んでいる時も、こうして食事をしている時も……いいや、出会った時から今までずっと、佐山はいつだって冷静だ。麗華の失踪を知った時もそうだった彼が、この先千景のことで動揺することなんてきっとないのだろう。

（でも、私は違う）

表向きは佐山と同じように振る舞っていても、彼と一緒にいる時、千景の心が落ち着いていることはほとんどなかった。思い悩む千景に代わって店を決めてくれた時も、指輪を嵌めるため手に触れられた時も、車を乗り降りする時にさりげなくエスコートしてくれる時も……いつだって千景は、佐山の一挙一動を気にしている。

『俺は、婚約者に対する義務を果たしているだけだ。礼なんていらない』

そう突き放したかと思えば、

『君の細くて長い指に似合うと思ったんだ』

と、自然に褒めてくれる。

全ては「千景」ではなく「婚約者」に対するもので、相手が千景でなくともそうしただろう。

それでも佐山の優しさや気遣いに触れるたびに、心の中に閉じ込めようとしている彼への想いが刺激される。

――好きが、溢れてしまいそうになる。

千景がこの気持ちを伝えることはきっとない。それでも、結婚を前にしてこんなにも昂（たかぶ）っている感情を、いつまで隠し通すことができるだろうか。

そんな想いを抱いたまま、たった二ヶ月間の婚約期間は終わりを告げた。

結婚式当日。
まだ梅雨も明けやらない七月初旬。今年の梅雨は例年以上に雨の日が多かったにもかかわらず、その日はいっそ皮肉なくらい雲一つない晴れ間が広がっていた。夏の訪れを間近に感じるような暖かな風も、燦々（さんさん）と降り注ぐ日差しも、文句のつけようがない絶好の結婚式日和だ。
こんな空の下で、純白のウェディングドレスはさぞ映えることだろう。
――でも、今の私はどうだろう。

今、挙式を目前に控えた千景は、式場の外で写真撮影に臨んでいた。

タキシード姿の新郎と一緒に写る自分は、果たして上手く笑えているだろうか。佐山の隣にいて見劣りしないだろうか。カメラマンに指示されたポーズを取っている間中、そんなことを考えてしまう。

「次はお互いに見つめ合ってみましょうか」

カメラマンに指示されるまま互いに向かい合う。

新緑の生い茂る木々の中、木漏れ日を浴びて立つタキシード姿の佐山は、ため息が出るほどに格好よくて、映画やドラマのワンシーンのようだ。後ろに撫でつけた黒髪も、千景を見下ろす伏し目がちの瞳も、形の良い唇も……彼の全身から醸し出される男の色気にくらくらする。

それが漏れ出てしまったのだろうか。

千景の表情のわずかな変化をカメラマンは見逃さなかった。

「新婦様の今の表情、素敵ですね！」

明るいカメラマンの声に我に返る。

——私は、今どんな顔で彼を見つめていた……？

もしも気持ちがばれてしまったら——はっとして佐山を見るが、すぐに考えすぎだと思い知る。佐山の表情には、なんの変化もなかった。カメラマンに指示されたからか、口元には笑みを湛えているものの、千景を見つめる瞳は冷たさも温かさもない。

『結婚してくれますか？』

プロポーズした時と同じ、凪いだ海のような視線からは、この撮影も、この後の挙式すらも彼にとってはただの行事の一環なのだと思い知る。

タキシード姿の佐山に見惚れた千景と違って、彼は新婦のドレス姿になんの興味もないのだろう。実際、撮影前に控室で初めてドレスを着た千景を見た時、彼はすっと目を細めただけだった。しかし、それに千景がショックを受けることはなかった。

二時間以上かけてどんなにメイクアップをしても、お姫様のように真っ白なドレスを着ても、自分が麗華以上に美しくなることはないとわかっていたから。むしろあからさまにがっかりされなかっただけで十分だ。

……そう思っていたのに。

撮影後、挙式が始まって間もなくの時だった。形式ばかりの誓いの言葉と指輪交換を終え、いざ誓いのキスをしようと佐山が千景のベールをゆっくりと上げる。視界が広がり、レース越しではない佐山の顔が目の前に現れ――

「綺麗だ」

千景にだけ聞こえるほどの小さな声で、彼は言った。

どうして、なぜこのタイミングで――。

参列客に仲良く見せるため？　それとも本当にそう思ってくれているから？

「本当に綺麗だよ」

言葉を失う千景に彼はもう一度はっきりと告げ、両手をそっと新婦の肩に置く。彼の手が素肌に触れて反射的に体が震えるが、それを支えるように大きな手のひらにそっと力が込められた。

目と目が、重なり合う。

その瞬間、二人の周囲だけ時間が止まったような感覚に陥る。奇しくもそれは船上パーティーの時と似ていた。あの時と同じように、千景の瞳いっぱいに佐山が映っている。同様に今この瞬間だけは、彼の瞳の中に千景がいる。

こちらを見下ろす彼の瞳が一瞬揺れたのは、気のせいだろうか。それを確かめたい気持ちを抱きながらも千景はゆっくりと瞼を閉じた。真っ黒な視界の中で彼が身をかがめるのがわかる。

——これから私たちは、キスをする。

無意識に体に力が入る。そんな千景に佐山が唇を落とした先は……頬。

感触を確かめる間もないほどの触れるだけのキス。彼の体が離れ、肩に置かれた手のひらの感触がなくなる。その瞬間、止まっていた時間が流れ始める。ゆっくりと瞼を開けると、そこには感情の揺らぎなど微塵も感じられない、いつも通り冷静な佐山がいた。

こうして二人は夫婦となった。

初めてのキスは、冷たかった。

結婚式を終えた後は、併設するホテルで鈴倉・佐山両家での食事会が行われた。

一応これが披露宴代わりということになるのだろうか。本来なら披露宴会場で振る舞われるフルコースを囲む中、食事会は終始和やかな雰囲気で進んだ。

食事会を終えると、今日は平日ということもありそれぞれの親は帰路についた。

一方の千景たちが向かうのはホテルの一室。そこで一泊し、明日には新居である佐山のマンションで新婚生活をスタートさせるのだ。

そうしてホテルの担当者に案内されたのは、スイートルーム。

これからこの部屋で行われるだろうことを想像すると、自然と体に力が入ってしまう。

なぜなら今夜、千景と佐山は初めて夜を共にする。それは、つまり――

「どうした？」

彼と、体を重ねるということなのだから。

「いえ……豪華なお部屋で驚いてしまって。こんなに素敵なお部屋をありがとうございます」

本音とごまかし混じりの言葉に、佐山は「どういたしまして」と小さく笑い、慣れた様子でふかふかの絨毯（じゅうたん）が敷き詰められた廊下を進んでいく。慌ててその後に続くと、彼は大きなテーブルの上にセッティングされたボトルとグラスに視線を向けた。

「ホテル側がシャンパンを用意してくれたみたいだな。せっかくだし、飲み直そうか」

不意に視線を向けられた千景は反射的に首を横に振る。食事会を終えたばかりの今は、お腹はこれ以上なく満たされている。そうでなくとも、この後に訪れるだろう時間を思うと緊張しすぎて水の一杯も飲めそうにない。

「すみません……」

「別に謝らなくても」

ノリの悪さを謝罪すれば、佐山は怒ることなく苦笑する。その様子からは緊張の欠片も感じ取れなくて、意識しているのは自分だけなのだと思い知らされる。

「せっかくですし、佐山さんは飲んでください」

とにかく今は一人になっていったん落ち着きたい。とはいえこの状況で別室に閉じこもるのも不自然だ。そうなると残るはバスルームしかない。

「私は先にお風呂をいただいてもいいですか？」

「どうぞ、ごゆっくり」

「……はい」

了承を得た千景は、荷物の中からナイトドレスと下着や基礎化粧品を取り出すと、逃げるようにバスルームへ駆け込んだ。

バスルームは大理石でできた豪華な造りになっていた。既にお湯が張られたバスタブの水面には真っ赤な薔薇の花びらが浮かんでいて、湯気と一緒にその芳醇な香りが室内に広がる。まさに新婚初夜のための空間は、この後に訪れるだろう出来事をいっそうリアルに想像させた。

(心臓が痛い)

落ち着くためにここに駆け込んだのに、甘い香りに視覚や嗅覚を刺激されてくらくらする。

とはいえ生まれて初めての薔薇風呂には惹かれるものがある。

「……いい香り」

シャワーを浴びて体の隅々まで丁寧に洗い、バスタブにそっと体を沈める。そうして肩まで浸かって手足を伸ばすと、体の強張りがゆっくり解けていくような気がした。

千景はお湯に浸かる自分の体を改めて見下ろす。貧相とまではいかないものの女性らしさのない痩せぎすな体。大きくも小さくもない胸に薄っぺらい腰。

この二年間で減った体重は、結局元には戻らなかった。ドレスショップの担当者は「スレンダー」と言ってくれた体も、改めて見ると薄っぺらいだけのように思ってしまう。

この体を彼に晒す。セックスする。

「っ……!」

一瞬、今はどこにいるかもわからない麗華の言葉が耳をよぎる。

『彼、本当にすごいの。私がもうダメって何度言っても求めてきて……』

――やめろ、考えるな。

佐山は、結婚するのは麗華ではなく千景だと言ってくれた。今日こうして結婚式を挙げてくれたのも彼の誠実さの表れだ。本音はどうあれ彼は、千景の前で麗華と比べるような発言をしたことはない。そんな彼が初夜で元婚約者と新妻を比べたりなんてしないはずだ。

(そう、わかってはいるのに)

無意識に麗華を激しく求める佐山の姿を想像してしまう。それを少しでも振り払いたくて千景はぎゅっと瞼を閉じる。そうして真っ暗な視界に浮かんだのは、裸でベッドに横たわる自分の姿。するとそれまで麗華を激しく求めていた彼の顔は一気に冷静になり、興が削がれたように体が離れていく――。

「っ……!」

あまりにリアルな想像を振り払うように、じゃぶんと頭のてっぺんまでお湯に潜る。ごうごうと耳鳴りのような水音に包まれながら、無理やり映像をかき消した。

――余計なことを考えるな。

必死に言い聞かせて心の動揺を抑え込む。そうして入浴を終えた千景は新品の下着を身につけると、悩んだ末にバスローブではなく白のナイトドレスを身につけた。

リビングルームに戻ると、佐山はちょうどシャンパングラスを傾けているところだった。

「お風呂、ありがとうございました」

シャツのボタンを外し襟元を緩めてくつろいでいた佐山は、千景を見て小さく微笑む。何気ないその仕草からも色気が感じられて、とくん、と心臓が跳ねた。

「あの……佐山さんも、よかったらどうぞ」

ちょうど手元のグラスが空になったのを見てお風呂を勧める。すると佐山は笑みを消してすっと目を細めた。その急な表情の変化にドキッとする。もしかして、「お風呂をどうぞ」なんてあからさますぎたか、それとも誘っているように聞こえてしまっただろうか——。

「あの」

佐山はグラスを置いて立ち上がる。そしてゆっくりとこちらに歩み寄ると、当惑する千景を見下ろした。

「千景」

「——っ！」

初めて名前を呼ばれた。

それだけで千景の胸は痛いくらいに跳ね上がり、呼吸が止まりそうになる。

「これからは名前で呼ぶよ。まだ実感はないかもしれないが、君ももう『佐山』なんだから」

からかうのでも窘めるのでもない。淡々とした口調から発せられた言葉だからこそ、佐山になったのだと——彼と結婚したのだと実感させられる。

「できれば君にも名前で呼んでほしい」

名前で呼ばれるのを待つように、佐山はじっと千景を見つめる。その瞳が熱っぽく感じられるのは気のせいだろうか。

「隼、さん」

熱に浮かされるように初めて夫の名前を口にする。すると佐山は満足そうに微笑み、「それじゃあ風呂に行ってくる」と千景の横を通りすぎた。一方、一人になった千景は、リビングのソファにへなへなと座り込む。

(名前を呼ばれただけなのに)

結婚したのだからそんなの当たり前のことなのに。

千景、と。低く心地のいい声が名前を口にした瞬間、信じられないくらいに心が揺れた。

(……嬉しかった)

自分の名前が特別なものに感じられるほどに、とても。

余韻に浸りながらじっとソファに座って佐山を待つ。そうしていると自然と静寂に満ちた。

バスルームから聞こえるシャワーの音と自分の鼓動の音だけ聞こえて、落ち着かない。

ふと、視線の先に佐山が開けたシャンパンのボトルが目に入る。

アルコールが入れば少しは気分が紛れるだろうか――そう思いかけるが、すぐにやめた。船上パーティーでの失敗を思い出したのだ。あの日以来、千景は酒を断っている。もしこの場で同じ過ちを繰り返し、ましてや酔いに任せて告白なんてしてしまったら目も当てられない。

——この気持ちは、隠し通す。

佐山にとって、愛だの好きだのという感情は不必要だと見合いの時に思い知った。ならば、この結婚において千景の感情は邪魔でしかない。

千景のことはどんな風に抱くのだろう。機械的に淡々とだろうか。それとも、麗華の時と同じように情熱的に振る舞うのだろうか。

(どちらでもいい)

どんな形でも方法でも、千景という存在を求めてくれるなら、女として見てくれるなら、それだけで十分だ。愛のないセックスなんて虚しいだけなのかもしれない、それでも。

(初めてするのなら、彼がいい)

愚かだと思う。同じくらいそんな自分を最低だと思う。古田には軽く触れられただけで拒絶してしまったのに、相手が佐山ならばこんなにも望んでしまうのだから。

「千景」

振り返ると、バスローブ姿の佐山が壁に背をもたれかけてじっとこちらを見つめていた。いつからそこにいたのか、物思いに耽っていてまるで気づかなかった。

佐山はゆっくりとした足取りで千景の方に来ると、静かに隣に座る。

「早かったですね。ゆっくりできましたか?」

「ああ。バスタブに薔薇の花びらが浮かんでいて驚いた」

「私も――」

驚きました、と言おうと隣を見て、はっとする。

――近い。

いつの間にか逞しい肩が千景の肩に触れていた。風呂上がりの佐山から、ふわりと甘い香りがする。今、自分たちは同じ香りを纏っているのだと自覚した瞬間、体の芯がかっと熱を持つ。

「あのっ……！」

「ん？」

問い返す声が酷く甘く聞こえるのは、自分の願望がそうさせているのだろうか。

わからない。それでも一つだけ確かなことがある。今、佐山の瞳には明らかな熱が宿っている。普段の感情が感じ取れない淡々とした視線ではない。欲情しているような、男の目。

――求められている。

恥ずかしくて、信じられなくて、嬉しい。

愛されていなくてもいい、お飾りの妻でも構わない。大好きな人に触れられる喜びを噛み締めながら、千景はゆっくりと瞼を閉じる。直後、ふわり、と羽根のように柔らかな感触が唇に触れた。それは挙式の時とは違い、とても熱い。

「ん……」

二度、三度と何度も柔らかなキスが降り注ぐ。隣に座っていた佐山はいつの間にか姿勢を変えていた。大きな手のひらが千景の後頭部に回り、左手がそっと頬に添えられる。壊れ物に触れるような優しくて繊細な手に、きゅっと胸が締め付けられる。

気持ちいい。優しくて、温かくて、安心する。心地よいキスにうっとりとした、その時。

「んっ……！」

一瞬開いた千景の唇の隙間を縫って、熱い舌先が滑り込んだ。

突然激しくなったキスに反射的に舌を引っ込めそうになるが、佐山はすかさずそれを絡めとる。そのまま舌裏を撫でられ、歯列をなぞられた。

「ふぁ……」

されるがままのキスに応えながら、千景は両手でバスローブの胸元をきゅっと掴む。そうでもしないと雨のように降り注ぐ絶え間ないキスについていけなかった。

「口、開けて？」

耳元に囁かれた声は蕩けるように甘くて、きゅうっと胸が痛くなる。

夢見心地で言われるがままに口を開くと、口付けはますます激しくなっていく。

千景を食べ尽くさんばかりのそれは、普段の冷静な佐山の姿とはかけ離れていて、そのギャップにどうしようもなく心が揺さぶられた。キスの雨に降られながらもうっすらと瞼を開けると、こちらを貫くような激しい炎を宿した彼の瞳と目が合った。

興奮してくれている。

彼が、私に――。

そこにある感情が義務でも構わない。自分を求めてくれているのが嬉しかった。

千景は形式上の妻になっただけで、愛されているわけではない。それでも、こうして求められることが嬉しくてたまらない。傍にいることなんて絶対に叶わないと思っていたからこそ、なおさらに。そんな感情が溢れて涙が浮かんだ、その時だった。

（え……？）

突然キスが止んだ。ゆっくりと瞼を開けると、信じられないものを見つめるように目を見開く佐山と目が合った。

「隼さん？」

思考がふわふわしたまま名前を呼ぶ。直後、佐山はばっと体を離して立ち上がり「すまない」と消え入りそうな声で謝罪をする。

「あの……」

どうして急にキスを止めたのか、謝るのか。

訳がわからず千景も立とうとして――そのまま、ソファの下に落ちてしまう。唇を重ねている間は夢中で気づかなかったが、佐山との激しいキスに腰が抜けてしまったらしい。情けないと思いつつも絨毯の上に座り込んだ千景は、助けを求めて佐山を見上げる。すると彼はなぜかきゅっと眉間に皺を寄せた。

(どうして、急にそんな顔をするの)

何かしてしまっただろうか。急に不安になる千景の体を佐山はおもむろに抱き上げる。

「隼さん!?」

急に横抱きにされて思わず声を上げるが、佐山は唇を引き結んだまま無言で歩き始める。

そうして向かったのは寝室だった。佐山は、綺麗に整えられたキングサイズのベッドに千景の体を横たえる。続きは寝室でということだろうか、でもそれならなぜ謝罪なんてしたのか。

動揺を隠せない千景とは対照的に佐山は無言で見下ろしてくる。そこに先ほどまでの甘い雰囲気や千景を求める熱は微塵もなく、はっきりと見て取れるのは――困惑だった。

「あの――」

「すまなかった」

千景の言葉を遮り再度謝罪する姿に、体に力が入らない千景はクッションを掴んで無理やり上半身を起こす。すると、佐山は静かに言った。

「……君は、触れられるのが怖いと言っていたのに」

「それはっ!」

――違う。相手があなたなら嫌なんかじゃない。

そう言いたいのに、予想外の展開に上手く言葉が出てこない。

「頭を冷やしてくる」

怖がらせてごめん、と佐山は三度謝罪をすると寝室を出て行こうとする。

「待ってください！」

咄嗟に引き止めると佐山はぴたりと足を止めた。振り返ったその顔に笑顔はない。淡々とした視線をこちらに向ける姿に心が折れそうになりながらも、千景は口を開く。

「……怖く、ありません」

声は情けないくらいに震えていて説得力の欠片もない。だからだろうか。これは千景の本心なのに、佐山の耳には虚勢を張っているように聞こえたのか、返ってきたのは「無理しなくていい」という言葉だった。

「無理なんてしてません！　大丈夫です。隼さんが相手なら、私は――」

「千景」

まるでそれ以上言わせないかのように遮られる。

「本当に、無理なんてしなくていいんだ」

佐山は出て行こうとしていた足を今一度千景の方に向ける。そしてベッドの前に膝をついて千景と目線を合わせると、小さく笑みを浮かべた。一目で作り笑顔とわかる、張り付いた笑みを。

「誰が見ているわけでもないし、夫婦だからといって必ずしなくちゃいけないものじゃない」

まるで聞き分けのない子供を相手にするようなその口調。

「それに……今の俺が言えたことじゃないが、もっと自分の体を大切にしてくれ。君の体は君のものだ。確かに俺たちは夫婦になったが、好きでもない男とする必要はない」

「違っ……！」

違うのに。無理なんてしていないのに。

（好きだから、したいのに）

言いたいのに、言えない。この気持ちを言葉にしたら、形だけの結婚さえも終わってしまう。それがわかっているからこそ、千景は唇をきゅっと噛み締めて夫の手を握りしめる。

その姿を見て佐山が何を思ったのかわからない。

佐山はきつく握った千景の拳に触れると一本一本、丁寧に指を解いていく。そして、まるで何事もなかったかのように——先ほどのキスは幻だったかのように淡々とした口調で「おやすみ」と言って、寝室を出て行った。千景ができたのは、その背中を黙って見送ることだけ。

ショックすぎて、涙も出なかったのだ。

（私は、抱けないの……？）

愛していないという点では千景も麗華も同じ。それにもかかわらず、佐山は「婚約者」の麗華は抱いて、「妻」の千景は抱かなかった。それは、女としてすら見られていないから——？

この晩、千景は一人で眠った。

こうして千景の新婚初夜は苦い思い出に終わったのだった。

6

八月中旬。夏真っ盛りのこの季節、冷房の効いたオフィスから一歩外に出ると、焼けるような日差しを浴びた肌はあっという間に汗ばんでしまう。

「ただいま戻りました」

午前中の外回りを終えて社に戻った千景は、ひんやりとエアコンの効いたオフィスの自分の席でひと息つく。すると隣席の美帆子から「お疲れ様」と労いの声がかけられた。

「鈴倉――じゃなかった、佐山さん。お昼、これからなら一緒にどう？」

就業時間外では名前で呼ぶ美帆子は、佐山姓になった千景にまだ慣れないらしく、結婚してから一ヶ月経った今もたびたび呼び間違えをする。そんな友人に内心苦笑しつつもランチのお誘いに乗ると、二人は近くの定食屋に移動した。入り口の券売機でそれぞれ好きなメニューを選び、窓際の席に向かい合って座る。

「それで。最近、旦那さんとはどうなの」

「けほっ……！」

唐突に投げ込まれた問いに、お冷を飲みかけていた千景は咄嗟にむせる。

「何、急に？」

「急じゃないわよ。ずっと気になってたんだから。……心配してたのよ、これでも」

美帆子の瞳がわずかに揺れる。眉を下げるその顔に千景は自然と居住まいを正した。

一ヶ月前、千景の姓は「鈴倉」から「佐山」に変わった。それにより結婚は公となり名実共に佐山の妻になった千景だが、その実情は世間一般が想像する「新婚」とは程遠いものだった。

この一ヶ月間で佐山と顔を合わせた回数は片手で足りるのだから。

「相変わらずなの？」

「ほとんど顔を合わせてないわ。朝は私が起きるともう出社しているし、夜は寝た後に帰ってきてるみたい。寝室も別々だからいつ寝ているかもわからないしね」

「何よ、それ」

美帆子は眉根を寄せて考え込む顔をする。彼女にはこの結婚の本当の目的を話した。佐山に片想いしていたことも、結婚に至った経緯も、この結婚に愛がないことも。

「食事も寝室も別って、それもう夫婦っていうより同居人じゃない」

「……そうね」

「千景はこのままでいいの？　だって、相手はともかく千景は旦那さんを好きなんでしょう？」

このままでいいのか。その問いに千景はすぐに答えることができなかった。

午後六時。定時で仕事を終えた千景は、新居である都内の高層マンションの一室に帰宅すると、手洗いを終えるなり自室に向かう。そして部屋着に着替えるとベッドにごろんと横になり、ぼんやりと天井を眺めた。

「『このままでいいの』、か」

昼間の美帆子の言葉を反芻する。けれどそれは静まり返った空気に虚しく溶けただけだった。

（静かだな）

一人暮らしの時は気にならなかった静寂。それにこんなにも敏感になってしまうのは、この家が広いから。そして……家中のいたるところから佐山の気配を感じるから。

洗い終えた食器が置かれたキッチン。洗面台に置かれた歯ブラシ。男性用のスリッパ——佐山の存在を感じるものは数えきれないくらいにある。

それなのに今、彼はここにいない。

佐山がいつ帰ってきて、いつ寝ているのか。どんな食事をしているのか、どこで食べているのか。「妻」である千景は、何も知らない。

同じ屋根の下で生活をしているだけの関係は、確かに夫婦というより同居人という関係がしっくりくる。この生活スタイルに関して佐山から何か改善を求められたことはない。ならば彼にとっても都合のよい過ごし方なのだろう。

実際、契約結婚した夫婦としては実に理想的な生活を送っていると思う。

それを「寂しい」と思ってしまうのは、ひとえに千景の勝手だ。

形式上の妻で構わない。仲睦まじい夫婦にはなれずとも佐山の傍にいられればいい。

（そう思っていたはずなのに）

佐山の気配を感じる空間にいると、どうしたって彼のことを考えてしまう。千景がリビングに必要以上に近寄らないのもそのためだ。

そうしてベッドの上で想いを馳せている間も時間はゆっくりと進んでいく。

一人でいると初夜のことを自然と思い出す。佐山の妻となり、初めてキスをしたあの夜。千景と佐山は溺れるように激しい口付けを交わした。このまま一つになれるのだと思った。

でも……佐山は、千景を抱かなかった。

『キス以上のことをするのが怖い』

以前、一度だけ口にした千景の言葉を慮っての行動だと佐山は言っていた。

でもそれが建前だとしたら？

本当は、異性としてすら意識されてないからだとしたら？

「抱かない」のではなく「抱けない」のだとしたら？

この一ヶ月間、そんなことばかり考えてしまう。

それだけではない。

——このすれ違いが、意図的なものだとしたら？

（私と会いたくなくて、無理やり仕事を詰め込んでいるのだとしたら……）

それは仕方のないことだ、なんて物分かりのいい女にはなれない。

女として見られないのなら抱けないのもわかる、それでも。

「声が、聞きたい」

触れてくれなくてもいい。抱いてくれなくてもいい。キスしなくてもいい。

彼の声が聞きたい。好きだとか、愛しているとか、そんな甘い言葉を言ってほしいのではない。

どんな会話でもいい。日常の些細な出来事を共有して、できれば一緒に食事をして。

おはよう。おやすみ。行ってきます。お帰りなさい。

そんな日常的な挨拶がしたい。顔が見たい。

そう願ってしまうのは、贅沢（ぜいたく）なことなのだろうか。

その時、不意にスマホが振動した。ベッドから跳ね起きた千景は急いでスマホを掴む。佐山かもしれない——そんな期待を抱いたのは一瞬だった。ディスプレイに表示されたのは登録していない番号だ。戸惑いながらも通話ボタンをタップして——すぐに、後悔した。

『もしもし、千景？』

忘れるはずのないその声。

「麗華……どうして、今は海外にいるはずじゃ――」

番号は日本国内から発信されたものだった。その答え合わせをするように、麗華は『少し前に帰国したの』とあっさりと言い放つ。

『それよりも久しぶりね。よかった、生きてたのね』

――生きていてよかった？

「何を……言っているの」

『何って、最後に会った時の千景が今にも死にそうな顔をしていたから。でも、思ったより元気そうで安心したわ』

麗華から発せられたのは、あの時の謝罪でも言い訳でもなかった。唖然とする千景に麗華はふふっと笑う。なぜ何事もなかったかのように振る舞えるのかわからない。

「麗華は、自分が何をしたかわかっているの？　今だってどこに……古田さんと一緒にいるの？　伯父様、すごく心配してたのよ!?　佐山さんとの婚約破棄だって、急に……！」

声は情けないほどに震えていた。それに対して麗華は『うるさいわね』と気だるげに吐き捨てる。

『大きな声できゃんきゃん言わないで。耳が痛いわ。圭人とはあれきりよ。仕事を辞めた後は、横浜（よこはま）の実家に帰って家業を手伝っているとは聞いているけど、それからのことは知らないわ』

古田と一緒ではない？

「麗華は、古田さんが好きだったんじゃ――」

だから関係を持ったのではないのか。そう言いかけた言葉は、『まさか！』と一蹴される。

『私にとってはただの遊びよ。向こうもそう。どこかの誰かさんが一向にキス以上のことをさせてくれない時に私に誘われて、乗っただけ』

遊び？　従姉妹の恋人とセックスをすることが？

「なんで……どうしてそんなことができるの、言えるの……」

『さあ、どうしてだと思う？』

「ふざけていないで、答えて！」

過去を振り返っても麗華に対してこんなにも大きな声を出したことはなかった。

二人でいる時、いつだって感情的に振る舞うのは麗華で、千景はそれを聞いている側だったから。でも今だけは違った。声を荒らげる千景に対し、麗華は冷ややかに『本当にうるさいわね』と吐き捨てる。

『古田圭人について私は謝るようなことはしてないわ。確かに初めに誘ったのは私よ。でも、千景という恋人がいながらそれに応えたのは圭人の意思。千景より私の方が魅力的だった。だから圭人は私を選んだ。それだけのことでしょ？　女として私に劣っているのを人のせいにしないで』

「っ……！」

――女として劣っている。

共に暮らしているにもかかわらず佐山と一度も体を重ねていない今、これほど突き刺さる言葉はなかった。しかしこうして傷ついている間にも言葉の刃（やいば）は続く。

『さっきの質問だけど、仕方ないから答えてあげる。どうしてそんなことができるか？――あんたのことが嫌いだからよ！』

嫌い。その言葉にひゅっと喉が鳴る。

『お気楽なあんたは気づかなかったようだけど、私、子供の頃からずっと千景のことが嫌いだったの。少し勉強ができるだけで、顔もスタイルも私より全然劣っているくせに、いい子ぶるあんたが本当に嫌だった。それを可愛がるおじいさまもね。私には久瀬の跡取りだからって何かとうるさかったくせに、千景には激甘で本当に腹が立つ。私は、千景も、おじいさまも、おじいさまが大切にしていた会社も大嫌い。だから、おじいさまが亡くなってすぐに家を建て替えてもらったわ。千景があの家を好きだと知っていたから、壊してあげたの』

男もそうよ、と麗華は続ける。

『嫌いだから、千景が気になった男はぜーんぶ取ってあげたの。圭人と寝たのもあんたを傷つけたかったからよ。あの夜のあんたの顔、最高だったわ。今思い出しても笑えるもの。ブスで、惨めな女の顔』

麗華は嘲るようにくすくすと笑う。

『それに、久瀬？　天然木の家具？　――馬鹿みたい。何が「世代を超えて人々の生活に寄り添える家具」よ。海外のアンティーク家具の方がよほど素敵なのに古いものにしがみついて、ただ単に古臭いってだけじゃない』

「よくもそんなことを……麗華の今の生活があるのも、久瀬商事があるからなのに」

『それについては感謝してるわ。でも仕方ないじゃない？　私は社長の娘なんだもの。親の許したお金を自由に使って何が悪いの？』

ナイフのような言葉は続く。

『それに、あんたに私が責められるの？』

「え……？」

『人の男を物欲しそうに見て、意地汚い』

「っ――！」

『想っているだけなら行動を起こさなければいいとでも？　同じよ。あんたも、私も。でも私は優しいから隼をあげることにしたの。千景は、彼と結婚して私の代わりに久瀬商事を継げばいいわ。おじいさまも会社も、人の男も大好きなあんたには最高のプレゼントでしょ？』

あげる？　隼さんは物じゃない。

――そんなこと、言えなかった。

人の男。物欲しそう。意地汚い。

それらは全てその通りだと思ってしまったから。

『ねえ、千景。私のお下がりと結婚して今どんな気分？　隼はあんたを大切にしてくれる？　好きだって、愛してるって言ってくれる？　毎日同じベッドで眠っているの？』

「……っ」

『どれも違うでしょう？　隼は、あんたにそんなことはしないもの』

まるで今の千景をすぐ傍で見ているような口ぶりだった。スマホを握る指先だけではない。体が小刻みに揺れる。怒りと、悲しみと、申し訳なさと……ありとあらゆる感情がごちゃ混ぜになって声が出ない。

『ねえ、千景。いいことを教えてあげる』

歌うように麗華は言った。

『この先どんなに一緒にいても、あんたが隼に愛されることはないわ。――絶対に』

呪いのような言葉を最後に電話は切れた。直後、スマホを持っていた手から力が抜けてぶらりと下がる。ベッドに座り込んだまま体が硬直したように動かない。それくらい麗華の言葉は衝撃的なものだった。

（ずっと、嫌われていた）

子供の頃の麗華は「千景が好き」と口癖のように言っていた。しかし古田との一件以降、それは昔のことで、今は快く思われていないのは気づいていた。でもまさか、祖父の家を取り壊すほどに嫌われていたなんて。

(姉妹のようだと思っていたのは、私だけだった……?)

佐山とのすれ違いの日々に心が弱っていたところに、麗華の言葉は攻撃力が高すぎた。

(愛されることはない)

まるで予言のような言葉が頭の中で反芻される。直後、電話の最中は堪えていた感情が溢れ出そうになる。千景は震える指先でスマホの画面に触れ、佐山にメッセージを送る。

『今から実家に帰ります。日曜日には戻ります』

ただ用件のみのメッセージ。するとすぐに既読がついて返信が返ってくる。

『何かあったのか?』

『いいえ。結婚してからまだ一度も実家に帰っていないし、なんとなく顔を出したいなと思って』

『わかった。時間も遅いし気をつけて。ご両親にもよろしく伝えておいてくれると嬉しい』

『わかりました』

これで、終わり。

もう返信はないであろうスマホを眺めているのは辛くて電源を落とす。そのままソファに突っ伏すと、声を、嗚咽(おえつ)を殺して涙を堪えた。

本当のことなんて言えるはずがない。こうも避けられている相手になんて、とても。

(隼さんが何を考えているのか、わからない)

電話でするような話でもないし、かといって会えなければ直接聞くこともできない。それとは反比例するように、離れている時間が増えるほどに佐山に会いたい気持ちは膨らんでいく。

そんな中、麗華からの電話を受けて、この一ヶ月間抑え込んでいた感情が溢れそうになった。昨日までは我慢できたはずなのに、広いマンションに自分一人なのがたまらなく寂しくて、切なくて、千景は衝動的に旅行鞄に荷物を詰め込んで実家に向かっていた。

なんの連絡もなく突然出戻った娘を母は驚きの表情で迎えた。

そんな母を見た瞬間、ずっと堪えていた感情が堰を切ったように溢れ出した。玄関に荷物を投げ出した千景は、母の膝に顔を埋めて子供のように声を上げて泣いた。

「千景?」

「どうしたら、いいのかな……」

千景の背中を母はそっと撫でる。その優しい手つきにいっそう涙が溢れて、その晩、千景は母の膝の上で泣き続けた。

翌朝。久しぶりに実家の自室で目覚めた千景は重たい瞼を擦りながら起き上がる。

体を見下ろすと昨日の服を着たままで、風呂も入らずに倒れ込むようにベッドで眠りについたのを思い出す。ベッドサイドの時計を見れば時刻は午前九時半。十時間以上眠っていたらしい。

「千景、起きてる？」

「うん」

返事をすると、ドアが開いて母が顔を覗かせる。

「朝食できてるけど、食べられそう？」

「……ごめん。今、あまり食欲がなくて」

「そう。ならお茶を淹れるから一緒に飲まない？　この間、お友達に美味しい茶葉をいただいたの。千景が好きなミルクティーにしてあげる」

「ありがとう。顔を洗ったらすぐ行くね」

ベッドから起き上がって着替えると、簡単に身支度を整えてリビングに向かう。するとちょうどお茶の準備ができたらしく、母がソファテーブルにトレイを置いていた。

「はい、どうぞ」

リビングのソファに移動して母の淹れてくれた紅茶を飲む。温かなそれは身も心も冷え切っている体に優しく染み渡る。時間をかけてゆっくり飲み終えると、カップをそっと置く。

「今日、お父さんは？　昨日はいなかったみたいだけど……」

「昨日は泊まりで出張だったの。お昼過ぎには帰ってくるわ」

「……そっか」

しんと静まり返る中、先に口を開いたのは母だった。

「少しは落ち着いた？」

母が隣にそっと座る。こちらを見つめる表情はとても心配そうで、千景はそんな顔をさせてしまったことを申し訳なく思いながらも「うん」と小さく頷いた。

「ごめんね。急に帰ってきて」

「何言ってるの。実家なんだからいつでも帰ってきていいに決まってるでしょ」

そう言って母は柔らかく微笑んだ。

それから二人はとりとめのない話をした。

母が最近好きなテレビドラマ、この間食べに行って美味しかったお店、父と出かけた場所。

母は、千景が今ここにいる理由を問いただすことなくそっと寄り添ってくれる。それがとても嬉しくて、安心して……優しさに背中を押された千景は、気づけば口を開いていた。

「昨日、麗華から電話があったの」

「麗華ちゃんから？」

「うん。伯父様から何か聞いてない？」

母は当惑した面持ちで首を横に振る。

「何も。この間、電話した時も何も言ってなかったわ」

ならばきっと麗華は伯父にも帰国したことを伝えていないのだろう。伯父は娘の麗華を溺愛しているが、良識的な人でもある。あれだけの騒ぎを起こした娘が帰国して、母や千景に何も伝えないとは考えにくい。

「麗華ちゃんは、なんて?」

「それは……」

「言いたくないなら言わなくていいわ。でも、吐き出して楽になるなら言ってほしい。言葉にするとすっきりする場合もあるものよ」

柔らかな口調に昨日から張り詰めていた感情が、ぷつりと切れた。

それから千景は佐山とのことを母に話した。

二年前から佐山が好きだったこと、彼を忘れられなくて古田と付き合ったこと、結婚以来佐山はまるで千景を避けているように家に寄り付かないこと、電話での麗華とのやりとり——話しながらもその時の気持ちが蘇って、何度も喉元から何かが迫り上がるような感覚がした。

嗚咽が漏れそうになりながらもしかし、千景は絶対に泣かなかった。

多分、自分の中のなけなしのプライドがそうさせたのだと思う。

もうこれ以上麗華のことで泣きたくない。そう、強く思った。

母は千景の話にじっと耳を傾けてくれた。娘を慰めることも、佐山や麗華を批判することもしない。そうして全てを話し終えた時、母が言ったのは意外な言葉だった。

「千景は、隼さんのことが本当に好きなのね」

一人で抱え込んでいたことを打ち明けたからだろうか。先ほどよりも落ち着きを取り戻した千景は、母のストレートな指摘に小さく頷く。同時に少しだけ怖くもあった。

「お母さんは、私を最低だと思わないの？」

従姉妹の婚約者を好きになるような娘なのに――その問いに対して、母は不思議そうに目を瞬かせる。

「そんなこと思うわけないわ」

「どうして……」

「人を好きになるのに理由が必要？」

答えは簡潔だった。

「少なくとも、婚約者がいながら古田さんと関係を持った麗華ちゃんに、千景を責める資格はないと私は思う。もしも千景が麗華ちゃんから隼さんを奪ってやろうと思って行動していたなら話は別だけど。でもそうじゃないでしょう？　あなたはただ、隼さんを好きになっただけ。誰にも責められるようなことはしていないわ」

「っ……！」

「その通りだ」とはすぐには思えなかった。どうしたって千景の中には麗華や古田に対する罪悪感が存在する。二人が自分を裏切ったとわかっていてもなお。それでも、娘の全てを肯定してくれるような母の言葉は、弱り切った千景の心にじんわりと沁みた。

「でも、千景も千景よ。麗華ちゃんの言葉に一喜一憂して視野が狭くなっていない？」

けれど母は優しいだけではなかった。

「隼さんが千景を愛することはない。その言葉をそのまま信じて大人しく離婚してあげるの？」

「そんなことっ――！」

首を横に振って否定する。そんな娘に母は冷静に言った。

「隼さんがなぜ帰ってこないのか、自分のことをどう思っているのか……わからないことだけで不安になるのは自然なことよ。好きだからこそ嫌われたくないと思うのもね。でも、そんなのは関係なしに千景自身はどうしたいの、何を望んでいるの？」

淡々とした口調ながらも母の目には力があった。責めているのではない。余計なものを全て取っ払った自分自身の素直な気持ちはどうなのかと、母は問う。

「私は――」

昨日は麗華の電話があまりに衝撃的で、ショックで、家に逃げ帰るのが精一杯だった。しかし思う存分泣いた今、千景の中には未だかつて感じたことのない感情が生まれている。

片想いをしている頃、二人が一緒にいるところを見た時の胸の痛みとは違う。

悲しいだけではない。自分の内側から湧き上がるような強いこの感情は――嫉妬だ。

『ねえ、千景。私のお下がりと結婚して今どんな気分？　隼はあんたを大切にしてくれる？　好きだって、愛してるって言ってくれる？　毎日同じベッドで眠っているの？』

まるで自分に対してはそうだったと言わんばかりの言葉を妬み、羨んでいる。

「麗華に、負けたくない」

「うん」

「離婚もしたくない」

「そうね」

一つ一つ、素直な気持ちを言葉にする。

「隼さんには、私を見てほしい」

シンプルだが、それが全てだった。

――彼が好きだ。

だからこそ、麗華でも他の誰でもない、私だけを見てほしい。

「なら、もうめそめそするのはやめないと」

母の言葉は厳しいのに、千景を見つめる眼差しはとても優しい。

「今、私に言ったことをそのまま隼さんに伝えるの。難しく考えなくていい。自分の気持ちに素直になって、考えていることを全てぶつけてきなさい」

「それでももし、だめだったら？」

「その時はそんな男、千景の方から捨ててやりなさい」

母は笑顔のままはっきり言った。でも千景の方は笑えない。

「捨てる？」

捨てられる、ではなく、千景が佐山を？

予想外すぎる言葉にぽかんとする娘に母はますます笑みを深める。

「……お母さん、もしかして怒ってる？」

戸惑いつつ問うと、母はいっそう笑みを深めた。

「麗華ちゃんに対しては、一発引っ叩きたいくらいには怒ってるわね」

驚く千景に母は「でも」と続けて言った。

「私は、隼さんが理由もなしに千景を遠ざけるような人には思えないの」

「どうして？」

「顔合わせの時、隼さんは『千景に対して不誠実な真似をしない』と言ったでしょう。あの時の彼はとても嘘をついているようには見えなかったから。千景はどう？　隼さんは麗華ちゃんの言った通りの人だと思う？」

わからない。それでも、麗華の言葉を鵜呑(うの)みにしてこのままで終わりたくはない。

「……お母さん」

「ん？」

「私、もう一度だけ頑張ってみる」

そう伝えると、母はふわりと笑った。

その日の昼は、久しぶりに親子水入らずで食事をした。母は娘が帰っていることを父に伝えていたらしく、帰宅した父は両手いっぱいのお土産を抱えていた。

千景が子供の頃から大好きな店のケーキ、たまに家族で行っていたイタリアンレストランでテイクアウトしたピザ、普段は飲まないようなちょっと高いワイン――。

それを見た母は「買いすぎよ」と呆れていたけれど、父を見る眼差しは愛情に満ちていて、それは父も同じだった。他愛のない話をしながら囲む食卓は笑い声が絶えなくて。

(家族っていいな)

そう、しみじみと思った。

母と話して覚悟は決めた。このまま実家に引きこもってうじうじしていたら、何も変わらない。それでは古田の時と同じになってしまう。何も成長していないことになってしまう。

あの時は、千景の代わりに両親が抗議して伯父が謝罪をしてくれた。でも今度は人任せにはしない。自分で正面から佐山に気持ちをぶつけて、素直になるのだ。

『好きです』

その一言が言えるかはまだわからない。

それでも今の自分が抱いている気持ちを少しでも伝えたい。

もっとあなたの顔が見たい、声が聞きたい、一緒の時間を過ごしたいのだ、と。

◇

『……キス以上のことができないんです』

『……怖く、ありません』

『無理なんてしてません！　大丈夫です。隼さんが相手なら、私は――』

涙の滲んだ瞳。微かに震える華奢な体。健気にも自分を呼び止める声――。

「――隼！」

「っ……！」

はっと瞼を開けて視界に飛び込んできたのは、見慣れた移動車の運転席。ちらりと視線を動かせば、ミラー越しにこちらを訝しむ秘書の視線と目が合った。

（ああ、そうか）

ここは軽井沢のホテルでもなければ、千景もいない。今は取引先との会食を終えて帰宅する最中で、時刻は午後九時過ぎ。佐山は目覚めて数秒でそれらを把握する。夢を見ていたのだと自覚した途端、どっと肩の力が抜ける。その時つい漏れたため息を秘書は見逃しはしなかった。

「お前が居眠りなんて珍しいな」

律儀にも運転席からため息に反応したのは、秘書の浦川北斗。同い年の彼は佐山の大学時代の友人でもある。

「……少し酔っただけだ」

引き抜いたネクタイを空いた隣の席に放り投げて、背もたれに身を任せる。

今日は少し酒を飲みすぎた。相手がかなりの酒好きだったこともあり、自然とこちらの飲む量も増えてしまった。仕事上の付き合いで酔い潰れるようなことはまずありえないが、もう少しセーブすればよかったかもしれない。

「そういえば、新婚生活はどうだ？」

ふと声をかけられてはっとする。

「……なんだよ急に。どうもこうも、別にこれまでと何も変わらない」

前置きのない質問に適当に答えると、浦川は「またそんなこと言って」と絡んでくる。

「一度ご挨拶させてもらっただけだけど、奥さんかなり可愛いよな。あれだけ可愛かったら夜の方も――」

後部座席から運転席を軽く蹴り、最後まで言わせない。

「ってえな、危ないだろ！」

「うるさい。馬鹿なこと言ってないで運転しろ」

「パワハラで訴えてやる」

「言ってろ」

くだらないやりとりは慣れたものではあるが、普段は蹴ったりしない。ただ、一瞬でも浦川が千景との性事情を想像したかと思うと気分が悪かったのだ。

浦川は秘書としては実に優秀な男だが、プライベートでは少々難があるのは否めない。

佐山からすれば軽薄にしか思えない態度やチャラい見た目は、女性には魅力的に映るらしい。

学生時代はもちろん、社会人になってからも浦川は常にモテた。

取っ替え引っ替えとまではいかないものの、会うたびに恋人は違ったし、実際かなり遊んでいたのは間違いない。しかしそんな生粋の遊び人であるこの男は、結婚してがらりと変わった。

二歳年下の妻のことを溺愛しており、今ではすっかり妻一筋の愛妻家である。友人としては「ようやく落ち着いたか」と思う反面、ふとした時に聞かされる惚気が鬱陶（うっとう）しくもあった。

「でも、実際何かしら変化があったのは事実だろ？」

「しかも、悪い方の変化だ」

先ほどまでのからかい口調から一転、真面目なトーンで浦川は言った。

「……何が言いたい？」

「最近のお前、働きすぎ。元々ワーカホリック気味だったのに、結婚してからより酷くなった。俺が仕事量を調整しても勝手に増やして、この一ヶ月間ろくに家に帰ってないだろ。新婚だってのに何を考えてるんだ？　奥さん、寂しがってるんじゃねえの」

「むしろ俺がいない方が千景は安心できるんだよ。彼女は俺を怖がっているから」

「どういうことだ？」

「結婚の経緯はお前も知ってるだろ。俺と彼女は好き合って結婚したわけじゃない。俺たちは、浦川が勘ぐっているような仲じゃないんだ」

暗に体の関係がないことを伝えると、浦川は絶句する。

「……嘘だろ？」

フロントミラーに視線を向けると、目を丸くする浦川と目が合った。

「あんなに可愛い奥さんがいて何もしないなんて」

「無理やりするようなものではないだろ」

この話はこれで終わりだ、と強引に打ち切り窓の外に目を向け瞼を閉じた。

先ほどのように睡魔が訪れることはない。けれど車の揺れに身を任せていると、自然と千景のことを考えた。

『鈴倉千景です』

初めて千景に会った時、思い描いていた人物像とのギャップに驚かされた。

麗華と姉妹のような関係だと聞いていたから、自然と婚約者に似た女性を想像していたのに、実際の千景はまるで違った。

華やかな外見で良くも悪くも目立つ麗華が薔薇ならば、千景は楚々とした百合を連想させた。

染めたことが一度もないような艶やかな黒髪や華奢な体はどこか儚げで、気弱そうにも見えた。けれどその印象は実際に話してみて変わった。

副社長の娘でありながら自立していて、家族思い。そんな彼女を見て、温かな家庭で大切に育てられただろうことは容易に想像がついた。同時に、真面目で魅力的な女性だとも感じた。

二度目に会った時は、その無防備さを心配した。ドレスアップした千景はお世辞抜きに綺麗なのに、それを自覚していないのがもどかしくて、危なっかしくて、落ち着くまで傍にいた。

同時になぜ彼女に恋人がいないのかが不思議でたまらなくて、理想が高いのかと問えばそうでないという。その後、千景が恋人に求める条件を聞いた時は面食らった。話し上手で女慣れしている、一緒にいて居心地のいい男。それは自分とは正反対のタイプで、千景にとって自分は異性ですらないのだと思い知らされた。

三度目に会った時、千景には恋人がいた。

それは祝うべきことなのに、食事会の帰り際には、「キス以上ができない」と悩む千景になぜか心臓が大きく跳ねた。同時に古田に抱かれる千景の姿を想像して酷く胸がざわめいた。

とにかくも、千景のことは初めから好意的に捉えていた。そんな彼女と成り行きで結婚することになったものの、千景に対してマイナスな感情は何も抱かなかったし、むしろプラスだとさえ思えた。

佐山にとっての結婚は、会社をより発展させるための手段の一つにすぎない。一方の千景も自社に対して思い入れがあり、かつ恋愛関係を求めないという。結婚相手としてこれほど相応しい人はいない。とはいえ、夫婦になる以上は良好な関係を築こうと思った。妻になる千景の望みは最大限叶えたかった。

結婚式当日。ウェディングドレス姿の千景を見た時は、お世辞抜きに見惚れた。

自分たちの間に愛だの恋だのといった甘ったるい感情は存在しない。それでも、この美しい女性が妻になることは素直に嬉しかったし、何より誇らしかった。

千景と体を重ねることになんの疑問も抱かなかった。夫婦になった以上はそれが自然なことだし、彼女も同じ考えだろうと当たり前のようにそう考えてしまったのだ。

――でも、違った。

新婚初夜。キスをした後の千景は泣いていた。

透き通るような瞳に浮かんだ涙を見た瞬間、頭から冷水を浴びせられたような感覚がした。

同時に無意識に「自分なら大丈夫だろう」と自惚れていたことに気づき、そんな己を酷く恥じた。

何が「もっと自分を大切にした方がいい」だ。

彼女を泣かせているのは、自分ではないか。

(千景は、俺とは違う)

麗華の裏切りになんとも思わなかった佐山と違い、千景は古田の裏切りに酷く傷ついた。

そんな彼女をこれ以上泣かせたくない、悲しませたくない、怖がらせたくない。

(もう、あんな顔はさせたくない)

だからこそ、結婚直後から佐山はいっそう仕事に打ち込んだ。自宅には文字通り寝に帰るだけで極力千景との接触は避けた。そうしていれば、千景は佐山の存在を感じずに済む。

佐山といる時の千景は多かれ少なかれ緊張している。だからこそせめて自宅くらいは彼女にとって居心地のいい空間であってほしい。日々営業職として仕事に励んでいるから、なおさらに。

これが自分にできる最善の行動だと佐山は信じて疑わなかった。

千景に触れない。それでも妻になってくれた以上、できる限り大切にしたいのだ。

(──千景?)

ふとスマホがメッセージを受信する。送信者は今ちょうど思い浮かべていた人だった。彼女から連絡が来るなんて珍しいなと思いつつ確認して、驚いた。

「どうかしたのか？」

スマホを握って黙り込む佐山を不思議に思ったのか、フロントミラー越しに浦川と目が合った。

「いや。妻から高崎の実家に帰ると連絡があった」

簡潔に答えると「今から!?」と驚きの声が返ってくる。

「やっぱ俺が言ってた通りになったじゃねえか。新妻を一ヶ月も放置してたらそりゃ家出もするわ。どうする、マンションの最寄り駅に車を先回りさせるか？」

「どうして連れ戻す前提なんだよ。そういうんじゃない。久しぶりに実家で息抜きしたいらしい。大体、家出ならわざわざ連絡なんてしてこないだろ」

「……まあ、それはそうだろうけど」

浦川は釈然としないようだったが、それ以上は何も言わなかった。そうこうするうちに車は自宅マンションの地下駐車場に到着する。

「ありがとう。月曜はいつも通り自分で出社するから、迎えはいらない」

「隼！」

ドアを開けようとした佐山を浦川は呼び止める。

「この土日はゆっくり休めよ。さっきも言ったけど最近のお前は働きすぎだ。体調管理も仕事のうちだからな。来週も無理するようなら、俺から奥さんに連絡して迎えに来てもらうからな」

「……どうして浦川が彼女の連絡先を知ってる」

『何かあった時のために一応教えとく』って言ったのはお前だろうが。そんなのも覚えていないくらい疲れているなら今日はもうさっさと寝ろ。鏡を見てみろ。酷い顔色だ」

なんだかんだうるさく言いながらも気遣ってくれる友人の言葉に、佐山は「わかったよ」と頷き車を降りた。そのままエレベーターに乗り込み自宅に向かう。そして玄関のドアを閉めた瞬間、それは来た。

「いっ――！」

頭が割れるような痛みにたまらずその場にしゃがみ込む。

（まずいな）

実は、今日は朝からやけに体が重かった。しかし熱を測っても平熱だったのもあり、医者に行くほどではないと適当に風邪薬を飲んでいつも通りに出社した。けれど最後の最後で浦川に気づかれる程度には体調が悪化していたらしい。浦川と別れるまではなんとか平静を装っていたものの、一人になった途端気が抜けたのか、酷く体が重い。

だが玄関で倒れるわけにはいかないと、重い体を引きずるように靴を脱ぎ捨て、その後は風呂にも入らずに床に就いた。一晩休めば頭痛も少しは回復するだろうと思ったのだ。

だが、その予想は見事に外れた。

翌土曜日。

目覚めた瞬間、佐山はこれはかなりやばいかもしれないと己の体調の悪化を自覚する。頭は割れるように痛いし、体が酷く熱い。最悪なのがスーツを着たまま眠ってしまったことだ。おかげで皺だらけだし、下着もシャツも汗で濡れて気持ち悪い。

（着替えて、水と薬……）

スーツを乱雑に脱ぎ捨て部屋着になると、重い足取りでリビングに向かう。薬箱から目についた解熱剤を乱雑に掴んで一気に水で流し込む。そして部屋に戻ってベッドに横になろうとした、その時。

「っ……！」

視界が揺れる。頭が痛い。遠のきかける意識の中でなぜか思い浮かんだのは、千景の姿だった。

◇

昼食後、千景は日曜日に帰るという当初の予定を切り上げ、都内の自宅マンションへ戻ることを決めた。すぐにでも佐山の顔が見たかったのだ。それでも急に帰って驚かせては悪いと、新幹線に乗り込んですぐに『今日の夕方に帰ります』とメッセージを入れる。だがそれは自宅最寄駅に到着しても既読にはならない。

——今日もいないのだろうか。

——避けられているのだろうか

そう、後ろ向きになりかける気持ちを無理やり奮い立たせる。

(そうだとしても、私のやることは変わらない)

呼吸を整えた千景は鍵を開けてゆっくりと玄関のドアを開けた。

(隼さん、帰ってる)

彼が愛用している革靴が目に入り、ひとまずほっとした。すぐに自分の部屋に荷物を置いてリビングに向かうが、佐山はいない。代わりに目に入ったのは、ダイニングテーブルに乱雑に置かれた市販の解熱剤の箱と飲みかけの水で、ふと嫌な予感がした。千景は佐山の私室に向かい、ドアをノックする。

「隼さん、いますか?」

少し待ってみるが返事はない。時間はまだ早いがもう休んでいるのだろうか。本当は今すぐ顔を見たかったけれど仕方ない。起きてくるのを待とうとその場を離れようとした時、部屋の中から何かが落ちるような大きな物音がした。無視をするには大きすぎる音にもう一度部屋のドアをノックする。だがやはり返事はなくて、千景は戸惑いながらもゆっくりとドアを開けた。

「入りますーーっ！」

薄暗い部屋の中で真っ先に視界に飛び込んだのは、ベッドの下でうつ伏せに倒れている佐山の姿だったのだ。

「隼さん!?」

慌てて夫の元に駆け寄り呼びかけるが反応はない。床に顔を突っ伏して荒々しく呼吸を乱す姿に一気に血の気が引く。まさか、と思いながら首筋に手を当てると、とても熱い。部屋着もびっしょりと濡れていて、尋常ではない量の汗をかいているのは明らかだった。

とにかくこのままにはしておけない。

千景は佐山の脇の下に両手を回して、渾身の力を込めて起こそうとする。しかしできたのは上半身を起こすことだけで、ベッドにもたれかけさせるのが精一杯だ。起き上がった佐山は、千景がいることにも気づかず辛そうに目を閉じ、肩で息をしている。

弱りきったその姿は普段の彼とはかけ離れていて、千景は泣きそうになった。

「どうしよう、横にならないと……でも熱が……」

病院？　でも、千景だけではとても動かせない。なら救急車を呼ぶ？　保険証は？

（落ち着け……落ち着け！）

ここで千景が慌てていても事態は何も変わらない。

「ちか、げ……？」

その時、きつく閉じられていた佐山の瞼がゆっくりと開く。

「今、なんとかして病院に──」

「救急車は、呼ばなくていい。浦川に、連絡を……」

息も絶え絶えな言葉に、千景は急いで自室にスマホを取りに行くと、震える指先で電話帳から浦川の連絡先を見つけ出して電話をかける。それはすぐに繋がった。

焦りながらも事情を説明すると、浦川は慌てた様子で「すぐに行く」と言ってくれた。

「隼さん、聞こえますか？ もうすぐ浦川さんが来てくれます。病院に行きますから、もう少しだけ我慢してください」

バスルームから持ってきたタオルで額の汗を拭いながら呼びかける。千景の声かけに対して佐山は答えない。彼はうっすらと開いた瞳でぼんやりと千景を見つめると、「ごめん」と消え入りそうに囁いた。突然の謝罪に目を丸くする千景に、佐山はもう一度同じ言葉を口にする。

それが何に対する謝罪なのかはわからない。肩で息をしながら譫言のように謝罪を繰り返して彼は言った。

「どこにも、行かないで……」

そう言って再び瞼を閉じる。その時、目尻から流れた一筋の涙がつうっと頬を伝った。

自分よりずっと逞しい体。それなのに今はどこか小さく感じるのは、彼の寝言を聞いてしまったからだろうか。気づけば千景は彼の両手に触れていた。

「私はどこにも行きません」

だから、と千景は握った両手に少しだけ力を入れて囁いた。

「――今は、ゆっくり休んでください」

◇

熱にうなされながら、佐山はなぜか二十年以上前のことを思い出していた。

多分、小学校に入って間もなくの頃だと思う。今のように風邪を拗らせた佐山は、ベッドに丸くなって体を震わせながら泣いていた。家政婦の志村は熱心に看病してくれたけれど、無条件に甘えることはできなくて。仕事で当然のように家を空ける父親や、「お母さん」と助けを求めた手を「触らないで！」と拒絶した母親を幼心に酷く恨んだのを覚えている。

こんなに苦しいのに、どうして母親は自分を置いて行ってしまうのか。

辛くて、寂しくて、痛くて、心細くて……あの時ほど人恋しかったことはない。そんなことを思い出していたからだろうか。

「隼さん！」

必死に呼びかける千景を見て、すぐに自分の願望が見せた夢だと思った。同時に彼女を泣かせたことが申し訳なくて、しつこいくらいに謝罪を繰り返した。

ごめん。泣かせてごめん。嫌われても仕方ないことをした——。

そうするうちに千景と幼い頃に別れた母の姿がなぜか重なって、「行かないで」なんて情けなく懇願したその時、柔らかな何かが手に触れた。

「私はどこにも行きません。だから今は、ゆっくり休んでください」

包み込むようなその声色に今一度睡魔に包まれる。

今度は夢は、見なかった。

それからの記憶は朧げだ。息苦しさと気持ち悪さで何度も目を覚ましたが、頭がぼうっとして寝ているのか起きているのかすらわからない。千景の声や浦川の声、その他の知らない声が聞こえて、何かしら返答したような気もするが、それがどこで、誰の声かも曖昧だ。

そんな中、一つだけ朧げながらも覚えていたこと、それは——。

「隼さん」

涙目で自分を見つめる千景の顔だった。

意識がゆっくり浮上する。重い瞼を開けると見慣れた自室の天井が視界に飛び込んできて、靄がかかっていた思考が一気に晴れた。おもむろに上半身を起こそうとして、ぐらりと視界が揺らぐ。

「いっ——！」

ズキン、と刺すような頭痛に襲われて、たまらず顔を顰める。しかし眠る前まで感じていた断続的な激しい痛みほどではなかった。痛みを堪えるように片手を額に当てて、瞼をぎゅっと閉じたままゆっくりと時間をかけて上半身を起こす。そうして目を開けて……驚いた。

「千景……？」

ベッドに上半身をうつ伏せにして眠っているのは、実家にいるはずの妻の姿。

どうして、なぜここに、いったいいつから――。

反射的に小さく上下する肩に手を伸ばすが、寸前のところで止めた。静かな寝息を立てる姿を見て起こしてはいけないと思ったのだ。驚きと混乱とで状況が飲み込めない。ふと視線を枕元に向けると自分のスマホがあった。千景の眠りを妨げないようにそっとそれに手を伸ばす。ロックを解除して確認すると、浦川からのメールが入っていた。

ざっと文章を読んで、おおよその事態を把握する。

（千景と浦川が病院に連れて行ってくれたのか）

浦川によると、意識を失った佐山は、浦川の運転する車で休日診療に向かい点滴をしてもらった――らしい。うなされている時は夢か現実かわからなかったが、事実を知ると断片的ながらも記憶が蘇る。

『隼さん』

そう言って手を握っていてくれた千景の姿を。

「隼さん……？」

スマホに視線を落としていると、ふと名前を呼ばれ、はっとする。声の方を向くと、ベッドから顔を起こした千景が大きく目を見開いてこちらをじっと見つめていた。

ありがとう。ごめん。言わなければならない言葉はたくさんある。だが何一つ言えなかったのは、千景の頬が濡れていたから。きゅっと口を引き結んで眉を吊り上げた千景の瞳にじわじわと涙が溢れて、頬を濡らしていく。

「千景、俺は――」

「何をしているんですか！」

空気が震えるほどの大きな声で、千景は言った。

「浦川さんから聞きました。この一ヶ月間、本当なら帰ろうと思えば帰れたのに、私が怖がるからあえて必要以上に仕事を入れていたって……」

声を震わせて千景は叫ぶ。

「私は、あなたを怖いと思ったことは一度もありません！　それなのにこんな風になるまで働いて、どうしてもっと自分を大切にしないんですか。過労って、なんで……あなたが倒れているのを見て、どれだけ心配したと思って……！」

それ以上は言葉にならないように千景は両手で自分の顔を覆う。肩を震わせて大声で泣く彼女を前に、佐山は何も言えなかった。

──目の前の光景が信じられなかったのだ。

千景が泣いている。今まで聞いたことのないような大声で、涙で顔をぐしゃぐしゃにして怒っている。佐山の体を心配して、怒っている。

それをはっきりと自覚した途端、今まで一度も感じたことのない感情が湧き上がった。

嬉しいとか、可愛いだとか、そんな言葉ではとても足りないほどの強烈な気持ち。

その感情の正体は今の佐山にはわからない。しかし気づけば体が動いていた。

「っ……！」

本能のまま華奢な体を抱き寄せる。力の加減なんてできなかった。心の底から湧き上がる気持ちをそのままぶつけるように千景を強く掻き抱く。

「ごめん。それと……ありがとう」

また泣かせてしまって、心配をかけてごめん。心配をしてくれてありがとう。

そう声に出すと、すとんと胸に落ちた。

(俺のことなんて放っておいて当然なのに)

千景はそうはしなかった。一晩つきっきりで看病してくれた。佐山の体を想って怒ってくれた。それが嬉しくて、くすぐったい。

「千景……」

まだ熱があるからだろうか。この温もりを手放したくなくて、そのまま縋り付くように千景の肩に顔を埋めた。

——佐山に抱きしめられている。

今この現状に千景は文字通り固まった。

昨夜、千景と浦川は気を失った佐山を連れて休日診療に向かった。そうして点滴などの応急処置をしてもらい、帰宅したのが午後九時過ぎ。

浦川は帰り際に「奥さんも休んだ方がいい」と言ってくれたものの、とても眠る気にはなれなくて、千景は佐山のベッドの横で一晩中彼の様子を見ていた。

汗の滲む額をタオルで拭いて、寝返りで乱れた布団を直して——。

そうするうちにいつの間にか寝落ちしてしまったらしい。布団が動く感覚で目が覚めると、起き上がった佐山がいた。その顔はいまだ疲労の色が濃いものの、昨晩に比べればだいぶ血色もよくて……何よりもぼんやりとではない、はっきりと開いた瞳と目が合った瞬間、感情が爆発してしまった。

病み上がりの夫を大声で詰るなんて最低だと思う。それでも堪えられなかった。こんな風に倒れるまで働いて、自分を大切にしない佐山に対して感情が抑えきれなかったのだ。

そんな千景に佐山は呆れも、怒りもしなかった。ただ、名前を呼んで抱きしめたのだ。

熱いくらいの体温に包まれて千景の体も熱を持ち始める。胸のドキドキは一秒ごとに増していって心臓は痛いくらいだった。どこか甘いその痛みと熱に浮かされるように、千景は佐山の背中にそっと両手を回す。

「……どうして、私が怖がっているなんて思ったんですか？」

静かに眠る佐山に向かって心の中で何度も繰り返した問い。直後、佐山は一瞬体を強張らせ、そして言った。

「結婚式の夜、俺が怖がる君に触れようとしたから」

思いがけない答えに千景は息を呑む。驚きと戸惑い。一気に色々な感情が湧き上がり、千景はゆっくりと抱擁を解く。

「……君を、泣かせてしまった」

「あれはっ！」

――あなたが好きだから。大好きな人とキスができて嬉しかったから。

そう、喉元まで出かかった言葉をぐっと飲み込む。

「好き」の一言を言うにはまだ気持ちが固まっていない。それでもこのまま勘違いされたままなのは困る。だから千景は、今伝えられる精一杯のことを唇に乗せる。

「緊張していただけで特に深い意味はありません。私は、嫌じゃありませんでした」

お願いだから信じてほしい。あなたを嫌いなんて、怖がるなんて絶対にありえないのだから。

──その想いが通じたのだろうか。

佐山はふっと息をつくと「わかった」と表情を和らげる。その穏やかな眼差しにふっと千景の体から力が抜ける。安心したのかもしれない。

「……ずっと、不安だったんです。私のことが嫌いで避けているんじゃないかって」

「ありえない。第一、君のことを嫌いになる理由が見つからない」

当然のように答える姿に不覚にも泣きそうになる。だがここで泣いたりしたら困らせてしまう。だから、千景は笑った。嫌われていたわけじゃない。それが嬉しかったのも本当だったから。

「私たち、お互いに誤解してたんですね」

「そうみたいだ」

そう言って二人は笑い合う。佐山との間に流れる和やかな雰囲気に、この一ヶ月間のもやもやがゆっくりと晴れていくような気がした。

その後、佐山がもう一度眠りについたのを確認した千景は、自らも自室に戻り就寝した。

翌朝、いつも通りの時間に起床した千景は、部屋着姿のまま重い瞼を擦りながら自室を出る。

ちなみに部屋着にしているのは、新婚初夜の時に着ていた白のナイトドレス。一人暮らしの時は適当なスウェットを部屋着にしていたが、ひとたびシルクのナイトドレスを着てしまうと、その肌触りのよさにすっかり魅了されてしまった。

上半身はキャミソール、裾は膝丈と露出度は少々高めだ。しかし初夜の時、この格好の千景に対して佐山は食指が動かなかった以上恥ずかしがることもない。

リビングに向かうといつも通り静かで広い空間が千景を出迎えた。

佐山はまだ眠っているだろうか。様子を見に行こうかと廊下の方を向こうとした、その時。

「千景」

弾かれるように振り返ると、ドアの前には黒のスウェット姿の夫がいた。

「おはよう」

「お、おはようございます！」

てっきり休んでいると思った人物の登場に声が裏返ってしまう。そんな千景に佐山は小さく微笑んだ。その顔にはまだ疲れが残っているものの、顔色は昨日より格段にいい。

「昨日はありがとう。君のおかげで助かった」

「どういたしまして。体調はどうですか？」

「熱も下がったし大分いいよ。少なくとも食欲は湧いてきた」

昨日は何も食べる気がしなかったから、と続ける姿にほっとしつつも動揺してしまう。

『おはよう』『どういたしまして』

そんな些細なやりとりにさえ緊張してしまうのは、結婚以来まともに会話をしていなかったから。でも今は、一ヶ月間すれ違い続けた夫が目の前にいる。このチャンスを逃してはいけない。

「あの、よかったら朝食を一緒に食べませんか？」

突然の誘いに佐山が目を見開く。その反応に、断られたらどうしよう、そんなのいらないと言われたらとマイナスな考えがよぎるのを千景は無理やり振り払った。

「私も今から朝食を作ろうと思っていて……一人分も二人分も変わりませんし」

しどろもどろの千景に佐山は目を瞬かせる。そしてなぜか小さく噴き出すように笑った。

「じゃあ、せっかくだしいただこうかな」

「すぐ用意します！」

まさかのイエスに驚きながらも急いでキッチンに向かい、朝食の準備に入る。

「お粥（かゆ）なら食べられそうですか？」

「ああ」

「卵粥とシンプルなお粥、どちらにします？」

「じゃあシンプルな方で。ついでなんだから気を遣わないで、適当で大丈夫だから」

ダイニングチェアに座った佐山に苦笑されてしまう。自分ばかりが浮き足立っているのが妙に恥ずかしい。その後は慌ただしくお粥作りに取り掛かる。生米からじっくり炊くのもいいが、病み上がりの佐山をあまり待たせたくはない。

千景は冷凍庫からラップで小分けに包んだご飯を取り出しレンジで解凍する。その間に鍋をセットし、普段から冷蔵庫に入れている昆布と鰹節のだし汁を取り出した。解凍したご飯とだし汁を鍋でことこと煮込み、仕上げに軽く塩を振れば完成だ。付け合わせは梅干しと糠漬け。

「できました」

すると佐山はキッチンまで来て、お粥が載ったトレイをテーブルへと運んでくれる。

「座っていてもよかったのに」

「これくらいはしないと。――美味しそうだ。この時間でこんなに作れるなんて手慣れているんだな」

お粥一つで感心されるとどうにもくすぐったい。そうして二人は向かい合って席に着く。

「いただきます」

姿勢良くお椀を持つ佐山を千景は内心ドキドキしながら盗み見た。シンプルなお粥に成功も失敗もないのだが、彼に作る初めての手料理にどうにも反応が気になってしまう。

「……美味しい」

佐山は頬を綻ばせて黙々と食べ進める。その反応に内心ほっとした千景も箸を取るが、こうして佐山と向かい合って食事をしているのがなんだか現実味がなくて——嬉しくて、正直味もろくにわからない。

「千景?」

「えっ!」

「どうかした?」

ぼうっとしているように見えたから、と指摘されて慌てて「なんでもありません」と返す。佐山がこんなにも普通なのに「あなたと朝食が食べられて感動しているんです」とは恥ずかしくて言えなかった。

「ごちそうさま。すごく美味しかった。お粥はもちろん、付け合わせの漬物も」

「その漬物、実家の母が漬けたものなんです。昨日帰る時に持たせてくれて」

佐山は感心したように頷くと、「お義母さんに『美味しかったです』と伝えてくれると嬉しい」と微笑んだ。

「そういえば、帰りは日曜だと言っていた気がするけど、どうして昨日は急に?」

「え……?」

「いや、帰ってくるのはもちろんいいんだ。そのおかげで俺も助かったんだから。ただ、何かあったのかと思って。考えてみれば実家に帰るのも急だったような気もするし」

——やはり佐山は勘がいい。

「一昨日の夜、麗華から電話があったんです」

一呼吸置いて、千景は切り出した。その時の会話がなかなかに衝撃的な内容で、衝動的に実家に帰ったのだと静かに告げると、佐山の纏う雰囲気ががらりと変わった。

「麗華は、なんて？」

眉を吊り上げ警戒する夫の姿に驚きつつも、千景は母に話したのと同じ内容を――自分が彼を好きなことを除いて――伝える。話が進むほどに佐山の眉間の皺は深くなっていく。

「……さすがに酷いな」

千景のことが嫌いだから。その理由で全てが許されるはずがないのにと、佐山は軽蔑するように吐き捨てる。

「会社についてもそうだ。社長の一人娘が『古臭い』なんて、怒りを通り越して呆れる。俺の前ではそんな素振りを見せたことはなかったから、余計に」

「私も驚きました」

麗華が会社や久瀬の家具に興味がないのは気づいていたが、まさか嫌っているなんて。

「君が実家に帰りたくなる気持ちもわかる。その場に俺がいれば代わりに話をすることもできたのに、妙な思い込みをして君を避けて……傍にいられなくてすまなかった」

「そんなこと！」

誤解をしていたのは自分も同じ。だから謝る必要なんてないのだと千景が言いかけるよりも先に佐山は言った。

「他に言われたことは？」

「それは……」

まだ、言えていないことがある。

『ねえ、千景。私のお下がりと結婚して今どんな気分？ 隼はあんたを大切にしてくれる？ 好きだって、愛してるって言ってくれる？ 毎日同じベッドで眠っているの？ ――どれも違うでしょう？ 隼は、あんたにそんなことはしないもの』

麗華と佐山の情事を連想させるようなことだけは、はっきりと口にはできなかった。言ったが最後、佐山はなんらかの答えを示すだろう。それを聞いた時、自分がどうなってしまうかわからない。泣かずにいられるか、作り笑いを浮かべられるか自信がない。

この結婚に愛がないことは明白な事実だ。だがそれを「知っている」のと「本人に言われる」のとでは天と地ほどの差がある。「愛されない」と言われたことを伝えるには、どうしても勇気がいる。そしてその一歩を、千景はまだ踏み出せなかった。

「……千景？」

黙り込んでいるのを不思議に思ったのか、静かに名前を呼ばれる。それに千景は小さく拳を握り、「いえ」と首を横に振る。そして答える代わりに気になっていたことを口にした。

「そういえば昨日の隼さん、譫言を言ってました」

「俺が？」

「はい。……『行かないで』って」

目を見張る佐山に、何か夢でも見ていたのかと千景は問う。それに対する答えは、意外なものだった。

「俺に母親がいないのは知っているね」

困惑しながらも頷くと、佐山は続けた。

「身内の恥を晒すようだが、母は、俺が小さい頃に他に男を作って出て行った。その時の俺は風邪で寝込んでいて、すごく寂しかったのを覚えている。多分、人恋しかったんだろうな。様子を見に来てくれた母に俺は手を伸ばした。でも、母は『触らないで！』と拒絶した」

「そんな……」

「俺はまだ六歳だった。母親とはそれきり会っていない。……昨日は、その時の夢を見ていた」

この時、千景の頭をよぎったのは昨日の佐山の姿。

『どこにも、行かないで』

泣きながら譫言を零す姿はとても不安そうで、普段の凛とした姿からはかけ離れていた。

あの時の彼は、六歳の記憶の中にいた。そう思うと胸が締め付けられるように痛む。

佐山の告白は続く。

「父も父でかなり女性関係が派手でね。離婚後に家に来る女性はしょっちゅう変わった。俺に対して母親の真似事をする女性もいれば、子供の俺を邪魔者扱いする女性もいた。……父がいないのを口実にベッドに誘われたこともある。四十過ぎの大人の女性が、当時まだ十三歳の俺を襲おうとしたんだ」

「っ……！」

「幸い、未遂で済んだけどな」

息を呑む千景に、佐山は「さすがにその時は父の女を見る目を疑ったし、気持ち悪くて吐いたよ」と淡々と語る。

「……そんな風に小さい頃から女性のいろんな面を見てしまったからか、俺は愛とか恋とか、そういったものをあまり信用していない。実際、恋人ともあまり長続きしたことがないんだ。最終的にはいつも『冷たい』と言われて関係が終わるのがほとんどだった。でも俺は、それを悲しいとか辛いとか思ったことはない」

佐山は小さく息をつくと、千景をじっと見つめる。その眼差しがどこか寂しそうに見えたのは、千景の気のせいだろうか。それでも揺れる瞳を前に千景は目を逸らすことができなかった……逸らしたくなかった。話を聞き終えた今、驚きと戸惑いで反応に困るというのが素直な気持ちだ。

自分は特別甘やかされた記憶はないが、それでも両親の愛情は十分感じながら育った。両親の夫婦仲の良さは時に娘として照れてしまうほどで、憧れたこともある。

そんな千景にとって、彼の環境や生い立ちは衝撃的だった。

複雑な家庭環境が故に、佐山は愛を信用していない。女性を……千景を愛さない。

愛のない結婚。そう言い切った時の見合いの会話が頭をよぎる。

『愛、か。それって、そんなに大切なものかな』

『俺と麗華が婚約したのは互いの利害が一致したからだ。好意の有無は関係ない』

あの時は、その冷たい物言いにそれ以上聞けなかった。でも、今なら聞ける。そう思った。

「じゃあ、麗華のことは……どう思っていたんですか？」

質問する声が震える。佐山は怒りもせず、不機嫌にもならなかった。まっすぐ千景を見据えて、口を開く。

「どうもこうもない。俺と麗華の間に恋愛感情はなかった。俺は、自社の事業拡大のために久瀬と関係を深めたかった。麗華は、俺の外見や資産、次期佐山工業の社長夫人という肩書きに魅力を感じた。双方の思惑が一致したから婚約しただけだ。……麗華から聞いていないのか？」

そんなの知らない、聞いていない。

「私には、『この婚約は佐山さんから強く請われたものだ』と」

困惑を露わにした千景に佐山は大きなため息をつく。

「どうしてそんな嘘をついたのかはわからないが、そんな事実はないよ」

「……本当に？」

「信じられない？」

信じたい、でも。

「二人はお似合いで、仲が良さそうで……とても恋愛感情がないようには見えませんでした」

そう感じていたのは千景だけではないはずだ。船上パーティーの会場では招待客の誰もが二人をお似合いだと褒めそやしていた。しかし佐山はこれらの疑問を「対外的にそう振る舞っていただけだ」と否定する。

「仲が悪いより良く見えた方が周囲の印象はいいから。とはいえ、少なくとも俺は麗華に対して婚約者として礼儀は払っていたし、丁重に接していたつもりだ。彼女のわがままはできることなら全て聞いたつもりだし、欲しがるものもプレゼントした。もちろん、婚約期間中に他の女性と関係を持ったこともない」

淡々と語る姿からは確かに元婚約者への特別な想いは感じ取れなくて……だからこそわかってしまった。

(この人は、嘘をついていない)

生まれた時から知っている麗華に対して、佐山と過ごした時間はまだまだ浅い。

それでも、今のこの姿を見て「情熱的に麗華を愛していた」ようにはとても思えなかった。

「戸惑った顔をしているね。でもどうか、信じてほしい」

佐山の告白を聞いて改めてわかったことがある。彼が千景を好きになる可能性は限りなくゼロに近い。あの麗華ですら会社のための駒として見た男が、千景を好きになるはずがない。

——それでも。

「信じます」

こちらを見つめる真摯な眼差しを前に、千景は言った。

「……ありがとう」

この答えに佐山はほっとしたような、すまなそうな顔をする。

「多分、俺は人間として大切なものが何か欠けているんだろう。麗華曰く、俺ほど思いやりに欠けた冷たい男は見たことないらしいから」

——彼が冷たい？

「それは……違うと思います」

考えるよりも先に言葉が出ていた。まさかそう返されるとは思わなかったのか、佐山が目を見開くのがわかったけれど、それでもやはり彼の言葉は「違う」と思う。

もしそうなら、初対面の人間を励ましたりしない。みっともなく酒に酔い潰れて絡まれた女を助けたり、落ち着くまで傍にいてくれたりしない。

「恋人とキス以上ができない」と悩む千景に「もっと自分を大切にしろ」なんて言わない。

（それだけじゃない）

佐山は自分の家庭環境を「身内の恥」と言いながらも話してくれた。隠しておくことだってできたはずなのに。思いやりのない人は、そんなことはしない。

妻にもかかわらず千景は佐山についてほとんど知らない。それでもわかることがある。

「隼さんは、冷たくなんてない」

自分以外の人の目に彼がどう映るかは関係ない。興味もない。

千景から見た彼は——佐山隼という人は、思いやりもあるし、気遣いもできる人だ。愛を信じていないと知ってしまった今も、その気持ちは変わらなかった。

「あなたは、優しい」

はっきり言い切る。すると佐山は目を見張ったのち、「ありがとう」とくすぐったそうに笑う。照れたようにはにかむ姿はとても新鮮で、たまらなく胸が疼いた。

私が人を愛する気持ちを教えてあげる、なんて大それたことは微塵も思わない。

ただ、傍にいたかった。たとえそこに愛はなくとも、彼と家庭を築きたい。

一緒にいたいのだ。

「隼さん」

「ん？」

「一つ、お願いがあるんです。聞いてくれますか？」

「もちろん。俺にできることなら」

呼吸を整えて、千景は言った。

「私、もっと隼さんと一緒の時間が欲しいです」

「俺との時間？」

内心ドキドキしながら頷く。

「今日みたいに一緒に食事をしたり、話をしたり……そんな時間が欲しいなって」

――言えた。

この一ヶ月間で何度も願ったこと。せっかく夫婦になれたのに、夫の顔も見られず声も聞こえないのはかなり堪えた。だからこそこうして彼と向かい合って話している今が嬉しくて仕方ない。毎日でなくてもいい。せめてもう少し、彼と一緒にいたい。

「あと、迷惑でなければ食事も私が作ります」

「君が？」

意外な申し出だったのだろう。目を見開く佐山に「はい」と頷く。

「隼さんの食生活については浦川さんから聞きました」

朝は基本的に食べない。昼は社食か、移動中なら車で適当に栄養ドリンクかコンビニ飯。夕食は会食が多いが、酒が中心でつまみ程度で済ませることが多い。それを聞いた時、倒れるのも無理はないと思った。それを知ってしまった以上、自分にできることがあればしたい。

力になりたい。支えになりたい。

――私は、彼の妻なのだから。

「食事は生活の基本です。仕事が大切なのはもちろんわかりますけど、健康でなければ元も子もありません」

目を丸くする佐山を千景はじっと見つめる。

「もちろん迷惑でなければ、ですけど……」

断らないでほしい。受け入れてほしい。押し付けがましいことはしないから。

せめてあなたが元気でいるための手助けをさせてほしい。心の中でそう願った。

「だめ、ですか？」

目を丸くしたまま反応のない佐山に恐る恐る問う。すると彼はなぜか一瞬視線を逸らして何か囁くが、その声は小さすぎて千景の耳には届かない。

「あの……」

不安になりかけた時、佐山は千景の方を向いて「だめなわけない」とはっきり言った。

「むしろそう言ってもらえて嬉しいよ」

「じゃあ、これから隼さんの分の食事を作ってもいいですか？」

こんなにもあっさり頷いてくれるとは思わずぽかんとすると、佐山はおかしそうに頬を緩める。

「いいも何もお願いするのは俺の方だ。それじゃあ、君が都合のいい時だけで構わないから、夕飯をお願いしてもいいかな。ただ、急な用事が入ってせっかくの夕食が無駄になることがあるかもしれない」

「その時は冷蔵庫に入れておくから大丈夫です！」

嬉しすぎて体育会系さながらの元気な返事になってしまう。そんな千景に佐山は目を瞬かせた後、「なんで君が喜ぶんだ」と再びおかしそうに笑う。それはとても自然な微笑みで、千景は胸の高鳴りを抑えることができなかった。

その後、佐山は「朝食のお礼に」とコーヒーを淹れてくれた。病み上がりだからと千景が断っても、「俺が飲みたいから」と言って聞かない。そんな彼が渡してくれたのは、インスタントではなくコーヒー豆をミルで挽いて一杯ずつ落とす本格仕様だ。

今日知ったことだが、佐山はコーヒーを淹れるのが趣味の一つらしい。「料理はからきしだけど、これは昔から好きなんだ」と言いながら淹れてくれたそれは、香りはもちろん味も最高に美味しくて。何度も、何度も「美味しい」と感想を伝える千景に彼は柔らかな眼差しを向けていた。

とても幸せな時間だと、心から思った。

7

朝食はご飯とパンのどちらも好き。紅茶も好きだがどちらかといえばコーヒー派。

仕事の付き合い上、高級料亭や会員制レストランに行くことが多いが、実はチェーン店の居酒屋や新橋の高架下にあるような立ち飲み屋も好きで、独身の頃は時間を見つけては行っていた。酒は強い方であまり酔ったことがなくて、つまみは意外にも漬物や乾き物などを好んで食べる。

この二週間で千景は夫の好みを新たに知った。

この間、一緒に食事を取ったのは数えるほど。

それでも料理をする千景に気を遣ってくれたのか、一日に一度は連絡をくれるようになった。

そのほとんどは「今日は遅くなる」とか「一緒に食べられそうだ」と簡潔なものばかりで、相変わらず新婚夫婦として甘さはない。それでも、「避けられているのでは」と心配していたことを思えば、以前よりはずっと距離が近づいたような気がする。

少なくとも千景にとっては大きな一歩だ。

「はい、グラス」

「美帆子、ありがとう」

金曜日の夜。仕事を終えた千景は、コンビニで酒やつまみを買うと美帆子の家へと向かった。

たまには家で女子会もいいよね、という意見で一致してこうして集まっている。千景はノンアルコールビール、美帆子はハイボールをそれぞれグラスに注いで「乾杯」と杯を交わす。

「何を見てたの？」

千景の手元に視線を落とした美帆子は「は？」と目を瞬かせた。

「『美味しい糠床の作り方』って。何、これ」

「市販の浅漬けの素を使うのもいいけど、自分で糠床を作ってみるのもいいかなと思って。美帆子は作ったことある？」

「ないけど。漬物なんてしたことないもの。食べたかったら買うし」

「そうよね。……まずはお母さんに糠床分けてもらうところから始めようかな」

初めから失敗するのも嫌だし、と呟く千景に美帆子は「勝手にすれば」と呆れたようにため息をつく。

「『最近旦那さんとよく話すようになった』ってこの間言っていたばかりなのに難しい顔をしてるから、何かあったかと思って心配したのに。糠床って」

「ごめんね」

心配してくれてありがとう、と続けて言えば美帆子は照れたように肩をすくめる。佐山と結婚した背景を知る美帆子には、二週間前の出来事は既に報告済みだ。

時間が合う時は一緒に食事をするようになったこと、一日に一度は連絡を取り合うこと、千景を避けていたわけではないこと——。それらはいずれも「同居人」の域を達しない程度の変化だ。けれど彼女は笑わなかった。それどころか「よかった」と柔らかな笑みを浮かべてくれたのは記憶に新しい。

「そもそも旦那さん、糠漬けなんて食べるの？　夜はバスローブを着てワイングラス傾けてチーズ食べてそう」

「言いたいことはわかるけど、少なくとも私は見たことないよ」

友人のテンプレートすぎる発想に苦笑しつつも否定する。佐山は意外にも庶民的な味が好きらしい。先日母から貰った糠漬けもあの日以来何かと好んで食べている。

「だから家でも作れたら、って？　本当にすごい変化ね。でも……それなら少しは期待できるんじゃない？」

「期待って？」

「旦那さんは、千景のトラウマを刺激してしまったと思ったからこそセックスをしなかった。一ヶ月間距離を取っていたのも、千景を怖がらせたらかわいそうだと思ったから。でももうその誤解は解けたのよね。なら、またそういうことがあってもおかしくないんじゃない？」

前向きな言葉は嬉しいしそうなったらいいなとも思う、でも。

「……それは難しいかな」

「どうして？」

「彼は、私のことを女として見てないから」

改めて言葉にするとわずかに胸が痛んだけれど、これは事実だ。しかし美帆子は納得がいかないように眉根を寄せる。

「そんなことないと思うけど。千景は可愛いもの」

「ありがとう」

くすぐったい気持ちでお礼を言うと、「お世辞じゃないからね」と念押しされる。

「仮にそうだとしても、千景は旦那さんとしたいのよね？」

「……うん」

古田の時は体が拒絶してしまった。しかし佐山は違う。求められてないとわかっていても……千景は、したい。

「ならそれを正直に話してみたら？　セックスしたいって」

「そんなの無理よ！」

「どうして。恥ずかしいから？　拒絶されるのが怖いから？」

その両方だ、と答えると美帆子は「ねえ、千景」と柔らかな声で名前を呼ぶ。

『セックスしたい』と思うのは別に恥ずかしいことじゃないわ。少なくとも私は性欲に男も女も関係ないと思ってる。今は両想いじゃなくても、体を重ねることで何かが変わることもあるかもしれない。体から始まる関係があってもいいと私は思うわ」

「体から…？」

それは目から鱗(うろこ)の意見だった。

「あくまで私の意見はだけどね。まずは夜這(よば)いでもしてみれば？」

「夜這いって！」

「まあそれは冗談だけど。とにかく、向こうが求めてこないなら千景から求めればいいのよ。男から来てほしい気持ちはわかるけど、積極的な女がいたっていいじゃない」

その時、タイミングよく佐山からメールが入る。それを見た千景はたまらず息を呑んだ。

「なーに、旦那さんから？」

急に黙り込んだ千景を不思議に思ったのか、美帆子がスマホを覗き込む。

『いつも美味しい食事をありがとう。女子会、楽しんで』

こんなメールを送ってきたことなんてないのに、急に、どうして。

「案外、成功する可能性はゼロじゃないかもね」

驚きと喜びでスマホを持ったまま固まる千景に、美帆子はからかうように言ったのだった。

◇

「……疲れた」

　午後九時過ぎ。今日一日の仕事を終えた佐山が帰り支度を整えていると、ドアが開く音がする。顔を上げるとドアの前にいたのは浦川で、彼は佐山を見るなり「お疲れ様です」とビジネスモードで声をかけてくる。

「今日はもう終わりですか？」

「ああ」

　頷くなり浦川は友人の顔になってニヤリと笑う。

「なら、何か食って帰る？　俺も夕飯まだなんだ」

「珍しいな。いつも自慢している奥さんの手料理は食べなくていいのか？」

「今日は友人と飲み会らしい」

「なるほどな」

　久しぶりに浦川と飲むのも悪くないかもしれない。そう思いかけたその時、ふとスマホに千景からメッセージが入る。

『帰りは遅くなりそうなので先に休んでいてください。あと、伝え忘れましたが冷蔵庫に昨日作ったカレーがあります。よかったらどうぞ』

「なんだよ、急にニヤニヤして。奥さんから連絡でも来たのか？」

からかう友人に「別にニヤついてなんかない」と反論した上で頷く。

「やっぱり飲みに行くのはやめておくよ。彼女の作ったものがあるらしいから、今夜はそれを食べる」

「そういうことなら無理には誘えないな」

愛妻家かつ妻の手料理が大好きな浦川はあっさり引き下がる。

「てか、最近奥さんと仲が良さそうだな。少し前とはえらい違いだ。普段から今みたいに連絡を取り合ってるのか？」

「まあ、用事がある時は」

「ちなみにどんな？」

「どんなって別に普通だよ。何時に帰るかとか、夕飯はいるかどうかとか」

「……それだけ？」

「ああ」

頷くと、浦川は「うわあ」とげんなりしたような顔をする。

「それはねえわ。いつも美味しい料理をありがとう。ついでに君も食べちゃいたい、くらい送れよ」

「馬鹿。送るか、そんなの」

呆れてため息を零すと浦川は「いや本当に」となおも言い募る。

「食べちゃいたい云々(うんぬん)はともかく、ちゃんとお礼とかは言っておけ。そういうの、大事だから」

浦川の言うことにも一理ある。一緒に食事をする時は「美味しい」と伝えるようにはしているが、メールで改めて感謝の気持ちを伝えたことはなかったような気がする。

(大事、か)

悩んだ末、普段はあまり送らないようなメッセージを入力して送信する。

『いつも美味しい食事をありがとう。女子会、楽しんで』

返事はすぐに来た。

『お仕事お疲れ様です。隼さんもあまり無理をしないでくださいね』

画面越しにも伝わる優しさが嬉しくて、くすぐったかった。

会社の前で浦川と別れた後は電車で帰路に就く。部屋に入ると当然ながら千景の姿はなかった。見慣れたはずのリビングがやけに広く感じるのは気のせいだろうか。どこか違和感を感じながらもメッセージにあったカレーを冷蔵庫から取り出して温めて食べる。

「……やっぱり、美味(うま)いな」

この二週間で知ったことだが、千景は料理が上手だ。今食べているカレーはもちろん、初めての手料理のお粥はお世辞抜きに美味しくて、病み上がりの体に染み渡るようだった。

（そういえば、あの「お願い」には驚いたな）

千景の手料理を食べるきっかけになった日を思い出す。

佐山との時間が欲しいと言われた時、思わず「可愛すぎる」と呟いてしまったのは記憶に新しい。過去の恋人を振り返ってもブランド品や貴金属を強請られたことはあれど、自分との時間を望まれたことなんてなかった。しかも千景からは初めてのお願いだ。

そんなの、可愛いと思うなという方が無理な話だ。

あの瞬間は佐山にとっても不思議な感覚だった。容姿やスタイルなどの美醜はもちろんわかる。でもその人自身を「可愛い」と思ったのは千景が初めてだったから。

千景は優しい。本当に、とても心の優しい女性だと心の底から思う。

そんな彼女のために自分ができることは、何があるのだろう。

◇

美帆子との女子会を終えて帰宅したのは、午後十一時を過ぎた頃だった。

古田の浮気騒動から始まり、麗華の失踪、佐山との見合い、結婚……と怒濤の日々を送っていたからだろうか。気心の知れた友人との久しぶりの集まりは思っていた以上に楽しくて、お酒が入っていなくても十分すぎるくらいに盛り上がった。

佐山の不意打ちのメールも盛り上がる要因の一つだったのは間違いない。一緒に食事をする時は必ず感想を言ってくれるが、あんな風に改めて文章で送られたのは初めてで、読み終えるなりすぐに保護をかけてしまうほどに嬉しかった。美帆子には「初々しすぎるでしょ！」と笑われてしまったけれど、仕方ない。

佐山はもう帰宅しているだろうか。一目でいいから顔が見たい。おやすみ、と会話がしたい。

そんなことを考えながら玄関のドアを開けると、エントランスには見慣れた佐山の革靴が置かれていた。

一気に気持ちが高まった千景は、急いで手洗いを済ませてリビングルームに向かう。ドアを開けると、ちょうどキッチンの方から上下黒のスウェット姿の佐山が出てくるところだった。片手にグラス、片手にビール缶を持っているところを見ると、晩酌を始めるところだったらしい。佐山はそれらをダイニングテーブルに置くと、「おかえり」と笑顔で迎えてくれる。

「女子会は楽しかった？」

「はい。隼さんは、これから晩酌ですか？」

「ああ。よかったら一緒にどう？」

会いたいと思って帰宅したら本人がいて、笑顔で晩酌に誘ってくれる。

想像以上に嬉しいシチュエーションに反射的に頷きかけるが、はっとする。

「すみません。お酒はちょっと……」

「でも、今日は飲み会だって」

「友人はアルコールで、私はノンアルコールで乾杯しました。その……船上パーティーの日から禁酒をしているんです」

あの夜のことを思い出したのだろうか。佐山は目を見開くと、「そんなこともあったな」と苦笑する。

「あの時は隼さんにも迷惑をかけたし、私なりに反省したんです」

当時のことを思い返すと情けなさに襲われる。しかし佐山は「別に迷惑とは思わなかったけど」とおかしそうに小さく肩を震わせた。

「そういうことなら今夜に限ってはいいんじゃないか？」

「え？」

「ここにはあの日みたいにちょっかいをかけてくる酔っ払いはいない。俺を除いては、だけど。それでもよければせっかくだし一緒に飲もう。俺も一人で飲むより君と一緒の方が楽しい」

好きな人にここまで言われて、断れるほど千景の意志は強くはなかった。

「じゃあ……少しだけいただきます」

「ああ。待っているからシャワーを浴びておいで」

まるでベッドを共にする前の誘い文句のような言葉に一瞬息を呑む。だがすぐに「そうすれば寝落ちしても大丈夫だろ」と言われて、自分の思い込みを恥じた。こんな勘違いをしてしまうなんて、美帆子の「夜這い」発言が大分尾を引いているらしい。その後、千景は急いでシャワーを浴びると、いつもの白のナイトドレスを着てリビングに戻った。

「お待たせしました」

佐山は、入ってきた千景を見るなりなぜか目を見張る。

「どうかしましたか?」

「……いや、なんでもない。さ、飲もうか」

「はい!」

二人で向かい合って座り、乾杯をする。つまみは千景がシャワーを浴びている間に彼が用意してくれていたらしく、母から貰ったきゅうりとカブ、人参(にんじん)の糠漬けがおしゃれなお皿に盛り付けられていた。

「女子会ってどんな話をするんだ?」

想像がつかないと不思議そうな佐山の問いに、なんと答えたものかと悩む。まさかあなたに夜這いしたら、なんて話をしていましたとは言えるはずもなく、目の前のつまみを見て「そうだ」とはっとする。

「会社のこととか、美味しいお店のこととか……あとは、糠床について話しました。私も自分で作ってみようかなと思って」

「へえ、楽しみだな」

甘くもない、ごく普通の会話。それでもこうして一緒にお酒を飲んで、他愛のない話をするなんて初めて会った時からは考えられないことだ。それは結婚してからも同じで、千景にとっては十分すぎるくらいに嬉しくて楽しい時間だ。

一方で、触れたいと思う気持ちはやはり消せなくて。

嬉しいのに、切ない。

切ないのに、嬉しい。

そんな相反する感情を隠しながらも和やかな時間は続く。

「──そうだ。来月の頭から一週間、スウェーデンに視察に行くことが決まった」

「一週間も？」

「ああ」

佐山曰く、近年、注文住宅分野において「北欧風」を希望する人が増えてきているらしい。会社としてもその希望になるべく応えるべく、営業・設計・インテリアコーディネーターも勉強を重ねているが、この辺りで一度本場を訪れてみようということになった。今回の出張には、佐山工業と久瀬商事の両社から社員が参加するのだとか。

「今は久瀬商事の商品を提供してもらっているけど、将来的にはうちと久瀬商事での共同開発も視野に入れているから、今回の視察はいいきっかけになると思う」

　話を聞いた千景はつい「いいな」と本音を零した。

「スウェーデンが好きなのか？」

「好きというか、北欧デザインの家具に興味があるんです」

　北欧デザインは、一般的には自然をモチーフにしたデザインでシンプルな作りのものを指すことが多い。その多くは木製で、ナチュラルで温かみのあるデザインが魅力の一つでもある。経年変化を楽しめるのは久瀬商事の方向性とも近い。

　元々家具好きなのもあり、千景もいつか本場の北欧家具が見たいとは思っていた。

　でも、「いいな」と言ったのはそれだけではない。

　仕事だとわかっている。それでも佐山と一緒に行ける自社の社員を少しだけ羨んだ時だった。

「いつか一緒に行こうか」

　思いがけない言葉に目を見開く千景に佐山は言った。

「考えてみれば俺たちは新婚旅行も行っていないしな。そうだ、スウェーデンは無理だとしても、近いうちに温泉にでも行ってみる？」

「え……？」

「たとえば、箱根とか。十一月あたりならちょうど紅葉も見頃なんじゃないか？　お互い都合がつくようならどうだろう。……千景？」

「は、はい！」

「嫌なら無理にとは言わないが――」

「嫌じゃありません！」

急な誘いに固まってしまっただけだ。

――隼さんと新婚旅行？

そんなの、行きたいに決まっている。温泉。箱根。紅葉。話を聞いただけでワクワクする。

「隼さんと温泉、行きたいです」

そんな前のめりな気持ちが出てしまったのか、食いつくように答える千景に佐山は面食らったように目を見開く。だがすぐに「約束だな」と小さく笑った。

「楽しみにしてる」

お世辞でもいい。自分との旅行に前向きになってくれたことに胸がきゅんとする。そんな風に言われたら浮かれてしまう。

「新婚旅行ですね」

自然と頬が緩む千景に釣られたように「そうだな」と佐山は微笑んだ。

そのあまりに自然な笑顔に、どうしようもなく胸が痛くなる。

ああ、やっぱり。

「好きだなあ」

本当に、どうしようもなく。

そんな心の声が溢れていたのに気づいたのは、佐山の表情が急に固まったからだ。

その姿にはっと我に返る。

――私は今、何を言った？

酔っている自覚はほとんどなかったのに、久しぶりの酒にいつの間にか気が緩んでしまったのか。まさかこんなタイミングで言うことになるなんて――佐山との晩酌に浮かれていた気持ちがさあっと引いていき、代わりに心臓が嫌な音を立て始める。だがそれを表情に出さずに済んだのは、二年間の片想いの賜物以外に他ならなかった。

「温泉が好きなんです。楽しみにしてますね」

失言からここまでほんの数秒。千景は何事もなかったかのように返すと、佐山はあからさまにほっとしたような顔をした。その反応に、この恋心は佐山にとって迷惑でしかないのだと改めて突きつけられる。しかし千景はそれにも気づかないふりをした。

ずるいと思う。生産性のないことをしていると思う。

それでも佐山の傍にいられるのなら、千景はいくらだって鈍感なふりをしてみせる。

好きだから。離れたくないから。

たとえ愛されていなくても、妻という立場を誰にも渡したくないのだ。

◇

翌月に入ってすぐ、佐山は予定通り日本を発った。

次に会えるのは一週間後。一緒に食事を取るようになってから、こんなにも長い間離れるのは今回が初めてということになる。しかし千景はさほど気にしていなかった。

結婚直後のすれ違いを思えば一週間なんてあっという間だと思ったからだ。今だって毎朝毎晩顔を合わせているわけではなかったし、なんていうことはないだろう。

しかしその考えは、甘かった。一人になってすぐ、千景は完全なる夫不足に襲われたのだ。

佐山はあまり筆がまめな方ではないらしい。出立後数日間で彼から来た連絡と言えば、出発や到着を伝えるものくらいで、雑談のメールは一度もなかった。電話なんて言わずもがなだ。

おそらく千景から連絡をすれば返信もくれるだろうし、電話だって応えてくれるだろう。

要は、寂しければ千景から行動すればいいだけの話だ。

そうわかっていても動けずにいるのは、先日の千景が不意に零した「好き」という言葉に対する佐山の反応がどうしても気になってしまうから。

あの時の彼は明らかに困惑していた。そんな彼に仕事中に連絡をして、迷惑だと、面倒だと思われたら——そう想像すると途端に臆病になってしまう。

我ながらうじうじしていると思う。こんなのでは、「夜這い」なんて夢のまた夢だ。

それでも、声が聞きたい。

その欲求が頂点に達したのは、佐山が日本を発って六日目の夜のことだった。

夕食後の後片付けも終えてあとは寝るだけの千景は、リビングのソファにぽつんと一人で座り手元のスマホをじっと眺めていた。佐山に電話をするかどうか。もう十分以上同じ姿勢でそればかりを考えている。何もせずとも明日には帰ってくる。けれどそれが待てないほどに、今の千景は佐山の存在を求めている。

「――よし」

うじうじしていても何も始まらない。千景は呼吸を整え、通話履歴から夫の名前を呼び出そうとする。直後スマホが着信を告げた。ディスプレイに表示されたのは――古田圭人。

「っ……!?」

反射的にスマホを落とす。画面が上の状態でラグに落下したそれは、やはり古田の名前を表示していた。しかし千景は動かない……動けなかった。古田は別れを告げたあの夜から一度だって連絡してこなかった。それなのになぜ別れて何ヶ月も経ったこのタイミングで連絡が来るのか。しかもよりによって佐山が不在の時に。

（無視すればいい）

頭の中の自分が叫んだのは一瞬だった。千景は吸い寄せられるように手を伸ばしてスマホを拾い、震える指先で画面をタップした。

「……もしもし」

直後、スマホ越しに古田が息を呑むのがわかった。

『まさか、出てくれるとは思わなかった』

驚きと戸惑いの入り混じるような反応に、千景はきゅっと唇を引き結ぶ。

千景とて望んで古田と話したかったわけではない。それでも電話を取ったのは、古田との終わり方が心のどこかで引っかかっている自分がいたからだ。

『急に電話をしてごめん。──久しぶり、鈴倉』

鈴倉。たったその一言で胸がきゅっと締め付けられる。

「……お久しぶりです。それで、ご用件は？」

しかし千景はぐっと拳を握ることで堪え、挨拶も早々に問いかけた。

「世間話をするつもりはありません。何かお話があるのなら、どうぞ」

その一言で千景の考えを汲み取ったのだろう。古田は「わかった」と切り出した。

『昨日、麗華さんが俺の職場を訪ねてきた』

古田の声で発せられた麗華の名前にドクンと胸が跳ねる。しかし千景は動揺を悟られないように深呼吸をした。

「……古田さんは今、ご実家の仕事を手伝っていると聞きました。麗華がそこに来たということですか？」

　古田は肯定する。これには少なからず驚かされた。以前かかってきた電話で、麗華は「帰国した」と言っていた。しかし、その行方は今も依然としてわからない。千景が把握しているのは、伯父によってカードを止められたことだけだ。

「麗華は、なんて？」

『「行くあてがないからしばらく泊めてほしい」と頼まれた』

　カードを止められて慌てて帰国したものの、父親に怒られるのが怖くて実家には帰れない。けれど手持ちの現金もほとんど持たず、カードも使用できない以上どうにもできない。だから助けてくれ──そう涙ながらに懇願されたのだと古田は語る。

『話を聞く限り、過去に関係のあった男のところを頼っているんだと思う』

「じゃあ、麗華は今、古田さんと一緒にいるんですか？」

　古田はこれを『まさか』と一蹴した。

『無理だと断った。そうしたら彼女、「どうして千景ばかり！」と吐き捨てて帰って行ったんだ。その時の様子が酷く取り乱していて……鈴倉の耳に入れておいた方がいいと思って連絡した』

「……わかりました。わざわざ教えてくださりありがとうございます」

　すぐに伯父に伝えなければ──頭の中でそう考えていると、「すまない」と謝罪の声が耳に届く。

『俺の声なんて聞きなくなかっただろうに。……それだけじゃない。鈴倉を裏切って傷つけて、本当にごめん。あの時、言い訳ばかりして謝れなかったことを、別れてからもずっと後悔してた』

かつての恋人の謝罪に、古田の下で過ごした時間が頭の中で走馬灯のように駆け巡る。

新人時代の失敗の連続に涙が出るほど叱られたこと、初めて契約が取れた時に「お祝いだ！」と飲みに連れて行ってくれたこと、共に決算月を乗り越えた後に手渡されたココアの味――込み上げる懐かしさと共に、改めて自覚する。

(この人のことが、好きだった)

職場の先輩として、営業のノウハウを叩き込んでくれた恩人として好意を抱いていた。それは異性愛ではなかったけれど、古田と一緒に仕事をする時間が好きだった。

けれどそれは全て過去のこと。今の自分たちは、先輩後輩ですらなければ昔を懐かしんで世間話をするような仲でもない。だから千景は「もういいんです」と静かに告げる。

「それに謝るなら私もです。古田さんの優しさに甘えておきながら拒絶してごめんなさい」

『そんなこと――っ！』

古田を遮り千景は言った。

「でも、全て終わったことです。だからもう謝らないでください。私も、謝りません」

懐かしさと切なさで千景の胸は苦しくなるけれど、今度はもう逃げない。あの夜のように無様に泣き帰ったりはしない。今度こそケリをつけるのだ。

「こんな形にはなってしまいましたが、私は今でも指導係が古田さんでよかったと思っています。本当にお世話になりました」

『鈴倉……』

古田の声は震えていた。

「さようなら」

一拍の後、掠れた声で千景と同じ別れの言葉が返ってくる。そして、電話は切れた。

──終わった。

今度こそ完全に終わったことを感じる。不思議な感覚だった。切なくて寂しくて、でもそれ以上にすっきりしている。ずっと心の奥に引っかかっていた何かが取れたような感覚。

……ああ。

(早く、隼さんに会いたい)

千景は寂しさを埋めるように自分で自分を抱きしめソファに横になる。

夢でいいから彼に会いたい。そう思いながら、千景は睡魔に身を任せた。

「千景」

柔らかな呼び声に深く沈んでいた意識がゆっくりと浮上していくような感覚がする。

頭にぼうっと靄のかかるような感覚がして、酷く瞼が重い。そっと何かが肩に触れる。その躊躇(ためら)うような手つきがもどかしくて、あまりの眠さに邪魔してくれるなと体を捩った。

「……千景？」

柔らかな声色は大好きな人のもので、千景は促されるようにゆっくりと瞼を開けた。だがこれは自分の願望が見せた夢だとすぐにわかってしまい、残念な気持ちに襲われる。

なぜなら千景を見下ろしていたのは、ここにいるはずのない人だったから。

彼が帰ってくるのは明日だと覚えている自分が恨めしい。どうせ夢ならそんな現実的なことを覚えていなくてもいいのに。

「こんなところで寝ていたら風邪をひくよ」

夢のくせにどうしてこんなに優しいのか。いや、夢だからこそ優しいのか。わからない。わかるのは、それでも大好きな人の大好きな声で名前を呼ばれるのはとても心地よいということだけ。

「……眠いから、いいんです」

瞼を閉じて横になったまま答えると、「子供みたいだな」と苦笑する声が聞こえた。小さく笑う声はとても柔らかくて、ずっと聞きたいと思っていた声で、なぜだか泣きたい気分に襲われる。これは夢だ。なら、少しくらい素直になってもいいだろうか。甘えてもいいだろうか。

「なら……ベッドに連れて行ってください」

うっすらと目を開けて、彼に向かって両手を伸ばす。頭に靄がかかっているせいかその顔はよくわからない。けれど少しだけ驚いているような気がした。

「眠いの。だからお願い、隼さん」

もう一度お願いする。眠気のせいか舌ったらずになってしまったけれどかまうものか。これは千景の願望が作り出したものだ。ならば少しくらい、わがままを許してほしい。

しかし佐山は動かない。ただじっと自分を見下ろす姿になぜかとても悲しくなる。

「私じゃ、だめですか」

気づけばそう言っていた。本物の彼には絶対に言えないとわかっていたからこそ、ずっと堪えていた気持ちが溢れそうになる。

「私は、抱けませんか」

寂しくて、切なくて。

「積極的な女は、嫌いですか」

一つになりたくて、触れてほしくて。

「私は、したいです」

目頭が熱くなる。気づけば千景は泣いていた。

夢の中でまで泣いて縋るなんてみっともない。泣き顔を見られたくなくて、千景はきゅっと丸くなる。その時、温かい何かが千景の濡れた目尻を拭う。その優しい手つきにますます涙は溢れて、千景は泣きながらもう一度眠りに落ちたのだった。


翌朝、千景は自室のベッドの上で目覚めた。

ソファで寝落ちしたはずだが、いつの間に——そう思いかけた瞬間、一気に思考が晴れてがばりと起き上がる。千景の名前を呼ぶ声。肩に触れた手、目尻の涙を拭った指先——。

「嘘、でしょ……?」

まさか、そんな、いや、でも、と動揺が収まらない。ベッドから起き上がって部屋を出て玄関に向かう。靴はない。ではリビングは、と恐る恐るドアを開けると、そこには昨晩と同じ誰もいない空間が広がっていた。

佐山はどこにもいない。当たり前だ。彼が帰ってくるのは今晩なのだから。

(やっぱり夢だったんだ)

そうわかった途端、一気に安堵してたまらずソファに座り込む。

——本当によかった。

リアルすぎる夢だった。あれでは「抱いてください」と言ったようなものだ。

もしもあれを本人に聞かれていたら、なんて考えただけでも恥ずかしすぎる。

それでも、夢の中でも本音を伝えたからだろうか。目覚めた今、昨夜よりはだいぶ前向きな気持ちになっていることに気づく。
あと少し待てば佐山に会える。その時は目一杯笑顔で出迎えよう。
そして予定通り帰宅した佐山は、なぜかとても疲れた顔をしていた。

8

十一月。旅行当日は結婚式を思い出させるような快晴だった。

宿泊先である箱根までは、都内から車で約一時間半。しかし紅葉が見頃の今の季節は道も渋滞するかもしれないと、事前に片道二時間を見込んで計画を立てた。

一日目は昼到着を目安に家を出て現地で昼食を取り、午後は芦ノ湖(あしのこ)周辺を散策する。その後は少し早めにチェックインして旅館と温泉を楽しむ。二日目も神社や美術館などを巡る予定で、この二日間は休暇を目一杯満喫しようとの意見で一致した。

日程が決まってから今日までの間、千景は不安だった。

夫婦として行く以上、宿では同じ部屋に宿泊するはず。ならばこの旅行はある意味、新婚初夜の再来とも言える。

あの夜、佐山は千景を抱かなかった。けれどあの頃と今では、佐山との関係はだいぶ変わった。

頻繁に連絡を取り合って、一緒に食卓を囲み、晩酌をする。古田から電話があったことも正直に話してある。二人の距離は確実に縮まっていると千景は思うことができた。

だからこそ「もっと」と望んでしまう。

今回の旅行でさらに彼に近づきたい。一つになりたいと願わずにはいられないのだ。

「次のサービスエリアで代わろうか？」

高速道路を走る車中、気遣うように聞いてくる佐山に千景は「このままで平気です」と苦笑する。隣に座る彼の視線が自分に注がれているのはわかるが、あいにくどんな表情をしているのかわからない。それもそのはず、今運転しているのは千景で、佐山は助手席にいるからだ。

昨夜「行きは運転したい」と申し出たのは千景だ。自分が運転するものだと思っていただろう佐山は遠慮したが、「仕事で運転することもあるし、無事故無違反のゴールド免許ですから！それに外車を運転してみたかったんです」と押し切った。外車を運転するのは初めてだが幸いにも右ハンドルで、家を出てしばらく経った今も問題なく運転できている。

「安全運転を心がけますから、硬くならないで大丈夫ですよ」

いつぞやの佐山とそっくりそのまま同じ言葉を返す。すると彼も覚えていたのか隣でクスッと笑うのがわかった。

「頼りにしてるよ。でも、助手席に慣れないせいか落ち着かないな」

「普段は浦川さんが運転する車に乗っているのに？」

「俺が座るのは後部座席。それに、この車に人を乗せたことはあっても自分が助手席に座ることはないから」

何気ない返事についぐっとハンドルを握ってしまう。理由はなんてことない。今の言葉に過去の恋人を――麗華の存在を感じ取ってしまったからだ。だがあえて言うことではないと、千景は「そうですか」と平静を装う。だが佐山は騙されてはくれなかった。

「千景?」

顔を見なくても佐山が怪訝そうな顔をしているのがわかる。じいっと向けられる視線に千景は小さく息をつくと、「今からすごく心の狭いことを言います」と前置きをする。

「何?」

「……これから旅行に行くのに、昔の女性の話は聞きたくないなと思って」

佐山がぽかんとしているのが空気でわかる。少し前の千景なら「言わなければよかった」と後悔していただろう。しかし今はそうは思わない。こんな風に言っても、彼が怒ることはないと知っているから。そのくらいには距離は近づいたと思えたからこそ、面倒臭い女な自覚がありつつ本音を零した。それに対して佐山は、堪えきれないように小さく噴き出す。

「ここで笑います?」

まさか笑われるとは思っていなかった千景は、ついちらりと隣に目を向けてしまう。

「いや、ごめん。あまりにも可愛いことを言うから、つい」

「かわっ――!」

そんなこと言われたのは初めてで言葉が出ない。しかしそんな千景の反応は、佐山に更なる笑いを提供してしまったらしい。彼は堪えきれないようにくすくすと肩を揺らしながら「ごめん」と苦笑する。

「まぎらわしい言い方をした。この車は、千景との見合いの後に買い替えたものだ。君以外の女性を乗せたことは一度もない」

「私だけ？」

「ああ」

意外な答えにどう反応すればいいのか困る。ただ、嬉しいと思ったのは間違いなかった。

それが表情にも表れていたのだろう。隣でくすくすと笑いを噛み殺す夫に千景は「笑いすぎです」と苦言を呈しながらも、頬が緩むのを堪えられなかった。

隣からすうすうと寝息が聞こえてきたのは、それから三十分ほど車を走らせた頃だった。

ちらりと助手席を見ると、足を組んだ佐山が俯きながら眠っている。

（よかった）

少しでも体を休めることができたなら運転している甲斐がある。だいぶ眠りが深いのだろうか。身動き一つしない姿に千景はほっと息をついた。

ここ最近、佐山の帰りはずっと遅かった。彼は言わなかったが、今回の旅行のために予定を詰め込んでいるのは明らかで、日頃彼が忙しくしているのを知っている分、せめて車内の時間だけでもゆっくりしてほしかったのだ。

(でも、急に可愛いなんて……)

昔の女性の話は聞きたくないなんて、面倒なことを言って呆れられるかもと身構えた分、あの言葉には心底驚いた。佐山は優しいが、あんな風に「女性としての」千景を褒めたことはほとんどない。しかし考えてみれば、ここ最近の彼は少し様子が違ったようにも思う。

上手くは言えないが、どこか心ここにあらずな時が多かったのだ。

そうかと思えば、二人きりでいる時にふと視線を感じることもあった。食事中、お風呂上がり、朝起きた時などタイミングはさまざまだが、気づけば佐山は千景を見ていた。

それに対して「どうかしましたか」と声をかけると、彼ははっとしたような顔をして「なんでもないよ」と視線を逸らす。そんなことが続いていたから、「もしかしたら、旅行に行きたくなくて言えずにいるのかもしれない」と少しだけ不安だった。

しかし今日の様子を見る限り杞憂だったようだ。

その後、車は当初の予定通り十二時過ぎに箱根に到着した。

昼食は千景が以前から気になっていた蕎麦屋で取ることにした。佐山との箱根旅行が決まってすぐ、夕食後に二人でなんとなく見ていた旅番組で登場した店だ。

週末のお昼時かつテレビに取り上げられて間もないこともあり、店外まで行列ができている。二人もその後ろに並び、自分たちの順番が来るのを待つ。

そうしている間も周囲からの視線をびしびしと感じていた。注目されているのはもちろん佐山だ。家族連れやカップルの客が多い中、佐山は明らかに浮いていた。

海外モデル顔負けのスタイルの持ち主である彼は、ただ立っているだけで目立つ。しかし当の本人はまるで気にしたそぶりもなく「何を食べよう」と、待機客用に渡されたメニューに視線を落としている。すると、千景の視線に気づいた佐山は目を瞬かせる。

「何？」

「いえ。ただ、観光地のお蕎麦屋さんと隼さんの組み合わせが不思議だなと思って。考えてみると、私たちってこういうお店で食事をするのは初めてですよね。今まで外食と言ったらホテルかレストランだったし、だから余計に新鮮なのかも」

「言われてみればそうだな。でも前にも言ったけど、俺だっていつも料亭やレストランで食事をするわけじゃない。チェーンの居酒屋や高架下にあるような小さな店も好きだし、ファストフードやコンビニ飯だって普通に食べる。御曹司だなんだと言っても実際はそんなものだよ。今だって、天ぷらそばにするか山菜そばにするか悩んでる」

ほら、普通だろ？　とおどけるような物言いがなんだかおかしくて噴き出す千景に、彼もまた小さく笑う。

「それならメインは山菜そばにして、天ぷらの盛り合わせを頼みませんか？　私も食べたいし」

「いいな。じゃあそうしよう」

「はい」

「楽しみだな」

そう言って笑い合う。もしも二年前の千景にこの光景を見せたら、夢だと思うに違いない。

それくらい、こんな何気ないやりとりが楽しくて仕方なかった。

昼食を取り終えた後は芦ノ湖に移動して遊覧船観光を楽しんだ。

遊覧船のコースは複数あり、二人は芦ノ湖全体を約七十分かけてゆっくり回る航路を選んだ。紅葉シーズンということもあり二階建ての遊覧船は程よく混み合っている。

「せっかくだから二階の甲板に行ってみようか」

「はい！」

階段を上がって甲板に出ると、目の前に手が差し出された。

「船は揺れるから」

驚いて顔を上げた千景に佐山はさらりと言った。戸惑いながらもそっと手のひらを重ねると、彼は小さく微笑んで握り返す。その笑顔があまりに素敵で見惚れずにはいられなかった。

危ないから手を繋いだだけ。そうわかっていても、千景の手のひらをすっぽり覆う大きな手のひらや、そこから伝わる温もりに胸の鼓動はどんどん速まっていく。

頬が、熱い。

（……ドキドキする）

火照った顔を見られたくなくて視線を下げようとした、その時。

「千景、見て」

促されるまま視線を上げて——驚いた。

「わあ……」

自然と感嘆の息が溢れた。

視線の先には赤や黄色に染まる山々が一面に広がっている。広大な湖の上に浮かぶ船から望むそれらは、湖畔で見る時よりずっと近くに見える。風に吹かれてざわざわと揺れる木々や、湖面に映る山の紅葉も、全てが絵画の中のように美しくて目が離せない。

「圧巻だな。いい時期に来られてよかった」

「はい。……本当に、綺麗」

それからしばらく千景はじっと外の景色に見惚れていた。すると不意にカシャ、とシャッターを切るような音がする。音の方に体を向けると、佐山が千景に向かってスマホを構えていた。

「もしかして、撮りました？」

ぽかんとしつつも尋ねると佐山は珍しく悪戯っぽい顔をする。

「すごくいい顔をしてたから、つい」

ぼうっとしていただけなのにいい顔も何もないだろう。何よりも彼のスマホに自分の画像があるというのがなんだかとても恥ずかしい。

「……消してください」

怒っているのではなく照れ隠しなのは佐山もわかっているのか、彼は「嫌だよ」と一蹴してスマホの画面を千景に向ける。それを見て、驚いた。紅葉を背に佇む千景の横顔は、本当に自分だろうかと見紛うほどに綺麗に写っていたからだ。

「ほら、こんなによく撮れているのに消すなんてもったいない。――そうだ。せっかくなら一緒に撮ろうか」

「一緒にって、きゃっ！」

佐山は千景の肩に右手を回して自らの方へ引き寄せる。自然と千景の体は彼に密着して、頭は逞しい胸元に触れた。ふわり、と爽やかな香水と彼の体臭が入り混じった香りがして、落ち着きかけた鼓動が再び音を立て始める。ドキドキしながら見上げると、佐山はクスリと微笑んだ。

「俺じゃなくて、見るのはこっち」

佐山は左手で斜め上にスマホを構える。戸惑いつつもそちらに視線を向けると、彼はカシャ、カシャ、と何度もシャッターを押す。そうして撮り終えると、画面を確認するなり「いい記念になったな」と満足そうに微笑んだ。

「後で私にも送ってくれますか？」

「もちろん」

撮影を終えた佐山は千景の肩からそっと手を離す。けれど体はぴたりと寄り添ったまま離れない。肩越しに伝わる温もりが心地いい。そうして紅葉を眺めていると、時間がとてもゆっくり流れているような感覚に陥る。

「そういえば、君と船に乗るのはこれで二回目だな。一度目の君はふらふらになるくらい酔っ払って男に絡まれてたっけ」

不意に言われた言葉にドキッとする。まさかこのタイミングでその話題に触れられるとは思わなかった。当時の佐山は麗華の婚約者で千景はただの親戚で。その上、彼が言ったように酔い潰れて散々だったことを昨日のことのように思い出す。

「あの時は……ご迷惑をおかけしました、としか。隼さん、かなり呆れてましたよね」

「呆れているというよりは、心配したという方が正しいかな」

「心配？」

「あの日の君はとても可愛かったから」

「え……？」

「酒で赤らんだ顔をして、目なんかとろんとしていて、しかも薄着だ。そんな状態の君が一人でいたら、男なら見惚れずにはいられない。本当に無事でよかったと今でも思うよ」

「怒っていたわけじゃないんですか……？」

「まさか。ああ、でも……もしかしたら、無防備すぎる君に苛立ったのがそう見えたのかもしれない。とにかく、それくらいあの夜の君は可愛かったから」

可愛い。見惚れる。なんでもないことのように言われた言葉に、言葉が出ない。しかし佐山はそれだけでは終わらなかった。彼は目の前の紅葉を見つめながら「本当に綺麗だな」としみじみと呟くと続けて言った。

「あの時よりも、今君とこうしている方がずっと楽しい」

それはまるで、千景が隣にいることが嬉しいと言ってくれているようで。

嬉しくて、胸が詰まる。

「紅葉の季節が終われば次はクリスマスだな。何か希望はある？　どう過ごしたいとか、プレゼントは何が欲しいとか」

できる限り応えるよ、と微笑む姿に胸がきゅんとする。彼と一緒に過ごせるだけで嬉しいというのが素直な気持ちだ。でもそれをストレートに伝えるのはどうにも恥ずかしくて、千景はもう一つ浮かんだ希望を口にした。

「王道のクリスマスデートをしてみたいです」

「王道？」

「私、今までクリスマスにデートをしたことがなくて。だから、イルミネーションを見たり、一緒に買い物をしたり、食事をしたり……そんなことができたらいいなと思って。高価なプレゼントもいらないし、夜景が見えるレストランでなくてもいいんです。二人で一緒にいられたら、それだけで」

意外な答えだったのか佐山は目を見張る。次いで彼はふわりと表情を緩ませると「わかった」と頷いた。

「君に喜んでもらえるようなデートを考えておく」

「期待してますね？」

あえてからかうように言えば、彼もまた「ああ」とわざとらしく自信たっぷりな顔をする。こんな何気ないやりとりが幸せだと思った。

（すごく楽しかった）

想像していた何倍も楽しくて、居心地が良くて、笑顔が絶えなかった。同じくらいずっと胸はドキドキしていて、今も収まるどころか鼓動は増していく。

（今日の隼さん、すごく甘い）

今も昔も佐山は魅力的な人だ。でも、今日の彼は少し違った。優しいのは変わらない。しかし、千景を見る眼差し、声色、言葉、態度――全てにおいて甘さを孕(はら)んでいた。

手を繋いで、肩を寄せ合って、一緒に写真を撮った。可愛いと言ってくれた。

ふとした時に隣を見るとじっと千景を見つめていて……その眼差しがとても熱く感じたのは、千景の願望がそう見せているとは思えないほどに力強かった。

彼とキスをした最初で最後のあの夜と同じ、熱を湛えた眼差し。

それはまるで千景を求めているようだと不覚にも錯覚してしまった。

佐山もまた、千景と同じ気持ちでいてくれるのではないか。女として好いてくれているのではないか、と。そう思っては自惚れるなと否定して、また期待して……今日一日で同じことを数え切れないくらい心の中で繰り返してきた。

一方通行の恋だと思っていた。佐山が千景を愛することも、二人の想いが重なることもないのだと諦めていた。彼が優しくしてくれるのも結婚生活を円滑に進めるためにすぎない。佐山の隣にいられるならばそれでいいと思っていた——いや、割り切っていたつもりだった。

しかし実際はどうだろう。

一緒に旅行に来て、隣で微笑む佐山を見て、自覚したことがある。

(私は、物分かりがいいふりをしていただけだった)

好きだから。離れたくないから。傍にいたいから。

愛されなくてもいい。形だけの妻でいいと、そう受け入れたつもりになっていた。

でも、本当は違う。佐山の甘さを知ってしまった今の千景は、それ以上を望んでいる。

書類上の妻ではなく、本当の妻になりたいと……彼の心を欲してしまっている。

(隼さんが、好き)

どうしようもなく焦がれている。好きで、欲しくて、触れられたくてたまらない。

これから先もずっと傍にいたい。

本当の、妻として。

——今の私たちは周りの人からどう見られているのだろう。

付き合いたてのカップルか、それとも仲の良い夫婦か。

そう見られていたらと思うと、嬉しいけれど、少しだけ切ない。

肩と肩が触れ合うほどの距離で、二人はその後もずっと一緒に燃えるように赤い山々を見つめていた。

遊覧船を楽しんだ後は宿へと向かった。

できたばかりだというその宿は、純日本風旅館で部屋数は全部で十。

全てが独立した離れとなっていて、全ての客室から宿自慢の日本庭園を臨めるのだという。

いずれの部屋にも源泉掛け流しの露天風呂、内風呂、サウナが備えられており、部屋だけで十分温泉を楽しむことができる造りになっているらしい。それでいて本館には大浴場が二つあって、深夜遅くまで入ることができる。温泉好きにはたまらない施設だ。

本館の受付で手続きを終えて部屋に通された二人は、少し早めの夕食を楽しんだ。

これからお風呂に入るからお酒はいったんお預け。食事を終えた後は、腹ごなしも兼ねて中庭を散策する。日本庭園は想像していたよりずっと広かった。

綺麗に整えられた遊歩道をのんびりと歩く。宿自慢ということもあり植栽にもこだわっているようで、庭園には赤や黄色で色づく紅葉が広がっていた。

「すごい、小川まである」

「本当だ。だいぶ本格的だな」

朱色の太鼓橋の上で二人並んで水面(みなも)に視線を落とす。するとそこに風で舞った紅葉がひらひらと浮かび、音もなく波紋を描く。ゆらゆらと波打つ水面を見ながら千景がそっと腰を下ろすと、佐山も隣に並ぶ。

「懐かしいなあ……」

「懐かしい?」

「この庭園の雰囲気がなんとなく昔の祖父の家に似ているんです」

佐山は目を瞬かせた。彼が知っている久瀬邸は洋館だから不思議に思うのも無理はない。そんな彼の隣で千景は懐かしい記憶に想いを馳せた。

「祖父がいた頃は、あの家は純日本風家屋だったんです。ここほど大きくはないけれど日本庭園があって、川も流れていて……そういえば、池には鯉(こい)もいました。祖父の趣味で飼っていたんですけど、遊びに行くと餌をあげさせてくれるのが楽しかったなあって」

「本当におじいさんっ子だったんだな」

「はい。礼儀作法には厳しかったけど、それ以外ではとても優しくて大好きでした。小さい頃は庭の川に笹舟を浮かべて流したりしたなあ……」

言葉に出すと当時の記憶が鮮明に蘇り、懐かしさに胸がきゅっとする。都会のど真ん中にありながら、自然豊かでどこかのんびりとした空気が流れる祖父の家が大好きだった。だからこそ、一周忌も明けないうちに全てを取り壊された時はたまらなく悲しかった。

「素敵な思い出だな。……少し、羨ましい」

「羨ましい？」

「うちは父方母方共に祖父母とは疎遠で両親も知っての通りだから、そういう家族の思い出みたいなのがあまりないんだ。子供の頃から家族でいるよりも一人でいる時間の方が多かったくらいだ」

「あ……」

ごめんなさい、というのは違う気がする。しかし自分にそんなつもりはなくても無神経な発言をしたのは間違いない。それでも一つだけ、気になっていたことがある。

――隼さんは、佐山社長が嫌いなのだろうか。

見る限り好意的ではない。しかし、本当に嫌っていたのならそんな父親の会社を継ごうと考えるだろうか。会社のために政略結婚を受け入れるだろうか……そんなことを考えていると、ふと佐山と目が合った。

「何か聞きたそうな顔をしてる」

否定するのもわざとらしい気がして、千景は躊躇いながらも心の中に浮かんだ疑問を投げかける。それに対して佐山は特に気分を損ねた様子もなく淡々と言った。

「嫌い、とは違うかな。育ててくれたことは感謝してるし、社長としては尊敬できる部分もある。でも父親としては軽蔑してるし、同じ男としてああはなりたくないとも思う。多分、苦手なんだろうな。職場で接するのは問題ないのに、プライベートで父親面をされると虫唾が走る。……本当に、結婚なんてしなければよかったのにとつくづく思うよ」

言ってすぐ、彼ははっとした顔をすると「今のは俺の親の話だ」と弁明をする。

話の流れからそれはもちろんわかってはいたけれど、千景が気になったのはそれではない。

結婚なんてしなければいい。そう言った彼の横顔が、初めて見る表情をしていたから。

過去に両親について語った時のように皮肉るのでも、侮蔑するのでもない。

じっと水面を見下ろす姿はどこか儚くて、寂しげで……千景はたまらず口を開いていた。

「私は、ご両親が結婚したことに感謝しています」

「……何？」

佐山は不愉快そうに眉根を寄せる。今までも何度か見たことがあるその顔が、初めて自分に向けられた。千景は一瞬挫けそうになるが、それでも途中でやめようとは思わなかった。

「だって、そうしないと私は隼さんに出会えなかったから。結婚することも、一緒に食事をすることも、こんな風に旅行を楽しむこともできなかったから」

声は情けないくらいに震えていた。それでも言葉は止まらない。

「これからは私が一緒にいます。一人にしません。私は……傍にいます。隼さんに嫌と言われない限り、ずっと」

勝手なことばかり言ってごめんなさい。

そう言って千景が視線を下げようとした、その時。

「千景」

佐山が名前を呼んだ。千景ははっと顔を上げて、息を呑む。

「ありがとう」

そう言って微笑む彼は、切ないくらいに優しい顔をしていたから。

◇

その後、二人は大浴場に向かった。

「それじゃあまた後で。運転や観光で疲れただろうし、ゆっくりしておいで」

「はい。隼さんも」

千景と別れた後、佐山は頭や体を洗うと温泉にはろくに入らずに出た。入浴前後の時間を合わせても多分十五分もかかっていない。せっかくの温泉なのにもったいない気持ちはあるが、今はとても呑気に温泉に浸かっていられる精神状態ではなかったのだ。

もしも入っていたら間違いなくのぼせていただろう。

それくらい、今の自分には考えることが多すぎる。

少しでも頭を冷やそうと部屋備え付けの冷蔵庫から缶ビールを二本取り出し、広縁(ひろえん)へと足を向ける。そうして椅子に座ると缶を開けて、グラスに注がずそのまま一気に呷った。

渇いた喉を潤すアルコールがたまらなく美味しく感じる。しかし渇きは治らない。

千景を欲する、男としての渇きだ。

一気に一本空けたからだろうか。酔っ払いこそしないものの、体の中をアルコールが回り段々と体が火照り始める。その熱に身を任せながらテーブルに置いたもう一本を開ける。そして今度はゆっくりと飲みながら、じっと自分以外誰もいない客室を見渡した。

「……広いな」

今ここに千景がいないことで、先ほどまでは気にならなかった部屋の広さを不意に実感する。

裏を返せばそれは、彼女が傍にいて当たり前の存在ということでもある。

——いつの間にこんなに惹かれていたのだろう。

今日まで何度も自問自答を繰り返したけれど、答えは出なくて。わかるのは「気づいたら」ということだけで、情けないことにそれさえも友人に指摘されたのがきっかけだった。

妻と旅行に行くから日程を調整してほしい、そう浦川に伝えると、彼はその場で二日間の休暇を作ってくれた。その仕事ぶりに感謝しかけた時あの男は不意に言ったのだ。

「これまで仕事第一だったお前が、休んでまで旅行に行こうなんてとんでもない変化だな。いやー、愛の力ってすごいな」

「なんだよ、愛の力って」

馬鹿馬鹿しい、とため息を零すと浦川は「だってそうだろ」とあっけらかんと言い放つ。

「もうお前、奥さんにベタ惚れだろ」

「は……？」

「夫婦関係を円滑に進めるためだとか、寒い言い訳はすんなよ。三十路(みそじ)の男が鈍いふりなんてしても痛いだけだから」

「だからそうじゃなくて！」

俺が、千景に――

「惚れてる……？」

当然のことのように語られたそれに自分の気持ちが追いつかなかった。正直、この男は何を言っているのだろうとさえ思った。しかし浦川はそんな佐山に呆れたようにため息をつく。

「お前の家庭事情が複雑だったのは知ってるけど、それにしたって拗らせすぎ。――なら今から言う俺の質問にイエスかノーで答えろ。質問その一。もしも今、麗華ちゃんが現れてよりを戻したいって言ったらどうする？」

「相手にするわけないだろ」

突然始まった質問タイムに戸惑いつつもすぐに答える。そんなの考えるまでもない。

「質問その二。じゃあ、麗華ちゃんじゃなくてもいい。もっと条件のいい女性が現れたらどうする？」

「別にどうもしない。俺が結婚したのは千景でそれ以外なんてどうでもいい」

「ならこれが最後の質問だ。もし、奥さんが離婚したいと言ったらどうする？」

「何……？」

「やっぱり『こんな結婚は嫌だ』って婚姻解消を申し出て、お前の前からいなくなったら……他の男を選んだら、どうする？　もちろん、契約結婚のお前と違って新しい相手とは本当の夫婦になると仮定しろ」

本当の夫婦。それはつまり、セックスをするということ。

自分以外の男にあの笑顔を向けて、手料理を振る舞い、身を委ねる？

(千景がいなくなる？)

「そんなの、考えたくもない」

想像しただけで吐き気がする。燃え上がるような怒りが一気に湧き上がって目の前が熱くなる。同時にそんな感情に支配されている自分に酷く戸惑った。

「なら、それが答えだろ」

浦川の言葉に自覚する。この気持ちの正体が何かは、もうわかっていた。

——嫉妬だ。

それは、初めて知る感情だった。

父親の女性関係が華やかすぎたせいか、昔から女性に対してあまり関心がなかった。

年相応に性欲はあったし、異性と付き合った経験も少なくはないが、女性に対して執着したことはない。それでも、恋人に対しては自分なりに誠実に対応していたつもりだった。

欲しがるものはできる限りプレゼントした。一方で自分から恋人に何かを求めることは一切なくて、結果的に「冷たい」と言われて別れる。それについて悲しいとか寂しいとか感じたこともない。

それは麗華の時も同じ。

失踪前に最後に会った時、麗華は自分に一切手を出そうとしない佐山を「私たちは婚約してるのに、どうしてしてくれないの!?」と激しく詰った。それに対して「他でしてるのなら俺とする必要はないだろう」と淡々と答えた佐山に、麗華は「最低」と吐き捨てた。

それが、元婚約者との最後の会話だ。

今思えばもう少し言い方があったようにも思う。しかし婚約中の二年間、麗華が他の男とセックスしていようと何も気にならなかったのは事実だ。

それなのに、相手が千景だとまるで違う。全ては仮定の話にすぎないのに、存在しない男を想像して怒りに駆られている。これが嫉妬ではなくなんだというのか。

「なあ、佐山。使い古された言葉だけどあえて贈ってやるよ」

黙り込んだままの佐山に浦川は愉快げに笑い、そして言った。

「恋はするもんじゃない。落ちるものなんだよ」

馬鹿馬鹿しいと吐き捨てることは、もうできなかった。そうするには思い当たることがあまりにも多すぎたからだ。

元々女性として魅力的だと感じていた。それは結婚してからも同様で、一人の男として千景に欲を抱いたのは一度や二度のことではない。

よくも悪くも自宅での千景は無防備だった。

部屋着にしている白のナイトドレス姿の彼女は、寝起きや風呂上がりの時などは特に魅力的で、白く滑らかな肌に何度触れたいと思ったかわからない。しかし、それだけで「好き」には結びつかなかった。けれど、一度だけそこから先に進んでしまいそうになったことがある。

それは海外視察から帰国した夜のこと。

予定より早く帰国した佐山が帰宅すると、そこにはソファに横になっている千景がいた。そのあどけない寝顔に微笑ましい気持ちになりながらも声をかけて——後悔した。

『なら……ベッドに連れて行ってください。眠いの。だからお願い、隼さん』

『私じゃ、だめですか』

『私は、抱けませんか』

『積極的な女は、嫌いですか』

あの時、彼女はいったいどんな気持ちで言ったのだろう。

男と同様に女性に性欲があるのは自然なことだ。しかし千景はセックスという行為が怖いようだった。そんな彼女が性欲からそんなことを言うだろうか。ならば、なぜ……？

それが妻としての義務だと思っているからか。それとも、佐山に好意を抱いているからか。

どれだけ考えてもわからなくて、それ以上に一度上がった熱は冷めなくて。

このままではまずいと思った佐山は逃げるように家を出た。そうしなければきっと、千景に触れていた。それくらい、夢現（ゆめうつつ）の中で夫を誘う彼女は女性としての色香に満ちていたから。

その夜、佐山はホテルで自分を慰めた。思い浮かべるのはもちろん千景で、全てが終わって処理をしている時は、消えてしまいたいくらいの虚しさに襲われた。

そうして翌日、何食わぬ顔で予定通り帰宅した。

千景は今もあの夜のことは夢だと思っているだろう。

そんな風に彼女に欲を抱くのは、男として自然なことだろうと考えていた。

でも、違ったのだ。

相手が千景だからこそそう思うのだと、浦川の言葉をきっかけに思い知らされた。

おはよう、とまだ眠たそうな顔で微笑むのが可愛い。

いってらっしゃい、と送り出されるとそれだけで一日が頑張れるような気がする。お帰りなさい、と笑顔で迎えられると心が温かくなって、疲れが吹き飛ぶような気さえした。

千景の手料理はどんな高級料理より美味しく感じたし、何よりも優しい味がした。

それまでは家なんて寝に帰るだけの場所だったのに、いつしか彼女の待つ我が家に帰るのが楽しみになっていた。これが家族というものなのかと、くすぐったく思う自分がいた。

千景は、家庭の温かさを教えてくれた。

本当に浦川の言う通りだと思う。

はっきりといつからとはわからないほど、自然に千景の存在を受け入れていた。求めていた。

——自分は、とうの昔に彼女に惚れていたのだ。

ただ、自覚がなかっただけで。

もしもこれがごく普通の付き合う前の男女であれば、自然に想いを伝えただろう。しかし二人は違う。戸籍上こそ夫婦ではあるけれど実際は限りなく他人に近い。

そうしたのは佐山自身だ。しかし、それに対して千景は言った。

『安心してください。私は結婚に愛は求めません』

ならば佐山のこの気持ちは、彼女にとって重荷でしかない。何よりも、この気持ちを知った彼女が自分の元から離れてしまったら――そう考えたら、怖くてたまらなくなった。

それでも一度自覚した気持ちは日に日に膨れ上がっていく。

自分でも気づかないうちに自然と彼女を目で追っている。

気持ちが募るたびにそんな感情を無理やり抑え込んだ。きっと最近の自分は酷く挙動不審だっただろう。

そうして迎えた千景との旅行は、想像していた以上に楽しい時間だった。まさか自分が助手席に乗るとは思わなかったが、運転する横顔はいつもと違って格好よくさえあって何度も見惚れた。

「外車を運転したい」というのが佐山を休ませる建前であることには気づいていた。運転中、千景は何度も佐山の体調を気にしてくれていたから。そんな優しいところにも改めて惚れ直した。

千景と一緒にいると居心地が良かった。こんなにも楽しくていいのかと思うほど幸せな時間だった。そうして多幸感に満ちたまま宿に着き、庭を散策している時に言われたあの言葉。

『これからは私が一緒にいます。一人にしません。私は……傍にいます。隼さんに嫌と言われない限り、ずっと』

――心が、震えた。

まるでプロポーズのようだとさえ思った。

「千景が、好きだ」

一人の客室で、もう間もなく戻ってくるだろう彼女を想う。

改めて言葉にするといっそう気持ちが募り、切ないくらいに胸が痛い。それは、千景が自分を好きではないとわかっているからこその痛みだ。

――まだ、間に合うだろうか。

自分の身勝手を心の底から詫びて、想いを告げて、本当の夫婦になれるように頑張ってみてもいいだろうか。その許可を、彼女はくれるだろうか。

「隼さん」

その時、部屋の襖（ふすま）がゆっくりと開く。

「……千景」

浴衣に羽織姿の妻は悩ましいほどに魅力的だった。わずかに上気した頬も、浴衣の裾から覗く華奢な手足も、少し開いた胸元も……全てが艶（なまめ）かしい。思わず生唾を飲み込む佐山に千景はふわりと微笑んだ。

「お風呂、すごくよかったですね。温泉なんて久しぶりだからつい長湯しちゃいました」

「ゆっくりできた？」

「はい！　それ、ビールですか？」

「ああ。千景もどうぞ」

「でも……」

「俺の前なら大丈夫だろう？」

　俺以外の男の前では飲まないでくれ。言葉の裏にそんな気持ちを隠しながら勧めると、千景は「じゃあ、一杯だけ」とはにかみながらも隣に座った。冷蔵庫から冷えた缶ビールを取り出し、グラスに注いで手渡す。

「ありがとうございます。隼さんはもう二本も空けたんですね」

「ああ。君のことを考えながら飲んでた」

「え……？」

　千景の瞳が驚愕に見開かれる。それに己の失言を自覚した佐山は慌てて缶を置いた。

「今のは――」

　否定するのは違う。だが上手くごまかすこともできずにいると、なぜか千景もまたグラスを置く。そして佐山をじっと見据え、「本当に？」と小さく言った。

「私のことを、考えてくれたんですか？」

　こちらを見つめる瞳がとろりと揺れる。佐山はごくんと生唾を飲んだ。

「……ああ」

その声は、情けないくらいに掠れていた。それに対して千景はふわりと笑う。千景の瞳に熱が宿っているように見えるのは、己の願望がそう見せているからだろうか。しかし勘違いとするには、その声は甘すぎた。

心臓が痛いくらいに高鳴っている。

体が熱い。周囲の音が遠ざかり、千景だけしか見えなくなる。目と目が、重なり合う。

揺らぐ千景の瞳に佐山が映っている。同じように、佐山の目にも千景だけが映っている。

躊躇いながらも、千景の華奢な背中に腕を回す。千景は――逃げなかった。

赤く色づく唇に視線が吸い寄せられる。花に吸い寄せられる蜜蜂のようにゆっくりと顔を近づけて、唇を重ねた。触れるだけのキスを二度、三度と繰り返す。ただそれだけなのに信じられないほどに気持ちよくて、身体も心も、もっと、もっと求めてしまう。

「んっ……」

しかし、小さく漏れた吐息に反射的に佐山は身を引いた。初夜の記憶が一気に蘇ったのだ。欲しい。触れたい。抱きたい。けれどそれ以上に今度こそ泣かせたくない――傷つけたくない。

「千景」

背中に回していた腕を離す。本当は今すぐ押し倒してしまいたい。しかしその前に自分は伝えなければならないことがある。

「好きだ」

目の前の女性にどうしようもなく心惹かれている。

今、自分の中に湧き上がるこんなにも強い感情を佐山は他に知らない。

好きだ。大切だ。愛している。離れたくない。離したくない。

馬鹿みたいにそれだけしか考えられなくて、この温もりを手放したくなくて。

「君が……好きなんだ」

千景の反応を見る余裕もなく、佐山は妻の肩に顔を埋めた。そのまま勢いのままに己の気持ちを告白する。

「会社のための結婚だと言っただけじゃない。結婚に愛は必要ないだなんて言った。そんな俺が、こんなことを言うのはおかしいと思うし、資格もないと思う」

どんな言葉を言っても足りないとわかっている。今更すぎる自覚もある、それでも。

「優しいところも、笑顔も、控えめなところも、キスをした時の顔も……君の全てが好きだ。誰にも取られたくない。渡したくない。これから先もずっと俺の妻でいてほしい」

こんなにもみっともない告白はないだろう。もしも逆の立場なら、今の自分を情けないとは思えど素敵だなんて絶対に思わない。それでも今はなりふりなんて構っていられなかった。

ちっぽけなプライドなんて捨ててしまえ。

今伝えなければならないのはただ一つ。

「俺には、千景が必要なんだ」

――君のことが好きだから。

千景の顔を覗き込み、そう言おうとした時だった。ふわり、と柔らかな感触が唇を覆った。突然のことに目を見開く佐山の唇を千景は温かな舌でこじ開けると、舌を絡ませてくる。

戸惑ったのは最初だけだった。好きな女性からの初めてのキスは、信じられないくらいに甘くて、気持ちよくて、入り込んだ舌に自らも絡ませる。

ときおり吐息を漏らしながら二人は貪るようにキスをした。右手を肩に回したまま、空いた左手を千景の後頭部に回す。するとそれに応えるように千景は両手を佐山の後頭部に回した。

舌裏を舐め、歯列をなぞる。佐山がどんなに求めても、千景は逃げなかった。むしろもっと、もっとと求めるように舌を絡めて離さない。普段は控えめで照れ屋な彼女にこんなにも情熱的な部分があるなんて知らなかった。

「隼さん」

混じり合った唾液で濡れた唇が甘く、誘うように佐山の名を呼んだ。

「嬉しい……」

瞳を濡らして可憐に微笑む妻は、眩しいほどに愛らしい。

◇

——これは、夢だろうか。

もしもそうなら二度と覚めてほしくない。永遠にこの夢の中に浸っていたい。

本気でそう思うほどに信じがたくて、幸せな夢。

部屋へ戻った千景を佐山は静かに出迎えた。軽く浴衣を着崩して酒を飲む姿は、ため息が漏れるほどに艶めいていて、香り立つような男の色気にくらくらした。そうして隣に並んでお酒を飲もうとしたけれど、無理だった。

千景のことを考えていた、なんて。

ただでさえ佐山への気持ちが溢れそうだったのに、そんなことを言われてしまってはもう、堪え切れるはずがない。何よりもこちらをじっと見つめる瞳は熱くて、強くて……もう何も考えることができなかった。

初めは触れ合うだけのキスだった。ほんの一瞬さえも離れたくなくて、千景は初めて自分から夫を求めた。そして佐山はそれに応えてくれた。

初夜以来のキスは、蕩けるように甘かった。何も考えられなくなるくらいに熱くて、気持ちいい。絡め合う舌から互いの熱を感じて、口の中を蹂躙(じゅうりん)される。そのたびに体の中心はもどかしいくらいに疼いて、女としての本能が顔を覗かせる。

この人が欲しい。好きだ。触れたい。キスしたい。

熱に浮かされたようにただそれだけを思う。そんな中、彼に言われた言葉。

『好きだ』

夢かと思った。だってそれはずっと望んでいた言葉だったから。今この瞬間、自分と同じように彼も思っている、求めてくれるなんて、「嬉しい」以外の何が言えただろう。

(隼さんが、私を好きだった……？)

形式上の妻としてではなく、一人の女性として愛してくれていた。

結婚式の夜も同居を始めてからも、千景に触れたいと思ってくれていた。

次々と語られるそれは、とても一度で理解できる情報量ではなかった。しかし今、佐山は痛いくらいに千景を抱きしめながら、必要だと、離れないでほしいと縋りついている。

それは千景の知る普段の夫とはまるで別人だ。だが嫌だとは微塵も思わなかった。むしろこの姿こそが千景を求めている証拠に思えて、胸の中がじんわりと温かくなるのを感じる。

愛おしさが、込み上げる。

「……隼さん」

呼びかけに応えた佐山は千景の肩口からゆっくりと顔を上げる。そうして揺れる瞳と目が合った瞬間、千景は考えるよりも先に口を開いていた。

「好きです」

本当はもっと言わなければいけないことも、答え合わせをしなければいけないこともたくさんあるのだろう。それくらい二人はすれ違っていた。言葉が足りなすぎた。でも今は、これ以上必要な言葉はないと思った。

「私も、隼さんが好きです」

ずっと秘めていた想いを唇に乗せる。

「初めて会った時からずっとあなたに惹かれていました」

何度も心の奥底に押し込めていた気持ちを初めて発したからだろうか。声が震える。

それでも視線は佐山から逸らさなかった、逸らしたくなかった。

そうしてじっと見つめる千景に佐山は大きく目を見開いたまま動かない。

「俺を好き？」

「はい」

直後、佐山は緊張の糸が切れたように両手を自分の額にあてて項垂れる。

「……嬉しすぎて、泣きそうだ」

「私もです」

不思議だった。もしも佐山に好きになってもらえたら、嬉しくて涙が止まらないと思っていた。しかし今の千景は笑っている。嬉しくて、胸が温かくて、幸せな気持ちに満ちている。

対する佐山は今にも泣きそうな顔をしていた。

今までの二人の関係性からは考えられないこの光景が、なぜだかとても幸せなものに思えた。

もしかしたら、お互いに初めて素直になれた瞬間だからかもしれない。

「千景」

「はい」

夫の揺れる瞳に吸い寄せられるように千景は顔を近づける。そして、瞼を閉じた。

「こんな俺を好きになってくれて、ありがとう」

ふわりと触れるようなキスが落とされる。佐山は繊細なキスを何度も繰り返し、千景はその温もりと感触に酔いしれた。それは次第に深くなっていく。開いた唇の間から入り込んだ舌はたやすく千景のものを絡めとり、愛撫するように舌裏を舐めた。

互いの気持ちを確認し合うように何度も、何度も口付けを繰り返す。

「んっ……」

そうしてゆっくりと唇を離す二人の間を、つうっと透明な糸が結ぶ。

「――君が欲しい」

濡れた唇で紡がれたストレートな言葉に、胸を貫かれる。

同時にじわじわと嬉しさが込み上げた。ずっと望んでいたからこそなおさらに。

「私も、あなたが欲しい」

答えは自然と口から溢れ出た。

ずっとずっと欲しかったんです。千景はそう言ってもう一度キスをした。

そして、今。

寝室のベッドに仰向けになった千景の上には佐山が覆い被さっている。両手を千景の顔横についた彼は、呼吸する間もないほどのキスの雨を降らせた。千景は瞼を閉じて夫の首後ろに両手を回してしがみつき、無我夢中でそれに応える。

「んっ、はあ……」

舌を絡ませながら、ときおり唇を食まれる。ちゅっちゅというリップ音や唾液が絡み合う粘着音がやけに厭らしく聞こえた。互いに吐息を乱しながら、もっと、もっとと求め合う。

「甘い」

キスの合間、吐息混じりの低音が耳に届く。息を乱しながらゆっくりと瞼を開けると、目元を赤く染めた佐山が千景を見下ろしていた。

「千景の口の中が甘くて、気持ちよくて……癖になりそうだ」

「なって、いいのに」

目を見開く佐山に千景は譫言のように答える。

「私がキスするのは隼さんだけです」

願わくは彼がこの先キスする相手も自分だけであってほしい。そんな願いと共に、千景は上半身を起こしてキスの続きを求めた。

「だから……癖に、なってください」

佐山の唇に啄むようなキスをする。そのまま何度も触れた。ちゅっと吸って、やんわりと食んでもう一度繰り返そうとした、その時。

「──あまり、煽るな」

「え……？　んんっ！」

噛み付くようなキスに阻まれた。先ほどよりもさらに激しい口付けにされるがままになってしまう。そんな千景の耳に佐山の右手が不意に触れた。ふわりとなぞるような手つきにぞくっとして、反射的に腰が動く。それを佐山は見逃さなかった。

嵐のようなキスを終えてゆっくりと体を起こした佐山は、千景を見下ろしふっと笑う。

「耳、弱いんだ？」

「わからな──っ」

言いかけた言葉は最後まで言えなかった。佐山が千景の顔横に顔を埋め、その右耳を舐めたのだ。そして焦らすように舌先で千景の耳殻をなぞり、愛撫する。そんなところを舐められるのはもちろん初めてのことで、未知の感覚にたまらず身を捩った。

「そんなとこ、舐めちゃ……！」

だめ、と言うこともできないほどに強烈な感覚だった。くすぐったくて、それなのに気持ちよくて、言いようのないもどかしさに襲われる。そうする間にも佐山の攻めは止まらない。

耳の輪郭をなぞるように舌先で舐められたかと思えば、ふっと息を吹きかけられる。そして。

「——千景。かわいい」

色気を纏った声色で名前を呼ばれてはもう、だめだった。

「っ……！」

体が熱い。じん、と下半身の付け根が疼いてしまう。下着の中がじんわりと濡れている。

（うそ……）

唇と耳にキスをされただけなのに、それだけで——？

信じられなくて、それでも疼きはしっかりあって。たまらず内腿（うちもも）にきゅっと力が入ってしまう。そんな体の変化に戸惑いかけたのも束の間だった。佐山の右手が千景の左耳からゆっくりと体を伝っていく。

「んっ……」

体の線をなぞる手つきに声を漏らすと、耳から顔を離した佐山はふっと笑った。

ゆっくり上半身を起こした彼は、息を乱す妻を静かに見下ろす。そしてその浴衣の帯に手をかけ、ゆっくりと引き抜いた。乱れていた襟首は簡単にはらりとはだけて、素肌に空気が触れる。

「っ……！」

ブラジャーとショーツ姿の体を晒している。大好きな人の視線が注がれている。

その事実に千景は反射的に両手で胸元を隠して内腿をきゅっと閉じた。彼が欲しいと言いながら往生際が悪いと思う。しかしいざこうして自分の体を見られると、途端に羞恥心が込み上げた。

「……あまり、見ないでください」

「なぜ？」

問い返す声は熱っぽくて、優しくて。それになぜか胸をきゅっと締め付けられた千景は、視線を逸らしたまま小さく答えた。

「私の体……女性らしくないから。その、胸も小さいし……」

小ぶりな胸、痩せたままのお尻や太もも——今の千景は女性らしい柔らかさを持っていない。

一度落ちた体重はいまだに元に戻っていなかった。せめて佐山と出会った頃ならもう少しマシだったのに、と思いかけたその時。

「あっ！」

佐山は不意に左手で千景の手首を掴むと、頭の上でひとまとめにした。そうして空いた右手でブラジャーのホックを外して、カップを上にあげる。全てはあっという間の出来事だった。

隠していた千景の小さな胸が、露わになる。

「なんで――」

「わからないな」

「え……？　んっ！」

佐山の右手がふわりと胸に触れる。大きな手のひらがやんわりと胸を揉み、親指で乳首をぴんと弾かれた。次いでその手はつうっと腰をなぞる。そうして下へと降りていった手はやがて指先がショーツに触れた。

「あっ……！」

声を上げる千景の前でショーツがゆっくりと引き抜かれる。

佐山は、固く閉ざした千景の太ももにゆっくりと手を這わせ、膝、足首、そしてつま先へと触れた。そうして千景のふくらはぎを持ち上げると、足の指に触れるだけのキスをする。

「そんなところ、きたな――」

「汚くない」

上半身を起こそうとする千景の声を遮り佐山は言った。

「綺麗だ」

強い瞳を宿した瞳に貫かれる。

「君の胸も、腰も、太ももも、足首も。全部、本当に綺麗だよ」

「っ……！」

「女性らしくないなんてありえない。だって俺は、君を見てこんなにも興奮してるんだから」

佐山はシーツの上に投げ出された千景の手のひらを再び掴み、自分の胸に触れさせる。

その逞しい胸に触れて……驚いた。手のひらに伝わってくる鼓動は速かった。

どくん、どくんと激しく波打つそれは、もしかしたら千景の心臓よりも速いかもしれない。

ふと視線を下に向ければ、彼の下半身は浴衣越しにもはっきりとわかるほど盛り上がっていて、生々しさにかあっと頬に朱が走る。それが何を意味するかわからないほど、初心ではない。

――隼さんが、興奮している。

（どうしよう……嬉しい）

ふっと心の重荷が取れたような感覚がする。多分、安心したのだと思う。

だからだろうか。気づけば千景は言っていた。

「麗華みたいな体じゃなくても、私を抱けますか？」

今聞くべきことではないのはわかっていた。

こんな時に麗華を引き合いに出して比べるなんて全然可愛くない。卑屈だと眉を顰められても仕方のないことを言ってしまった。けれど佐山の反応はそのどれでもなかった。

彼は一瞬目を見張ると「関係ない」と柔らかく微笑む。

「千景だから俺は抱きたいんだ。それに俺は麗華を抱いたことは一度もないよ」

何度も「熱く愛を交わした」と聞いていた千景にとって、それはあまりに意外すぎる言葉だった。

「本当ですか……？」

「こんなことで嘘はつかない」

千景を見据える瞳はどこまでも澄んでいる。それなのに熱く滾っていて、千景はその熱に身を委ねるように体の強張りを解いた。太ももの力を抜いて自分の全てを曝け出す。

「ありがとう、隼さん」

だから。

「触ってください」

千景は自分でも不思議なくらいに穏やかな気持ちで笑うことができた。すると佐山はなぜか息を呑む。そして「君って人は」と吐息混じりに囁いた。

「できるかぎり優しくする。少しでも嫌だと思ったり、痛かったら言ってくれ」

「はい。でも、嫌だなんてありえません。それに少しくらい痛くてもいいんです。それ以上に、あなたに触れてほしいから」

「だから、君は……！」

「んんっ」

佐山は千景に覆い被さり、噛み付くようなキスをする。次いでゆっくりと体を上げると息を乱す佐山と視線が交わった。強い眼光で千景を射る瞳は熱いほどの欲を孕んでいる。

「あっ！」

首筋にちくんと痛みが走る。その痛みは首筋から鎖骨、そして胸元へと移っていく。

そうしている間にも佐山の手は千景の胸に触れた。大きな手のひらにすっぽりと収まってしまうほどの小ぶりな胸を、彼はやんわりと揉みしだく。

「あっ、くすぐった……！」

「ああもう、たまらないな」

甘い吐息が乳首に触れた。

「っ……舐めるの、やぁ……！」

キスマークを刻んでいた唇が胸の先端を食む。温かな舌先がぷっくりと屹立する乳首を舐めたかと思えば、甘噛みされて。そうしている間にも、もう片方の胸は指先で弄ばれている。

佐山の長い指が、先端をきゅっとつまみ上げる。

「あっあっ……！」

指と唇、両方で攻められ、言葉もなく喘ぐしかできない。そんな千景を一瞬顔を上げた佐山は熱い眼差しで見つめて満足そうに唇の端を上げた。その表情さえも艶っぽくてキュンとする。舐められ、触れられた場所から熱が広がっていく。体の中心が熱くてたまらない。

濡れた秘部から愛液がとろりと流れてシーツに伝うのがわかる。

（気持ちいい……）

こんなにも厭らしい自分がいるなんて知らなかった。それを恥ずかしいと、嫌だと思わないのは、間違いなく佐山のおかげだ。

『千景だから俺は抱きたい』

あの言葉が千景に自信と勇気を与えてくれる。

「――触るよ」

許しを得るような言葉に小さく頷くと、佐山の両手が千景の膝裏に添えられる。彼はそのまぐっと上に上げると、間に体を割り込ませた。

「っ……恥ずかしい……」

自分でも見たことのない場所を晒している。思わず視線を逸らそうとする千景に、佐山は「大丈夫」と熱い声色で言った。

「すごく綺麗だ」

佐山は恍惚とした表情で千景の秘部に視線を下ろすと、右手の指先で濡れた秘部に触れた。

人差し指で割れ目に手を這わせ、愛液を指に纏わせて何度も擦り付ける。

「声、出ちゃ……！」

「出していい。千景の可愛い声を聞きたい」

直後、佐山の親指がぷっくりと膨れ上がる陰核に触れたのがわかった。

「ああっん……」

「――エッロ」

「っ……！」

たまらずといった風に漏らされた声にいっそう愛液が漏れる。佐山の言う通りだった。陰核をコリコリと弄ばれ、指先で割れ目を何度も何度も上下された千景の腰はどうしたって動いてしまう。

まるで、もっと、もっとと請うように。

「あ、気持ち、いっ……！」

どうしよう。気持ちいい。瞼をきゅっと閉じた千景は、与えられる甘い刺激に身を任せる。

すると不意に感触が変わった。長く形のいい指先とは違う。生温かな何かが割れ目を撫でている。まさかと瞼を開け――眩暈(めまい)がした。佐山が、太ももの付け根に顔を埋めている。

「っ……そんなところ、汚な――ああっ！」

最後まで言うことができなかったのは、佐山の舌が割れ目を下からなぞったから。そうかと思えば肥大した陰核を舌先でつんつんと突かれて、やんわりと食まれて、声が出ない。

「汚くない。甘いよ、すごく」

ちらりと顔を上げた佐山は、まるで千景に見せつけるように赤い舌先でぺろりと舐める。

「んっ……！」

じゅるじゅると音を立てて攻められた千景はもう何も言えなかった。与えられる刺激のままに腰を揺らして、猫の鳴き声のような嬌声を漏らす。するとそれに煽られたように佐山の攻めは激しさを増した。

その間も舌は割れ目をしつこいくらいに何度も舐め上げる。指で陰核をきゅっとつまんで、転がされる。

頭が熱い。くらくらする。子宮の奥が激しく疼いて、もどかしくてたまらない。

「っ――！」

陰核をころころと舐めるようにしゃぶりながら、佐山の指先がそっと千景の膣口に触れる。

愛液をたっぷりと纏わせた指が一本、つぷんと侵入を開始した。

「あっ……んっ……！」

「痛い？」

問いかけられて、ふるふると首を横に振る。異物感に驚きはしたものの、十分すぎるほど濡れていたせいか痛みはなかった。佐山はゆっくりと指を押し進める。

千景の反応を確認しながらの動きはとても慎重だ。佐山は小刻みに陰核を舐めながら、膣内に入れた指先の角度を変えた。直後、今まで感じたことのない強い刺激が体を駆け抜ける。

「……っ、ああっ――！」

だめ。そこはだめ。

激しすぎる快楽に呑まれそうになる。

気づけば千景は小刻みに腰を揺らしていた。本能のままに「もっと」と更なる刺激を求めて佐山に自ら腰を押し付ける。佐山はそれに応えるように、同じ場所を何度も刺激した。

「あっあっ……！」

「ここが千景の感じるところか」

「んっ……気持ち、いっ……」

「指を増やすよ」

よがる千景に佐山はさらにもう一本の挿入を開始させる。そうしている間にも陰核への愛撫は止まらず、二点を一気に攻められもはや喘ぐことしかできない。

（だめっ、きちゃうっ……！）

体の内側から凄まじい熱量が込み上げて出口を求めている。頭がチカチカして、何も考えられなくなる。

「ああっ——！」

膣内で指がかくっと曲がり指先が壁を擦った瞬間、目の前が真っ白になって、何かが弾けた。腰が跳ねて、爪先まで伸びる。びくん、びくんと腰が跳ねる。そうしてシーツに四肢を投げ出して息を乱す千景を、体を起こした佐山が静かに見下ろした。

薄灯の照明の下で千景を見つめる瞳はやはり爛々と輝いていて、普段の余裕は感じられなかった。でもそれで構わない、むしろ嬉しくさえ思う。余裕がなければないほど、女性として求められていると感じることができるから。

――一つになりたい。

そんな千景の想いに応えるように、佐山は帯を引き抜き浴衣を脱ぎ捨てる。

そして露わになった体に千景は一瞬で目を奪われた。厚く逞しい胸に六つに割れた腹筋。体全体に程よく筋肉がついていて無駄な肉がないのは一目でわかった。

まるで彫像のように整った肢体にうっとりしつつ下半身に目を向けて――ひゅっと息を呑む。

天井を仰ぐほど屹立したそれは「雄」そのもので、たちまち千景の中の女が疼いた。

その先端は透明な液で濡れていて、彼の興奮をこれ以上なく物語る。

「千景」

額にちゅっと触れるだけのキスを落とし、佐山は甘やかに囁く。

「愛してる」

「っ……！」

「どんな言葉を言っても足りないくらい、君が好きだ」

今この瞬間。自分は世界中の誰よりも幸せだと本気で思った。

「隼さん」

名前を呼ぶ千景の声は酷く甘えたものだった。

「私も、愛してます」

心からの想いを唇に乗せて、千景は両手を夫の首に回してキスをする。佐山が目を見張るのがわかったけれど、そのまま二度三度と触れるだけの口付けを重ねた。

どうすれば心の中に膨れ上がったこの愛おしさが伝えられるだろう。それでも今伝えたいのは一つしかなくて。

「大好き」

言葉にした途端、涙が頬を伝った。

この人が好きだ。泣きたくなるくらい、好きで、好きで、たまらない。

「隼さんを、私にください」

「っ……！」

「私はずっとあなたが欲しかった。『愛なんていらない』なんて、あなたにも自分自身の心にも嘘をついていたけど、本当はあなたが欲しくてたまらなかった。あなたの全てを望んでいた」

無欲なんかじゃない。本当の自分はこんなにも欲深い。

「あなたが欲しい」

こんなことを言ったら引くだろうか。呆れるだろうか。しかし佐山の反応はどちらでもなかった。彼はくしゃっと顔を歪める。今にも泣くのを堪えるような、そんな顔だった。

「俺の心も体も全部君のものだ。──千景も、俺のものになってくれる?」

そんなの、答えは決まっている。

「……はい」

そして二人はもう一度キスをした。

「痛かったらすぐに言ってほしい。できる限り痛みのないように進めたいから」

避妊具を取り付けた佐山の気遣いに千景は「大丈夫です」と頷く。

「今度は、途中で止めないでくださいね?」

すると彼は焼けるほどの熱い眼差しで千景を見つめると、「止めたくても止めてやれないよ」と悩ましいほど艶めいた声で囁いた。

「ん……」

熱く猛(たけ)ったものが千景の割れ目に触れる。そして滴(したた)るほどの愛液を全体に纏わせて、先端が膣口にそっと押し当てられた。大きな亀頭がゆっくりと入口をこじ開けた。体を暴かれるような感覚にわずかに眉根を寄せると、「大丈夫か?」と優しい声が降る。

「大丈夫、です……進めてください」

頷いた佐山はゆっくりと腰を落とす。

「っ……！」

指とは比較にならないほどの圧迫感に息を呑むが、佐山は動きを止めなかった。千景に覆い被さった彼は噛み付くように激しくも甘いキスをしながら腰を上下する。

「んっ……気持ち、い……」

口付けの最中、たまらず声が漏れる。慣らすためだろう、浅い位置を繰り返し動くそれに気づけば体の強張りは解けていた。ただ夢中で佐山の背中に両手を回して、キスをしながら、断続的に与えられる刺激に身を任せる。

「あっ……！」

「——全部、入った」

その時、自分の中の一番深いところに先端が到達したのがわかった。

「痛い？」

「……少しだけ。でも、本当に大丈夫です」

十分すぎるほど慣らされたからだろうか。鈍い痛みを感じたのは一瞬だった。

ずくん、とした衝撃の次に訪れたのは、体の中に自分以外のものが入っている異物感と、それを上回るほどの喜びだ。

ずっと欲しかった熱をようやく手に入れることができた。与えてくれた。

その事実にじわじわと感情が湧き上がって、溢れた涙が目尻を濡らす。

「それよりも今は、隼さんとやっと一つになれたんだなと思って……嬉しい」

そう零した、直後。

「あっ！」

ようやく収まったばかりのものの質量が増したのがわかった。どうして、と目を見張る千景の上で佐山は「可愛すぎることを言うからだ」と苦しそうに顔を歪める。その顔からは余裕なんて微塵も感じられない。

——隼さんが、私で感じている。

その事実を目の前で見せつけられて、嬉しくないはずがなかった。

千景が佐山を求めるように、彼も千景を求めてくれている。その喜びは女としての千景を満たしてくれて、胸がきゅんとする。すると無意識のうちに膣が収縮して、佐山はいっそう眉根を寄せた。

「千景の中、すごく熱い」

目を細めた佐山は、千景の中を満たしていた熱をゆっくりと引き抜く。それを寂しいと思いかけた次の瞬間、それは訪れた。

「あっ……！」

熱い猛りが再び体の中に入り込んでくる。それがもう一度最奥に到達した。ゆるゆるとゆっくりとした動きで何度かそれを繰り返すたびにいっそう蜜が溢れて、体内の違和感は次第に気持ちよさへと変わっていく。

「あっ、んんっ……！」

体の中が熱い。熱くて、気持ちよくて、自分が自分でないようだった。

気づけば千景は自ら腰を揺らしていた。与えられる律動に合わせるように腰を浮かせて、もっともっとと佐山を求める。するとそれに応えるように激しさが増した。

初めはゆっくりだったそれが、次第に緩急をつけて抽送を開始する。奥まで貫いたかと思えばギリギリまで引き抜かれ、そしてまた差し込まれて――。

「千景っ……！」

「気持ちいっ……あ、んんっ……！」

互いに余裕なんてもう微塵もなかった。本能のままに体をぶつけ合い、求め合いながら二人はキスをした。舌と舌を絡ませて唇を食む。額に汗を滲ませた佐山が千景を見下ろしている。

激しさと優しさの入り混じる瞳に貫かれて、狂おしいまでの愛しさが込み上げた。

「好きっ……！」

「俺、も……愛してる、千景」

愛してる。

その言葉を紡がれた瞬間、千景の体の中で何かが爆(は)ぜた。

「あっ……！」

佐山の背中に両手を回してぎゅっとしがみつき、連続して押し寄せる快楽の波にひたすら耐える。そんな千景を佐山は痛いくらいの力で掻き抱くと、腰を数度打ちつけて動きを止めた。

「っ――！」

小さな呻(うめ)き声と共に体の最奥で、薄い膜越しに熱い塊が注がれる。やがてその放出が止まると、佐山は千景の体にそっと覆い被さった。熱く逞しい胸に抱かれながらゆっくりと瞼を閉じる。ドクン、ドクンと彼の肌から伝わってくる鼓動と千景の鼓動が重なって、一つになる。

そうしているうちに千景の瞼はぼんやりと落ちていく。初めて達したからだろうか。体が重くてなんだかふわふわする。

(眠っちゃ、だめ)

ようやく彼と一つになれたのに――。

「おやすみ、千景」

「で、も……」

「大丈夫だ。ずっと傍にいるから」

耳元で囁かれた声はとても甘くて、優しくて。

傍にいる。それに安心した千景は、佐山に促されるまま瞼を閉じる。

遠ざかる意識の中、こんなにも幸せな気持ちで眠るのは初めてだなとぼんやりと思った。

幸せな温もりに抱かれながら、千景の意識は溶けていった。

心地よい微睡み(まどろみ)に抱かれながら、千景はゆっくりと瞼を開ける。

最初に目に飛び込んできたのは、愛してやまない夫の寝顔。深い眠りの中にいるのか、佐山は千景が起きたことに気づくことなく静かな寝息を立てている。千景は彼を起こさないようにゆっくりと体を起こす。すると、かけられていた布団がはらりと落ちて素肌が露わになる。

（すごい……）

何も身につけていない自分の体を見下ろす。そこには薄灯の中でも確認できるほどはっきりとキスマークがあった。それも一つ二つではない。胸の間やお腹、果ては太ももの付け根にも刻まれている。胸以外の記憶はないから、それ以外は多分眠っている間につけられたのだろう。

意識を飛ばした自分に触れる佐山の姿を想像すると、それだけで胸がきゅんと疼いた。

恥ずかしいけれど嫌ではなかった。むしろ刻まれたいくつもの印は、佐山のものになった証(あかし)のようで……彼が千景を求めてくれた事実を表しているようで、愛おしくさえあった。

（……夢じゃなかった）

佐山とのキスも、体に触れられた熱さも、達した時の感覚も全てはっきりと覚えている。

心が、体が、頭が全てを記憶している。そして今、佐山は「傍にいる」という言葉通りこうして千景の隣にいる。温もりを分かち合っている。

（ああ）

幸せだな、と思った。大好きな人が自分を求めてくれる。触れてくれる。

それがこんなにも幸せなことだなんて、実際に経験するまでわからなかった。

――今の私は、満ち足りている。

だからだろうか。

「っ……！」

涙で視界が滲んだ。一度浮かんだそれは、込み上げた感情のせいで次から次へと溢れて止まらない。頬はあっという間に濡れて、ぽたり、ぽたりとシーツを濡らした。

初夜の時は、寂しさと虚しさで泣いた。でもこの涙は違う。人は嬉しくても泣けることを千景は知った。嗚咽が漏れそうになるのをなんとか堪えようとした、その時。

「千景」

静かな声でそっと名前を呼ばれる。涙で滲んだ瞳を片手で拭うと、いつ目覚めたのか、瞼を開けた佐山と目が合った。上半身を起こして千景を見つめるその瞳は、底抜けに優しい。

「隼さん……」

「大丈夫か？　体、痛い？」

柔らかな声色で気遣われては、もう無理だった。

「違うんです……嬉しくて」

心のままに声を漏らす。嗚咽混じりになってしまったけれど、涙は止まらない。

「目が覚めたら隣に隼さんがいるのが夢みたいで。幸せだなと思ったら、つい」

結婚式の夜とは違いますよ、と涙を滲ませながら微笑む千景を佐山はそっと抱き寄せる。

「俺もだよ。君が今こうして俺の腕の中にいる。それが本当に嬉しい」

昨夜のように情熱的な抱擁ではない。それでも真綿に包まれるような温かさに、千景は自分の全てを委ねるように大好きな人を抱きしめ返した。

(諦めないでよかった)

好きになったこと自体を悔いたこともある。従姉妹の婚約者に好意を寄せるなんて最低だと数え切れないくらい自分自身を責めた。望みのない恋に苦しんで、悩んで、そんな自分を愚かだとさえ思った。でも今は違う。

「隼さんを好きになって、よかった」

心の底から、愛しているから。

「俺もだよ」

蕩けるように甘い声が耳朶を震わせる。

「千景に出会えて、本当によかった」

そうして抱きしめ合う。愛しい人と温もりを分かち合う幸せを噛み締めながら。

9

『愛した人に愛されたい』

船上で密かに芽生えた想い。けして叶うことはないと思っていたその願いは、二年以上の月日を経て現実のものとなった。

箱根での告白をきっかけに二人は色々な話をした。

これまでの答え合わせをするように、出会ってから今までのお互いの印象や気持ちの変化を話せば話すほど、いかにすれ違っていたのかを知った。特に、海外視察は予定より早く帰国していて、おまけに千景が夢だと思っていたのは現実だと知った時は驚いた。

「寝ぼけた君に『抱いてくれ』と言われた時は、正直かなり参った。あのままじゃ襲ってしまうと思って、わざわざホテルを取ってごまかしたくらいだ」

これに千景がつい「襲ってくれてよかったのに」と零すと、佐山は唖然としたのちに「君は本当に煽るのが上手い」と苦笑した。

「私も、今だから言えることがあります。……麗華から電話があった時に言われたんです。この先どんなに一緒にいても、隼さんが私を愛することは絶対にないって」

あの時は、今一歩の勇気が出なくて話せなかった。佐山の反応が怖かったのだ。けれど佐山に愛されていると実感できた今はもう怖くない。

これに対する佐山の反応は意外なものだった。大きく目を見開いた彼は、次いで唇をきゅっと引き結ぶ。そして逡巡の後、佐山は言った。

「麗華の言葉は、ある意味正しい。俺自身、誰かを本気で好きになることなんてないと思っていたから」

でも違った、と彼は言った。

「その証拠に、今の俺はこんなにも君のことが好きだから」

そう言って佐山は蕩けるように微笑んだ。

結婚してもうすぐ半年。今ほど佐山の存在を近くに感じた瞬間はなかったかもしれない。

それは心だけではなく、体もだった。

旅行後、佐山は幾度となく千景を抱いた。

まるですれ違っていた期間の空白を埋めるように何度も、何度も、何度も。

『好きだ』

『君しかいらない』

『……愛してる』

以前までは甘い言葉なんてほとんど口にしなかった夫の雨のような賛辞に——体に刻まれる熱に、千景は翻弄されながらも悦んだ。体を重ねていると、彼がいかに自分を大切に思っているのか痛いくらいに伝わってくる。事実、佐山は言葉と体で千景へ想いを伝えた。千景を愛撫する指先の動きはとても繊細で、彼に触れられている時、千景はまるで自分が彼の宝物になったように錯覚する。それなのに情事の最中に千景を射抜く瞳は肌がじりりと焼けつくほどの熱を孕んでいて、実際に千景を求める時の彼は容赦がなかった。

千景が鳴けば鳴くほど、佐山は緩急をつけて腰を打ちつける。初めは優しく、けれど次第に激しくなっていくその楔(くさび)に、千景は翻弄されながらも必死に応えた。

――求められるのが、嬉しかったのだ。

これまでの紳士的な姿とは別人のような、男をむき出しにする夫の姿に、千景もただの女になる。夫を求め、求められる最中に生まれるのは、狂おしいまでの悦楽と独占欲。

こんなにも佐山が乱れる姿を見られるのは、後にも先にも自分だけ。彼の妻は自分なのだと思うとたまらなく幸せで……想いを隠さなくていいことが嬉しくて、千景はもう自分の気持ちを伝えることを、甘えることを躊躇わなかった。

手を繋ぎたい。キスがしたい。抱きしめてほしい。

佐山はその要求に全て答えてくれた。

時に甘く、時に激しく。

一人ではない。想われているという自信から、千景は朝を迎えるのが怖くなくなった。

夜、お風呂に入った後はソファに座って他愛のない話をする。そうして眠くなったら、ベッドに移動して抱きしめ合う。そうして戯れのようなキスを二度、三度と繰り返し、より深く求め合う。

——愛されている。

そう実感することができた。だからこそ。

『麗華が見つかった』

伯父からその知らせが入った時、千景は驚きつつもそれを冷静に受け止めることができたのだった。

千景の元に伯父の久瀬吾郎から連絡が入ったのは、箱根旅行を終えた翌月。
十二月に入ってすぐのことだった。
なんでも、以前から伯父一家が懇意にしていたホテルに滞在していた麗華だが、料金不払いで騒ぎになり伯父の元に連絡が入ったらしい。知らせを受けた伯父はすぐさま麗華を迎えに行き、強制的に家に連れ戻したのだが、家に着くなり自分の部屋に閉じこもり食事も拒否している。加えてときおり泣き叫んでは「千景を呼んで！」と叫んでいるのだという。
婚約破棄の件でただでさえ迷惑をかけたのに、その上こんなことを言って申し訳ない。来るかどうかは千景の判断に任せる——そう言って電話は切れた。

突然飛び込んできたその知らせに、朝食後の和やかな雰囲気は一気に四散した。

「麗華の言うことを聞いてやる必要はない。俺が代わりに行く」

君は家にいてくれ。険しい顔でそう告げる佐山に千景は心の中で感謝しつつも首を横に振る。

「麗華とのことは私自身が向き合わなければいけない問題です。だから、私が行きます」

佐山の眉間の皺がいっそう深くなるが、これだけは譲れない。

きっぱりと言い放つ姿に千景がけして引かないことを悟ったのか、佐山は渋々ながらも「わかった」と頷く。

「でも、俺も一緒に行く。嫌いだから……そんな理由で君を傷つけた麗華と二人きりにするわけにはいかない」

「でも——」

「頼むから」

千景の言葉を遮り佐山は言った。

「……お願いだから受け入れてくれ。俺はもう、君が泣く姿は見たくないんだ」

切実な声色に胸を打たれる。

「ありがとうございます、隼さん」

こんなにも自分を想ってくれる存在に心から感謝する。

「一緒に来てくれますか？」

そして改めて自ら頼む千景に、佐山は力強く頷いた。


正午過ぎ。久瀬本家を訪れた二人を出迎えた伯父は酷くやつれた顔をしていた。

長らく失踪していた一人娘がようやく見つかった矢先、部屋に閉じこもって食事も拒否しているのではその心労は計り知れない。疲れ切った顔の伯父は改めて謝罪をすると、二人を屋敷二階の麗華の自室へと誘った。伯父はドアをノックして千景が来た旨を告げる。

「……千景と二人にして。そうしたら鍵を開けるわ」

部屋の中から返ってきた声に、伯父と顔を見合わせた千景は「大丈夫です」と小さく頷く。対する伯父は心配そうな顔をしながらも静かに階段を下りていった。

今から、麗華と会う。

千景にとっての麗華は、憧れと劣等感の象徴だった。見た目も性格も正反対な麗華には振り回されたことも多かったものの、それでも大切な従姉妹だった。だが麗華は違った。

『あんたのことが嫌いだからよ』

『千景も、おじいさまも、おじいさまが大切にしていた会社も大嫌い』

『嫌いだから、千景が気になった男はぜーんぶ取ってあげたの』

麗華は千景を嫌っていた。子供の頃から、ずっと。

その彼女がドアを一枚隔てた場所にいる。泊まったことも何度もあるここは、目を瞑ってでも家具の配置がわかるほど千景にとっては慣れ親しんだ部屋だ。

でも、自分が訪れるのはこれが最後になるだろう。それは予想ではなく確信だった。

「――麗華。鍵を開けてくれる？」

数秒後、開錠する音がした。千景は震えそうになる指先でドアノブに触れる。

反射的に隣の夫を仰ぎ見る。硬い表情の顔つきからは「千景を絶対に一人にしてなるものか」という想いがひしひしと伝わってきた。彼には事前に「話す時は二人きりにしてほしい」と頼んである。佐山はそれを一応は受け入れつつも「場合によっては俺の判断で中に入る」と言っていた。

それでいい。佐山が傍にいると思うだけで、千景の心は強くなれるのだから。

「まさか本当に来るとは思わなかったわ」

それが、麗華の第一声だった。豪奢な天蓋付きのベッドに座る麗華の視線は、ドアの前に立つ千景を鋭く射る。しかし睨まれた千景はすぐに返す言葉が浮かばなかった。

――これが本当に麗華だと言うのか。

目の前の女性は、自分の知る麗華とはかけ離れていた。人形のように精巧な顔立ちは変わらない。しかしその頬は痩け、目元には化粧では隠し切れない隈ができている。艶を失った髪もかさかさの唇も、記憶の中の麗華とは別人のようだ。

「……何よ、その目は」

黙り込む千景に麗華は目を吊り上げた。大きな目がぎょろりと見開き、怪しい光を宿す。

「私のことを憐れんでるの？　それとも馬鹿にしてる？」

「そんなこと――」

「全部、千景のせいじゃない。私は何もかも取り上げられた……婚約者も、お金も、自由も！　それなのにどうして……なんであんたは何も変わらないのよ。もっと、ボロボロになっていないのよ！　千景の傷つく姿が見たくて私は婚約破棄をしたのに！」

傷つく姿が見たくて。その言葉に千景はぎゅっと拳を握る。

「だから、嘘をついたの？」

情熱的に愛されていた、なんて。

「本当は、隼さんとキスすらしていないのに」

「っ……！」

そう問いかけると、麗華は一瞬目を見開いた後にぎりりと唇を引き結ぶ。

「そうよ、全部千景を苦しめたかったからよ！　隼が誰かを好きになることはないとわかっていたから……千景が不幸な結婚生活を送ることになればいいと思ったから！　劣等感の塊の千景なら、自分と私を比較して苦しむと思ったの！　それなのに、なんで……隼は私には触れなかったのに、どうしてあんたはそんなに満ち足りた顔をしてるのよ！」

どうして、なんで、許せない。麗華は取り乱したようにそう言って千景を責め続ける。そんな彼女に対して千景が思ったことは一つ。

「隼さんと婚約破棄したのも、結果的にこうして家に連れ戻されたのも、全部自分の行動が招いた結果でしょう。――私のせいにしないで」

千景は初めて麗華を正面から否定する。すると病的なまでに白い麗華の頬にさっと朱が走った。ぎりりと唇を噛み締めた麗華は、小刻みに肩を震わせて鋭く千景を睨み据える。

昔はこんな風に感情的な麗華が本当に苦手だった。時に息を呑むほど綺麗な顔が怒りに歪むのは怖くて、彼女の機嫌を損ねないように気を遣っていた。けれど今はそんな風には思わない。

今の麗華はまるで駄々を捏ねる幼児のようだ。欲しいものが手に入らなくて、自分の望みが通らなくて泣き喚く小さな子供。

「――大っ嫌い」

その時、麗華はベッドサイドに置いてあった本を手に取り大きく振りかぶる。

咄嗟のことに避ける間もなかった。千景は反射的にぎゅっと瞼を閉じる。だが痛みは訪れず、恐る恐る目を開けて息を呑んだ。なぜなら目の前には佐山の背中があったのだ。千景を守るように立ちはだかる彼の足元には麗華が投げた本が落ちている。

「隼さん、どうして……」

「悪いがこれ以上は見過ごせない」

後ろ姿だけでもわかる。答える声は怒りに満ちていた。

「なんで……どうして隼がここにいるの!?」

「こういうことがあった時のために」

佐山は淡々とした口調で答えると、足元に落ちた本を拾う。かなり厚みのある本に千景はそっと佐山の手を引いた。

「隼さん、怪我は」

「足に当たっただけだから大丈夫だ」

振り返った佐山は千景を見て表情を和らげる。それに千景がほっとしたその時。

「やめてよ！　千景にそんな顔をしないで！」

つんざくような悲鳴が空気を震わせた。

「ねえ、隼。まさか、本気で千景を好きなわけじゃないわよね。私の代わりに仕方なく結婚しただけでしょ？」

鬼気迫る様子で麗華は問う。それは、千景が結婚以来ずっと抱えていた不安だった。しかし今は違う。

（私はもう、隼さんの気持ちを疑ったりしない）

その気持ちに応えるように、佐山は「好きだよ」と言い切った。

「俺は、千景を愛している」

それを証明するように佐山は千景の手を握る。その瞬間、麗華はきゅっと唇を噛んで二人を睨んだ。

「どうして……？　隼は、誰かを好きになるような人じゃなかったでしょ？　私が浮気をしても何も言わない、圭人と関係を持って婚約破棄したいと言っても連絡一つよこさない。そんな人でしょう？　だから私は、隼と千景が結婚しても、私の時と同じように上辺だけの関係しか築かないと思った。それなのに好きって、愛してるって何よ。そんなことになるなら婚約破棄なんてしなかったわよ！」

声を震わせて麗華は叫ぶ。その様子は、まるで――

「君は、俺が好きだったのか？」

千景が思ったことと同じ言葉を佐山は口にした。そして麗華はそれを否定しなかった。

「そうよ！　初めて会った時からずっとずっと好きだったわよ！　利害が一致したからじゃない、あなたのことが好きだから婚約をしたのよ！」

「でも、そんな素振りなんて――」

「私のことをなんとも思っていない男にそんなこと言えるわけないでしょ！　言ったところで惨めになるだけじゃない！」

だから気を引くために他の男と関係を持った。

佐山を嫉妬させるために、振り向かせるために。

（そんなことって……）

戸惑っているのは千景だけではなかった。隣の佐山は目を見開き困惑している。そんな二人の前で麗華は化粧が剥がれるのも構わずボロボロと涙を流す。

「答えてよ……！　なんで私じゃだめなの、なんで千景を好きになるのよ！」

佐山の答えは、簡潔だった。

「千景を好きにならない理由があるなら教えてほしい。俺には、好きになる理由しか思いつかないから」

「っ……！」

「麗華の気持ちに気づかなかったのは、悪かったと思う。でも、俺が麗華を好きになることはない。──絶対に」

今度こそ麗華は項垂れた。もはや何かを投げつける気力もないように力なく肩を落とす。しかしその瞳はまっすぐ千景の方に向けられた。

「大っ嫌い」

震える声で、麗華は言った。

「あんたたちが幸せになんてなれるはずがない。私は、絶対に謝らないから」

顔を真っ赤にして瞳を潤ませる姿はとても幼く見えて、千景の知っている自信に満ち溢れた姿はどこにもなかった。そんな彼女に、千景は言った。

「謝らなくていいよ。私も謝らない」

佐山を好きになったことを。彼を望んだことを。もう、申し訳ないとは思わない。

「幸せになれるかどうかは私にもわからない。でも、そうなるためにこれから努力するの。夫婦として、二人で一緒に」


『麗華は今度こそ私が責任を持って更生させる。次に何かしでかした時は親子の縁を切るとも伝えた。――千景、佐山君。今日は来てくれてありがとう』

帰り際、伯父は改めて二人に謝罪をすると、麗華を知人の会社に一般社員として就職させる予定だと言った。これまでのような特別扱いや贅沢は一切させずに自活の道を歩ませるのだ、と。

それについて千景は「わかりました」と頷き、それ以上は何も言わなかった。

麗華との間にできた深く大きな溝はこの先埋まることは、多分ない。親族である以上、今後も顔を合わせる機会はあるだろうし、完全に関係を断ち切ることは難しいだろう。

それでも千景が麗華について思い悩むことは、きっとない。

――佐山がいるから。

麗華と千景は違う。比べる必要はない。佐山はそう言ってくれた。

愛する人が傍にいる。自分の傍にいてくれる。その奇跡のような幸せを噛み締めながら、久瀬の屋敷を後にする。

遠くから大声で泣き叫ぶ麗華の声が聞こえてきたけれど、千景はもう振り返らなかった。

10

季節は巡る。

赤く色づいていた木々の葉は落ち、季節はすっかり冬になっていた。

そして、待ちに待ったクリスマスイブ。

昼食後に家を出た二人は、車を一時間ほど走らせて郊外にあるアウトレットモールに向かった。ここに行きたいと言ったのは千景で、今回のデートで唯一希望したことでもある。

佐山に渡すクリスマスプレゼントは既に用意してあるし、特に何か欲しいものがあったわけではない。彼と一緒に気の向くまま買い物を楽しみたかったのだ。とはいえ彼に任せたら、結婚指輪の時のようなことになりかねない。しかしハイブランドからカジュアルブランドまで多くの店が集まるモールなら緊張することもないと思ったのだ。

佐山はアウトレットモールに来るのは初めてらしく、有名ブランド店に入ってはその値段に驚いているのがなんだか微笑ましかった。しかしそう思えたのは最初のうちだけで、すぐに困ったことが起きた。千景が何気なく「可愛い」と口にしたもの、視線を向けたもの、手に取ったもの――佐山はそれらをことあるごとに買い与えようとしたのだ。

モテる女性はこんな時「嬉しい、ありがとう」と素直に受け取るのかもしれない。けれど千景には無理だった。お互いにプレゼントは購入済みだし、何より千景は佐山を財布にしたくてここに来たわけではないのだ。

「こうして隼さんと出かけられただけで十分ですから」

そう伝えると、彼は小さく苦笑する。

「千景は無欲だな。もっとなんでも欲しがればいいのに。それくらいの蓄えはある」

この様子を見る限り本気に思えてしまうから困る。冗談でも言わないけれど、今の佐山なら「新しいマンションが欲しい」と言えば二つ返事で実行してしまうのではないだろうか。

元々佐山は紳士的で優しい人だ。だが、たくさんのすれ違いを経て想いを通じ合わせた今、彼は千景に対して甘すぎる。この一週間で何度もそれを実感した。

例えば、今もそう。

アウトレットモールから都内に戻った千景たちは、車を駐車場に置いてレストランに向かう途中、クリスマスのイルミネーションを楽しんでいた。けれど、横断歩道の前で信号が青に変わるのを待っている間、佐山は千景の腰に手を回して離さない。歩いている時からずっとだ。今なんて足が止まっているからか、千景を抱き寄せたまま つむじにキスまで落としてくる。

「あのっ！」

「ん？」

「人前なので……恥ずかしいです」

地面に視線を落としたまま小声で訴えると、なぜかいっそう彼の方に引き寄せられる。佐山は腰をかがめて千景の耳元に唇を寄せると「照れる顔も可愛い」と囁いた。

「っ――！」

背筋がぞくっとして反射的に片手で耳を押さえる。そんな千景を見て佐山は小さく笑う。その目は蕩けるように甘くて、胸がドキドキするのを抑えられない。

「信号が変わりましたよ！」

苦しまぎれのごまかしに佐山は今度こそ声を上げて笑った。

こんな風に屈託のない彼の笑顔を見るのは初めてで、千景も釣られるように笑ってしまう。

そんな何気ないやりとりが幸せだなと心から思った。

その後、彼が連れて行ってくれたのは都内でも有数のラグジュアリーホテル。予約したレストランは高層階にあり、通された個室からは都内の夜景が一望できた。もちろん食事は前菜からデザートまで抜群の味で、「美味しい」と何度言ったかわからない。

「そんなに喜んでくれると来た甲斐がある」

「だって、本当にどれも美味しかったから」

「確かに。でも俺は、千景の料理が一番美味しく感じるな」

さすがに褒めすぎですよ、という言葉は佐山の顔を見て自然と飲み込んだ。彼はからかうでも笑うでもなく、真剣な面持ちで千景を見据える。

「君の料理を食べると心が満たされるような気がするんだ」

「心……ですか？」

ああ、と佐山は頷く。

「純粋に味だけの話で言えば、プロが作った料理の方が美味しいのかもしれない。でも、俺にとっての『美味しい』はそれだけじゃないんだ。仕事に疲れて家に帰った時、料理があるのが嬉しい。それが自分のために作ってくれたものならなおさらだ」

飾らない言葉だからこそ、それが本心だと痛いくらいに伝わってきた。

「母親のいない俺は家庭の味を知らない。だから、千景の料理が俺にとっての家庭の味なんだと思う」

千景の作る料理が佐山にとっての家庭の味。それは千景を家族だと思ってくれているのと同義だ。

心臓がぎゅっとする。胸の奥から熱い何かが込み上げて、目尻が熱い。

どうしよう。泣きそうなくらい嬉しい。でもここで泣いたらまた佐山を心配させてしまう。

「千景？」

千景は一瞬下を向くことでぐっと涙を堪えると、「なんでもありません」と顔を上げた。

「デートをしてイルミネーションを見て、美味しいものを食べて……その上こんなに嬉しいことを言ってもらえるなんて幸せだなあと思って」

箱根旅行以前の日々を振り返ると、今こうして佐山とデートしているのが夢のようだ。

「素敵な一日をありがとうございます、隼さん」

心からの感謝を述べる。すると佐山は目を細めて「どういたしまして」と微笑んだ。


食事後、二人は今夜宿泊する部屋に向かった。

エレベーターの中にいる時からぐっと会話が減ったのは、お互いにこれから起きることを想像しているからだろうか。そんなことを考えながら部屋に入り、ドアを閉めた途端それは訪れた。

「んっ……！」

名前を呼ぶ間もなかった。背中がドアに押し付けられたと思った瞬間、千景の唇は塞がれていた。これまでに何度も交わした触れ合うだけのキスではない。食べ尽くすほどの勢いで舌が絡んでくる。けれど、けして乱暴ではなかった。その証拠に、佐山は千景の背中を手のひらで支えてドアに当たらないようにしてくれている。

言葉を交わすのももったいないと感じるほど性急なキスをする一方、佐山はそんな些細な気遣いを忘れない。そんな彼の優しさと激しさを感じながら、千景も必死にキスに応える。

「ふぁ……んっ……」

両手を彼の首後ろに回して、爪先立ちになる。

熱い彼の舌に自ら絡ませて、唾液を交換する。

嵐のような口付けを交わしながら、千景は気づけば言っていた。すると「俺も」とすぐに同じ言葉が返ってくる。それだけで千景の胸はきゅんと疼いて、体の奥が熱を持ち始める。

「好き……」

こうして求めてくれることが、ひたすらに嬉しくてたまらない。

「んっ……」

どれほどそうしていただろう。佐山はちゅっと千景の唇を食んでゆっくりと顔を離す。そうしてこちらを見下ろす瞳は一目でわかるほどの欲を宿していた。

「本当はこのままベッドに行きたいところだけど……シャワー、浴びたいよな」

何かを堪えるような佐山に千景は小さく頷くと、彼は「バスルームに行っておいで」と苦笑しつつ送り出してくれる。千景はその提案を受け入れた。

あのままベッドに、という気持ちももちろんあった。しかし今日は人ごみの中をたくさん歩いた。汗を流したかったし、何よりも抱かれるなら綺麗な体を見てほしい。

そんな思いから体の隅々まで丁寧に洗う。それでもバスタブにお湯を溜める時間を待つことはできそうになくて、シャワーで済ませた。

バスローブを羽織って外に出ると、交代で佐山が入る。その帰りをドキドキしながら待つ暇はなかった。彼は千景の半分以下の時間で出てくると、まっすぐリビングのソファで待つ千景の元に戻ってきたのだ。

「髪、まだ少し濡れてますよ?」

「千景こそ」

二人は見つめ合い、そして——

「ベッドに行こう」

急くように佐山は言った。妖しく光る瞳に吸い寄せられるように千景は「はい」と頷く。

直後、佐山は右手は背中に回したまま、左手を膝裏に回して千景を抱き上げた。

お姫様抱っこをされた千景は抵抗することなく身を任せる。

ベッドルームまで向かう廊下を佐山は足早に歩く。今、夫が何を考えているか千景には手に取るようにわかった。

——早く触れたい。

自分と同じ、そう考えているはずだと。

そしてそれは、正しかった。

佐山は横抱きにした千景をベッドに横たえると、バスローブを脱ぎ捨てた。

照明の下に照らされた体躯はやはり抜群に均整が取れていて、何度見てもため息が出るほどだ。千景は熱に浮かされるように両手をそっと腹部に伸ばす。そうして指先で腹筋の線をつうっとなぞる。

「綺麗……」

うっとりと呟くと、「男に言う言葉じゃないな」と佐山は小さく笑う。彼は自らの肌を撫でる千景の手をそっと取ると、その指先に口付けた。

「誘ってるのか？」

答える代わりに千景は両手を佐山の首後ろに伸ばす。そして上半身を起こして唇にちゅっと口付けた。不意打ちのキスに佐山は一瞬目を見開くものの、すぐにそれに応えた。

右手で千景の後頭部を支え、食らいつくようなキスを仕掛けられる。

「んっ、ふぁ……！」

千景の全てを求めるような激しいキスをしながら、佐山は千景のバスローブの胸元に手を滑り込ませた。温かくて大きな手のひらが腹部を撫でる。それは体の線をなぞるように腰からつうっと上に移動しブラジャーのホックを外した。

「あっ……んっ、そこっくすぐった……」

「可愛いな。もうこんなに立ってる」

「つまんじゃ、んんっ……」

ブラジャーを上にたくし上げられて露わになった胸を佐山の指先が弄ぶ。

親指と人差し指でコリコリとつまんで、爪の先で弾かれて、かと思えばささやかな胸の膨らみをやんわりと揉みしだかれる。そうしていると触れられていないもう片方の胸に布が擦れてしまう。その感触が酷くもどかしい。

「隼さん」

「ん？」

胸を弄びながらキスをしていた彼は、顔を上げて千景を見下ろす。

甘い眼差しにうっとりしながら、千景は言った。

「直接、触ってください」

もっと触れてほしい。

そう懇願すると、するりとバスローブの紐が引き抜かれた。佐山はそれをそっとベッドの下に放ると、流れるような動作でブラジャーとショーツを剥ぎ取った。纏うものが何もなくなった千景を見下ろし、佐山はすうっと目を細める。

「綺麗だ」

うっとりと、彼は零す。

「……本当に、綺麗だ」

唇、首筋、胸から腰、太ももの付け根から足首——頭のてっぺんから爪先まで痛いくらいの視線が注がれる。見られているだけなのに肌がヒリヒリする感覚さえした。

情欲に満ちた眼差しにごくんと喉が鳴る。

「触るよ」

「……はい」

ふっと体の力を抜くと、「いい子だ」と熱っぽい声が耳朶を震わせる。そのまま佐山は千景の胸元に顔を寄せてきつく吸い付いた。ちくんとした甘い痛みについ声を漏らす千景に、佐山は小さく笑う。

「可愛い声」

そう上目遣いで囁く佐山は最高に格好よくて色気があって、見ているだけでくらくらする。甘い痛みはそれだけでは終わらなかった。佐山の唇は、屹立する胸の頂きをやんわりと食む。その瞬間、痺れるような感覚が背筋を駆け抜けて、千景は反射的に声を上げた。

「あっ、んんっ……」

熱い舌によって乳首の先端を舐められる。甘えるように吸い付いたかと思えば、悪戯するようにコリっと噛まれて、疼きは治るどころかますます広がっていく。

その間、もう片方の胸は手のひらで攻められていた。やんわりと下からすくいあげて、先端を指先でつまんで、手の甲で撫でて……絶え間ない甘やかな愛撫に千景はただ身を任せる。

「気持ち、いっ……」

その言葉に反応するように、胸に触れていた手がそっと太ももの付け根に触れた。反射的に太ももに、きゅっと力を入れてしまう。もう何度も体を重ねているのに、肌は慣れるどころかどんどん敏感になっていく。すると佐山は千景の耳元で「体の力を抜いて」とそっと囁いた。

「俺に、千景の全てを見せて」

そんな風に懇願されたら断れるはずがなくて。何よりも佐山の声の優しさに絆されるように千景は自らゆっくりと足を開く。直後、体の内側から愛液がとろりと溢れたのを感じた。確認せずともわかる。それは割れ目からお尻をつうっと伝い、乱れたシーツを濡らしてしまう。

佐山はそれを見つめ、恍惚とした表情で「厭らしいな」と呟いた。

その言葉に千景はゆっくりと口を開く。

「厭らしい女は、嫌ですか？」

誘うように、甘えるように。

「私がこうなるのは、隼さんだけなのに」

愛する人をじっと見つめる。

佐山は「ああもう」と片手で前髪をくしゃりとかき乱す。

「君は、本当に煽るのが上手い。――嫌なはずがないだろう」

「あっ……！　急にそこ、んっ……！」

不意に長い指先が割れ目に触れる。

「俺だからこうなる、なんて好きな人に言われて喜ばない男はいない」

「本当、ですか……？　でも、いつも隼さんは余裕だから……」

「余裕？　――まさか」

「んっ……ああ、いっ……」

滴る愛液を纏わせた指がゆっくりと割れ目を上下する。触れられる気持ちよさを知った体は敏感に刺激を拾い、ますます濡れてしまう。佐山は右手で秘部を愛撫しながら、左手を千景の下腹部に当てる。そこを愛おしむように何度も撫でながら、千景の耳元で囁いた。

「──今すぐこの奥に全てを注ぎ込みたいくらい、興奮してるのに」

大きく猛ったものが布越しに千景の太ももに押し当てられる。それが何かは見なくともわかった。生々しい感触に頬を染める千景の耳元に佐山は熱い吐息混じりのキスをする。

「あっ……！」

「すぐにでも理性が飛びそうなほど、君に夢中だ」

耳を犯されているようだ。そう思ってしまうほど、耳朶を震わせる声は熱い。

「余裕なんて微塵も持ち合わせていない。今すぐ千景の熱いここに俺のものを突きさして、いやというほど鳴かせたい。俺じゃないとだめだと思うくらいにメチャクチャにしてやりたいと思ってる」

「っ……！」

あまりに直接的な欲望を語られて息を呑む。その直後に訪れたのは言い表しようのない喜びと期待だった。愛する男がこんなにも自分を欲しがってくれている。ならそれに応えない理由なんて一つもなかった。だって、千景も同じだから。繋がる悦びを知った心は、体は、もう一秒だって待つことはできない。だから。

「隼さん」

千景は自ら大きく足を広げ、己の手で秘部を横に開く。

「来て」

欲しいの。今すぐあなたのことが、欲しくて、欲しくてたまらないの。

「っ……そんなことを言われたら、止まれないぞ」

ごくんと佐山の喉仏が上下する。その姿さえも男を感じて、千景は今一度夫を誘う。

「止まらなくていい。私を、めちゃくちゃにして？」

こんな言葉を口にする日が来るなんて思わなかった。けれどもう恥ずかしくなんてない。だって心も体も、千景の全てが彼を望んでいる。その昂りを埋めてほしいと懇願しているのだから。

「君がそう言うのなら、もう遠慮はしない」

その宣言の直後。猛々しく屹立したものが濡れそぼった蜜口にあてがわれ――一気に、押し込まれた。

「ああっ……！」

体の奥まで貫かれた瞬間、千景の体がびくんびくんと小刻みに揺れる。既に十分すぎるほどの愛撫によって昂っていた体は、たった一突きで達してしまったのだ。

「挿れただけでイクなんて、本当に厭らしいなっ……！」

普段の佐山であれば絶頂の後に必ず千景を休ませてくれる。けれど、今日は違った。彼は千景を抱き起こして自分の上に跨らせる。そして両手を千景の腰に添えて一気に下から突き上げた。

「あっ、イッたばかりなのに、んっぁ――！」

「まだ、足りないだろ？」

対面座位のまま、佐山は問う。

「んっ、あっあっ……！」

「俺は、足りない」

激しい律動に答えられない千景に向かって佐山は甘く漏らした。

「どれだけ抱いても、抱いても、千景が欲しくてたまらない」

佐山の顔が苦しげに歪む。千景を求める瞳は爛々と熱を宿していて、その額にはじんわりと汗が浮かんでいた。必死なまでに自分を求めるその姿に千景の心臓はたまらなく高鳴って、それと同調するように体は体内の昂りをきゅっと締め付けた。

「きつっ……！」

「気持ち、いっ……！」

両手を佐山の背中に回して、本能のままに腰を上下に揺らす。互いの体を打ち付ける音と、愛液が混ざり合う音、そして乱れた吐息が部屋に響いては溶けていく。

「千景っ……」

「んっ……隼、さん……」

向かい合って、絡み合うようなキスをして、繋がり合う。脳まで蕩けるような甘い感覚が二人を包み込み、一つになる。

「っ……！」

「あっ、ああ――！」

佐山が呻き声を漏らすのと同時に千景は達した。薄い膜越しではない。温かな液体が体の最奥に直接放たれる。それは一度では止まらない。

「……大好き」

連続して注ぎ込まれる熱を受け止めながら、千景は心からの気持ちを伝えた。するとすぐに「俺もだよ」と泣きたくなるくらい甘くて熱い言葉が返ってくる。

幸せの波に誘われるように、意識は溶けていった。

◇

「千景」

柔らかな声に誘われるように意識が浮上する。

「……隼さん」

ゆっくりと目を開けて真っ先に視界に映ったのは愛してやまない大好きな夫で、千景の頬は自然と綻んだ。

「おはよう。気分はどう？」

ベッドの縁に腰掛けた佐山は、横になる千景の額の髪を優しく耳の後ろへと流す。温かな指先の心地よさにうっとりしながら、千景は素直な気持ちを唇に乗せる。

「……すごく幸せです」

まさかそんな答えが返ってくるとは思わなかったのか、佐山は一瞬目を見張る。けれどすぐに「俺もだよ」と目を細めて千景の唇にキスをした。それに応えるように千景は両手を夫の首後ろに回して自らも唇をそっと重ねる。そのまま啄むように触れ合っていると、改めて彼への愛おしさが込み上げた。

既に千景と佐山は幾度となく体を重ねた。それでもまだこの光景には慣れない。

目覚めた時に真っ先に瞳に映るのが彼だなんて、こんなにも幸せな朝があるだろうか。絶対に手に入らないと思っていた存在がこうして傍にあるなんて、まだ夢の中にいるのではとさえ思ってしまうこともある。起きたばかりで思考がぼうっとしている今は、なおさらに。

「ん……」

戯れのようなキスをしていると自然と声が漏れる。すると佐山はぺろりと千景の唇を舐めて小さく笑うと、ゆっくりと顔を上げた。

「このまま続きをしたいところだけど、その前に君に渡したいものがあるんだ」

佐山はそっと千景の体を横抱きにしてリビングに連れて行くと、ソファに下ろして隣に座る。そしてテーブルの上に置いていたものを手に取ると、「クリスマスプレゼント」と手渡した。

「あっ……私も！」

「千景も？」

「はい。あの……私のバッグを取ってくれますか」

体に力が入らなくて、と囁くように伝えると佐山は目を瞬かせる。しかしすぐに言わんとすることがわかったのか、苦笑しつつもドアの近くに落ちたままのバッグを持ってきてくれた。

千景はその中からクリスマスプレゼントを取り出して、佐山に渡す。

「これは、私から。本当は昨日渡そうと思っていたのに、隼さんとのデートが楽しすぎてすっかり忘れてしまいました」

そう打ち明ける千景に佐山は「実は俺もだ」と肩をすくめる。

「ありがとう。開けてもいい？」

「はい。私も開けますね。……なんだろう、楽しみ」

相手の反応を気にしながらも、千景は贈られたばかりのプレゼントに視線を落とす。ラッピングを解いて現れたのは、臙脂色の革の小箱。そこに刻印されていたのは結婚指輪と同じブランド名でそれだけで値が張るものだとわかる。指輪か、ネックレスか、それともイヤリングだろうか。千景はドキドキしながら蓋を開けて――息を呑んだ。

反射的に顔を上げて佐山を見る。すると、驚きを露わにして目を見開く夫と目が合った。鏡を見なくともわかる。今の自分は彼と同じ顔をしているだろう。

千景の手元には小さなダイヤモンドが散りばめられたシルバーの腕時計が、佐山の手元には革のベルトの腕時計がある。二人は、まるで示し合わせたかのように同じプレゼントを用意していたのだ。

「――驚いた」

「……私もです」

まさかこんな偶然が起きるとは思わなくて、どちらともなく笑い合う。

「こんなに素敵な時計をありがとうございます。大切にしますね」

「俺も本当に嬉しいよ。ありがとう」

腕時計を見つめる佐山は言葉通り本当に嬉しそうで、その顔を見られて内心ほっとする。

ネクタイ、スーツ、ベルト、靴、財布……何をプレゼントするかは直前までとても悩んだ。佐山ならきっと何を選んでも喜んでくれたと思う。しかし想いを通わせて初めて迎えるイベントだからこそ慎重に選びたかった。その結果、時計にしたのには理由がある。

それを伝えたくて口を開きかけたその時。それよりも先に佐山は言った。

「俺は、これから先の人生を君と一緒に歩んでいきたい。同じ時間を過ごしたい。そう思って、時計を選んだ」

思わず息を呑んだのは、今まさに千景が言おうとしていた言葉と同じだったから。

『あなたと同じ時を共有したい』

大好きな彼とこれから先の長い時間を共に歩んでいきたい。

そう願って、千景は時計を選んだ。

「千景。改めてプロポーズさせてほしい」

力強い瞳が千景を射抜く。

「君を、愛してる」

一度目のプロポーズは形式的なものだった。態度こそ紳士的であったものの、千景を見つめる瞳に強い感情はなく、彼が求めているのは「久瀬」に連なる立場にすぎなかった。

でも今は違う。佐山は会社も久瀬も関係ない、千景自身を求めてくれている。必要としてくれている。その証拠に、千景を見つめる眼差しは蕩けるように甘くて、くらくらするほど熱っぽい。

「俺の妻になってくれますか？」

だから千景は、込み上げる喜びのまま大好きな夫に抱きついた。

「はい！」

愛しているの、気持ちをこめて。

書き下ろし番外編

幸せだな。

休日の昼下がり、ソファに座りインテリア雑誌を熱心に眺める妻の姿を見ているとしみじみとそう思う。

自分もその隣で本を読んでいたのに、ひとたび妻の横顔に見惚れると目が離せない。

窓辺から差し込む麗らかな春の日差し、ときどきページをめくる音、互いの呼吸音。

夫婦で並んで座るソファ前のローテーブルでは、カップに注いだコーヒーから白い湯気が立っている。

なんてことない日常の光景だ。

それなのにふとした時、佐山はこのあたりまえの光景が奇跡のように感じる瞬間がある。

父子家庭でそれなりに複雑な環境で育ったからだろうか。

愛する人がいつでも触れられる距離にいる。自分の隣でリラックスした姿を見せている。

その事実に「自分と千景は家族になったのだ」と自覚して、ときどき狂おしいほどの喜びが込み上げるのだ。

相手が千景なら何時間見ていても飽きないな。

そんなことを考えていた佐山は、ふとあることに気づく。

先ほどから一向にページが変わっていない。見れば、綺麗な形の耳はうっすらと赤く染まっていた。佐山は口元を緩ませると、手に持っていた本をローテーブルに置いた。

「千景」

わざと低く甘やかな声で妻の名前を呼ぶ。彼女が自分のこの声に弱いのは把握済みだ。

予想通り、千景は一瞬ぴくんと肩を震わせる。ちらりと横目でこちらを見る彼女に向けて、佐山はにこりと微笑んだ。

「本、実は読んでないだろ？」

「……そんなことないですよ」

「指、止まってる。それにさっきからずっと同じページだ」

その指摘に千景は観念したように雑誌を閉じる。そして恥じらいながら「隼さんのせいですよ」と小さく呟いた。

「見つめすぎです」

拗ねるような声にたまらず佐山は噴き出した。

「照れたのか？」

「そういうわけじゃないけど……」

目を伏せたまま囁く姿はどう見ても照れているようにしか見えないが、さすがに言葉にはしない。そんなことを言って本当に拗ねてしまったら大変だ。まあそうなったらなったで可愛いんだろうな、と内心思いながら、佐山は艶やかな黒髪へと手を伸ばす。

「読書の邪魔をしてごめん。ただ、千景の横顔が綺麗で見惚れてた」

梳くように髪の表面を撫でると、千景は気持ちよさそうに目元を和らげる。

「ただ雑誌を読んでいただけなのに?」

「ああ。俺の自慢の奥さんは何をしていても最高に可愛くて綺麗だから」

「……眼科で検査をしてもらいます?」

照れ隠しの言葉に思わず噴き出す。

「あいにく昔から視力はいいんだ」

運転中にサングラスをかけることはたまにあるが、両目ともに裸眼で一・五の自分は眼鏡やコンタクトを必要としたことはなかった。

「千景が眼鏡をかけた俺の方が好みだって言うなら、かけてみてもいいけど」

あえて冗談ぽく言ってみると、なぜか千景は目を瞬かせてじっと佐山の方を見返した。

「隼さんの眼鏡姿……?」

食い入るような視線に佐山は千景の考えていることが手に取るようにわかった。

「『悪くないかも』とか考えた?」

「えっ!?」

図星だったのか千景は大きく目を見開く。その表情もまた可愛らしくて、佐山はついからかいたくなってしまう。

「へえ、千景は眼鏡男子が好きなのか。知らなかったな」

「ちがっ……別に眼鏡男子が好きなわけじゃなくて、隼さんなら眼鏡をかけても似合うだろうなと思って……！」

「ありがとう、そう言ってもらえるとこの顔でよかったと思えるよ」

だがこれ以上はやめておこう、と佐山は慌てる千景の体をひょいと抱き上げ、自分の太ももの上に横向きに乗せた。すると途端に千景は借りてきた猫のように小さくなる。

「……隼さん？」

おずおずと上目遣いで様子を窺う妻の額にキスをする。不意の口付けに千景が目を見張ったのは一瞬だった。

「くすぐったいです」

へにゃりと相好を崩す姿はあまりにも愛らしくて、佐山はたまらず千景の体を抱きしめた。

「千景、結婚しよう」

思わず口をついて出た言葉に、腕の中の千景はクスリと笑う。

「もうしてますよ？」

「わかってる。でも、言いたくなった」

華奢な背中に回した両手に力を込める。ぎゅっと抱きしめて千景の肩口に顔を埋めると、彼女もまたそっと抱き返してくる。

「……どうかしましたか？」

「え？」

「今日の隼さん、甘えん坊だから」

甘えん坊。

三十路を迎えた男に対する言葉ではないが、恥ずかしいことにしっくりきてしまった。

自分がこんな風に全てを曝け出せる相手は千景だけだ。そんな彼女とこうして抱きしめ合っていると、自然と心が満たされるのを感じる。

「別に何かあったわけじゃないんだ。ただ、幸せだなと思って。こんな風に君と一緒にいられることが……千景が俺の家族になってくれたことがたまらなく嬉しいんだ」

急にこんなことを言ったらおかしいと思われるかもしれない。だがそれは杞憂だった。

「同じですよ」

腕の中で千景は顔を上げる。

「私もこうして隼さんと一緒にいると、『幸せだなあ』ってしみじみ思うんです。お見合いをして隼さんと結婚すると決めた時は、まさかこんな日が来ると思わなかったから」

だから今は毎日がとても楽しいです、と千景は笑う。

その笑顔に佐山は一瞬、何も言えなくなる。

結婚当初、自分はお世辞にも千景にとって「いい夫」ではなかった。

一ヶ月も家に寄り付かず極力自分の存在を感じさせないようにしていたのは、その方が千景のためになると思っていたからだ。

でも実際は違った。

あの頃から──いや、出会った当初から千景は佐山のことを想ってくれていた。

しかし自分は、そんな千景を誰もいない家で一人孤独に過ごさせてしまった。

そのことを思い返すと、佐山は当時の自分を殴って叱りつけたくなる。

もしも過去に戻れるなら容赦なくそうしていた。

そう断言できるほど、あの時の自分の言動はありえないものだった。それなのに千景ときたら、今にいたるまで一度だって佐山を責める言葉を口にしなかった。

箱根で想いを通じ合わせて早半年。

結婚してから一年近く経つが、千景が佐山に対して声を荒らげたのは後にも先にも一度だけ。

『何をしているんですか！』

『私は、あなたを怖いと思ったことは一度もありません！　それなのにこんな風になるまで働いて、どうしてもっと自分を大切にしないんですか。過労って、なんで……あなたが倒れているのを見て、どれだけ心配したと思って……！』

過労で倒れた佐山を心配してくれた時だけだ。

千景はいつだって佐山のことを想ってくれる。

健気に、真摯に、そしてまっすぐに自分を見てくれる。

そんな彼女のことが佐山は愛おしくてたまらないのだ。

「千景」

額に今一度触れるだけのキスをする。

「好きだよ」

もう何百回口にしたかわからないその言葉。それでも、何度言っても足りない。

言葉では言い表せないほどの気持ちを、千景は「私も」と恥じらいながらも受け止めた。

「私も、隼さんが大好きです」

好き、ではなく大好きと言ってくれるあたりも、最高に可愛くてたまらなかった。

片手で千景の後頭部を支えた佐山は、空いたもう片方の手で彼女の顎をくいと上げた。

初めは触れるだけのキスを二度三度と繰り返す。

ちゅっちゅっとわざと音を立てて啄むような口付けにみるみる千景の頬が紅潮していくのがわかった。

何度キスをしても体を重ねても、千景は初々しい反応をする。

それでいて、唇を割って入った佐山の舌を彼女は慣れたように受け入れ、自らも絡めてくる。

そんな相反する姿がいかに佐山を翻弄しているのか彼女はきっと知らないだろう。

佐山は深いキスを繰り返す。

小ぶりで柔らかな唇も、呼吸を求めて開いた口から覗く赤い舌先も、唾液すらも、佐山には甘く感じられて仕方なかった。舌を絡めて歯列をなぞるたびに体の内側から熱が生まれて、口付けはいっそう激しくなっていく。

「んっ……ふぁ……」

ときおり漏れる吐息さえも愛らしい。

食べるようなキスを終えて唇を離すと、とろんとした目で見つめてくる。

潤んだ瞳、紅潮した頬、そしてキスによって濡れた唇。

それら全てに魅入られ、煽られる。

「隼、さん……」

「したい。いい？」

誘うように色づく唇を親指でつうっ……と撫ぜる。それだけで千景の体はおおげさなくらいびくんと跳ねた。

「でも……まだ、昼間ですよ？」

「その分たくさん愛し合える」

「っ……！」

「嫌だ？」

ずるい聞き方をしている自覚も、年甲斐もなくがっついている自覚もある。

それでも今の千景を前に何もしないという選択肢は佐山の中に存在しなかった。

もちろん千景が少しでも嫌な素振りを見せればこれ以上求めることはしない。けれど無言で佐山にぎゅっとしがみつくところを見ると、千景も同じ気持ちでいてくれるようだ。

そうなれば次の行動は決まっている。

佐山は千景を横抱きにしたまま立ち上がり寝室へと向かう。

今が昼間だとか、昨日もしたばかりなのにとか。

そんなことはひとたび服を脱ぎ捨て肌を重ねればどうでもよくなることを二人とも知っていた。その証に佐山も、そしておそらくは千景も、今は互いのことしか見ていない。

食べるようなキスをして、耳朶を指先と舌で弄び、両手では柔らかな胸を揉みしだく。

そのたびに千景は甘い声で鳴いた。

佐山が触れればピクンと体を震わせ、唇から吐息混じりの嬌声を上げる姿を見ていると、どうしようもなく胸がくすぐられる。

普段は楚々とした雰囲気の彼女だが、こうして自分に抱かれている時は一変する。

香り立つような色気や誘うような眼差しは「女」のもので、佐山の雄としての本能を容赦なく刺激する。

――もっと鳴かせたい。

——羞恥心なんて感じる暇もないくらいぐちゃぐちゃに抱き潰してしまいたい。

本能のまま腰を突き動かしたらどれほど気持ちいいだろう。

そんな身勝手なことを思いながらも、それを行動に移すことはない。

自分の欲望よりもずっと、彼女に尽くしたい気持ちの方が大きいからだ。

佐山は全てを曝け出した愛妻の太ももの付け根に顔を埋める。

じゅるり、と滴る愛液を舌で舐めとれば、千景は慌てたように上半身を起こそうとする。

「んっ……そこ、恥ずかしっ……」

「でも、ここがいいんだよな。すごく濡れてる」

右手の親指と人差し指でぷっくりと膨らむ陰核をつまみながら、舌で割れ目を上下に舐める。

「あっ、んんっ……！」

「我慢しなくていい。可愛い声を聞かせて」

唇をきゅっと引き結んで声を堪えようとする千景を嗜めるように、舌先を膣口に埋める。

そのまま浅い部分をやんわりと攻めたその時、千景の体が大きく跳ねた。

脱力したように四肢を投げ出した彼女を見下ろしながら、佐山は昂りの先端を膣口に押し当てた。

「いい？」

「んっ……きて……」

蜜のように甘く掠れた声で求められてはもう無理だった。

佐山は根元まで一気に埋め込み、そのまま律動を開始する。

「……っ……！」

締め付けの強さにたまらず声が漏れた。

たったひと突きで持っていかれそうになるほどの気持ちよさ。

ここはすでに佐山の形を覚えている。

千景の中に入ることができるのは後にも先にも自分だけだ。

その事実にたまらないほどの優越感を感じながら佐山は猛然と腰を揺らす。

「あっ、隼さっ……！」

隼さん、と名前を呼ばれるとそれだけで満たされる気分になる。

心も体ももっと自分を——自分だけを求めてほしいと思ってしまう。

投げ出された両足を持ち上げてよりいっそう深く入り込めば、千景は涙を浮かべて再び佐山を呼んだ。

その目尻に光るものを見つけた佐山は腰を突き立てながらも、顔を寄せて舌でそれを舐め取った。そのまま吐息を漏らす唇に深くキスをする。

「千景」

この先、何百回、何千回でも彼女の名前を呼びたい。
いつまでもこうして触れ合い、隣にいたい。
そんな思いを抱きながら愛する妻の名前を呼ぶ。
「隼さん……好きっ……！」
それに返ってきたのは、愛の言葉だった。
佐山の下で乱れながら、千景は佐山が好きだと何度も繰り返す。
何度も、何度も。
その姿に佐山は眩暈がしそうなほどの多幸感に包まれる。
彼女が好きだ。
誰よりも愛おしくてたまらない、たった一人の大切な人。
「千景っ……！」
――愛してる。
佐山は千景に。千景は佐山に。
二人の声が重なったと同時に佐山は己の欲望を吐き出したのだった。

あとがき

はじめまして、こんにちは。結祈(ゆうき)みのりです。

このたびは『愛していると言えたなら　御曹司は身代わりの妻に恋をする』をお手に取ってくださりありがとうございます。

今作は二〇二三年に配信された電子書籍を紙書籍化したものです。

当時はまさかこのように文庫本になるとは思ってもいなかったので、お話をいただいた時は本当に驚きました。

これも応援してくださった読者様のおかげです。本当にありがとうございます！

今回の文庫化にあたり、書き下ろし番外編が追加となっております。

本編後の二人の甘い日常を佐山視点で書いてみました。

本編のすれ違い期間が長かったからでしょうか。

千景に対して愛情を隠さない佐山は書いていて楽しかったです。

少しでもお楽しみいただけますと幸いです。

イラストは笹原亜美(ささはらあみ)先生です。

完成イラストをいただいた時は、あまりに素敵で画面の前でしばらく固まってしまいました。

見つめ合う二人の姿が本当に素敵で美しくて、今でも時々見返しています。
今回、改めて笹原先生に描いていただけた幸運を噛み締めました。
挿絵もぜひご覧いただければと思います。
笹原先生、ありがとうございました。
また、担当様をはじめとした今作に携わってくださった皆様にもお礼申し上げます。
何よりも読者様に心からの感謝を。
それでは、またお目にかかれますように。

結祈みのり

チュールキス文庫 moreをお買い上げいただきありがとうございます。
先生方へのファンレター、ご感想は
チュールキス文庫編集部へお送りください。

〒102-0073　東京都千代田区九段北3-2-5 5F
株式会社Jパブリッシング　チュールキス文庫編集部
「結祈みのり先生」係 ／「笹原亜美先生」係

✦チュールキス文庫HP✦ http://www.j-publishing.co.jp/tullkiss/

愛していると言えたなら
御曹司は身代わりの妻に恋をする

2024年3月30日　初版発行

著　者　結祈みのり

発行人　藤居幸嗣

発行所　株式会社Jパブリッシング
〒102-0073　東京都千代田区九段北3-2-5 5F
TEL　03-3288-7907
FAX　03-3288-7880

印刷所　中央精版印刷株式会社

ISBN978-4-86669-658-4　Printed in JAPAN